Krystyna Kuhn
Die vierte Tochter

SERIE PIPER

Zu diesem Buch

Als ob der jungen Grabforscherin Franka die Trennung von ihrem Freund und Kollegen nicht schon genug zusetzen würde, muß sie auch noch für ihn einspringen: als Expertin für Knochenfunde bei einem Frauenmord, der der Kripo Rätsel aufgibt. Auch Frankas Vorsatz, daß sich in ihrem Leben so schnell kein neuer Mann breitmachen soll, scheint dahin, denn Henning Veit, der Leiter der Gerichtsmedizin, ist irgendwie anders. Mit ihrer besten Freundin beginnt Franka nachzuforschen: Was verbarg die Unbekannte, die sich als Urenkelin von Kaiserin Sisi ausgab und mit drei verschiedenen Waffen hingerichtet wurde? Eine erste Spur führt nach Wien, wo Franka dem Geheimnis gefährlich nahe kommt … Tempo, Spannung und doppelbödiger Humor verbinden sich in Krystyna Kuhns neuem Kriminalroman.

Krystyna Kuhn, 1960 als siebtes von acht Kindern in Würzburg geboren, studierte Slawistik, Germanistik und Kunstgeschichte, zeitweise in Moskau und Krakau. Sie arbeitete als Redakteurin und Herausgeberin und schrieb Gedichte, Kurzgeschichten sowie den Krimi »Fische können schweigen«. Krystyna Kuhn lebt mit Mann und Tochter im Spessart und schreibt an ihrem dritten Kriminalroman.

Krystyna Kuhn
Die vierte Tochter

Kriminalroman

Piper München Zürich

Von Krystyna Kuhn liegen in der Serie Piper vor:
Fische können schweigen (3775)
Die vierte Tochter (4175, Piper Original 7052)

Ungekürzte Taschenbuchausgabe
August 2004

Umschlag/Bildredaktion: Büro Hamburg
Isabel Bünermann, Friederike Franz,
Charlotte Wippermann, Katharina Oesten
Fotos Umschlagvorderseite: Justin Winz/Skraastad (oben) und
Peter Christopher/ZEFA (unten)
Foto Umschlagrückseite: Peter von Felbert
Gesamtherstellung: Clausen & Bosse, Leck
Printed in Germany ISBN 3-492-24175-1

www.piper.de

Für Mascha und Laura

TEIL EINS

Frankfurt – Bad Nauheim

1

Freitag, 15. März, 7.00 Uhr

Bereits am ersten Tag hatte Basia Michalik sich angewöhnt, ein Kopftuch zu tragen. Auch wenn sie dann für eine strenggläubige Muslimin gehalten wurde. Immer noch besser, als daß sich der Staub in den Haaren festsetzte, wenn die Papier- und Kartonabfälle zerhackt wurden. Außerdem wurden so die Blicke der Männer, die die Bandmaschine am Laufen hielten, eher abgehalten.

Die Arbeit war eintönig. Einschläfernd. Erforderte aber höchste Konzentration. Basia hatte ihn, diesen raschen Blick, das schnelle Reaktionsvermögen, um das Förderband sofort zu stoppen, wenn etwas zwischen den Papierabfällen lag. Etwas, das dort nicht hingehörte.

Das kam ständig vor.

Daher hielt Basia das deutsche System der Mülltrennung für absurd – wenn am Ende das Ergebnis dasselbe war wie in den stinkenden Müllcontainern im Hinterhof ihres Wohnblocks in Nowa Huta.

Besser daran nicht denken.

Letzten Mai hatte Janek angerufen. In der Sortieranlage für

Altpapier, in der er als Fahrer beschäftigt war, würde jemand am Band gesucht.

»Eintausenddreihundert Euro im Monat! Und die Arbeit ist nicht schwer.« Basia hatte zugestimmt und Katarzyna bei ihrer Mutter gelassen, aber nicht erzählt, daß es sich bei der Arbeit um die Sortierung von Müll handelte.

Es war sieben Uhr am Morgen, und ihre Mutter verließ jetzt mit Katarzyna die Wohnung, um sie in den privaten katholischen Kindergarten im Zentrum Krakaus zu bringen, nicht weit von der Jagiellonenbibliothek, in der ihre Mutter arbeitete. Mit 300 Złoty im Monat verdiente sie gerade einmal die Miete für die Dreizimmerwohnung. Von dem Geld, das Basia hier in Deutschland verdiente, würden sie drei Jahre sorglos leben können. Dann würde man weitersehen.

In drei Meter Entfernung lief ein Stapel Kartonagen Gefahr, vom Band herunterzurutschen. Basia konzentrierte sich darauf, ihn in dem Moment, wenn er bei ihr angekommen war, mit schnellem Griff in die Mitte zu schieben. Auf keinen Fall durfte das Band hängenbleiben. Erst gestern hatte der Vorarbeiter Pan Siegmann Ezmanur, die Türkin am Band vor ihr, angeschrien und mit Entlassung gedroht.

In ihrer Konzentration bemerkte sie überhaupt nicht, was direkt hinter dem Stapel Kartons Richtung Altpapierpresse fuhr.

Etwas Helles, das sie zu spät identifizierte: das vorbeilief, ohne daß sie das Band stoppte. Aber sie hätte auch dann nicht reagiert, wenn sie es rechtzeitig erkannt hätte. Sie hätte es ebenso entsetzt angestarrt, unfähig, etwas zu unternehmen.

Und sie fing auch erst dann an zu schreien, als ihr bewußt wurde, daß die Presse nach unten ging, um den nächsten Stapel in eine Form zu bringen, die bequem verladen werden konnte. Die langsame Bewegung, als die Maschine sich nach unten senkte. Das hohe Surren, damit sie auf Hochtouren kam.

Basia hörte Pan Siegmann laut fluchen. Sie sah, wie er auf sie zulief und den Knopf drückte. Die Presse kam nur knapp über dem Stapel zum Stillstand.

Das Band stoppte.

Plötzliche Stille, obwohl hinter und vor ihr die Bänder weiterliefen, bepackt mit unzähligen Stapeln von Papier und Kartons, alten Zeitungen, Schachteln, Telefonbüchern und was alles in deutschen Papiercontainern landete.

»Himmel Herrgott Sakrament«, fluchte Pan Siegmann, »du verdammte polnische Kuh! Ein Sauhaufen seid ihr! In Polen Kinder werfen und dann hierherkommen, um sie fett zu kriegen!«

Pan Siegmann schrie weiter, und plötzlich erwachte Basia aus ihrer Starre. Verzweifelt suchte sie nach dem deutschen Wort für das, was soeben vor ihr auf dem Band vorbeigelaufen war. Da es ihr nicht einfiel, begann sie sich auf den Kopf zu deuten und immer wieder *Na pomoc!* zu rufen, wie man es automatisch tut, wenn man nach Hilfe schreit, um ein Leben zu retten.

Doch für das, was soeben fast unter die Papierpresse geraten wäre, kam jede Hilfe zu spät! Der Mensch, zu dem dieser Schädel gehört hatte, war bereits seit langer Zeit tot.

2

Freitag, 9.30 Uhr

Ich konzentrierte mich darauf, das Klingeln zu überhören.

Das Klingeln des Telefons.

Das Klingeln der Türglocke.

Denn es war seit Aschermittwoch der 30. Tag, an dem ich mir nichts sehnlicher wünschte, als friedlich im Bett zu sterben. Wenigstens ein bißchen. Für einen kurzen Zeitraum. Ich war auch bereit zu verhandeln um die Zeit der Totenstarre, um die Dauer eines Verpuppungszustands, wie er Schmetterlingen vergönnt war. Nur wenige Wochen. Bis Ostersonntag.

Doch statt dessen stand ich auf, nahm das Telefon ab, brüllte hinein: »Moment!« und öffnete den Handwerkern. Sie erwiesen sich als militärischer Stoßtrupp. Stürmten mit Eimern, Leitern und Bohrmaschinen, wie Kalaschnikows unter den Arm geklemmt, die Treppe hoch, mit der Absicht, meine Wohnung erst zu zerstören und dann Wiederaufbau zu leisten. Ich ergab mich und zeigte ihnen das Bad. Dann kehrte ich ans Telefon zurück, in plötzlicher panischer Hoffnung, mit diesem Gespräch käme die Wende in meinem Schicksal. Die Metamorphose wäre abgeschlossen, das Gespinst aus Wut, Trotz und

Selbstmitleid würde sich verwandeln in einen Schmetterling. Kurz: Magnus hätte es sich anders überlegt und teilte mir mit, er würde sofort zurückkommen, um mich vor den Handwerkern zu retten. Und wenn ich mein altes Leben wiederbekam, brauchte ich auch kein neues Badezimmer.

Doch es war Sigrid, die Sekretärin des Anthropologischen Institutes, fünfzig, Frühaufsteherin mit penetrant guter Laune.

»Guten Morgen, Franka! Was ist denn bei dir los? Ich dachte, du hast dich lebendig begraben!«

»Ich erlebe gerade den gezielten Angriff der Handwerkerzunft«, antwortete ich.

»Um so besser, dann mußt du dein Haus verlassen!«

»Soweit bin ich noch nicht. Noch bin ich nicht reif für die Öffentlichkeit!« Meine Augen suchten den Spiegel, damit er widersprach, aber der war auf dem Dachboden.

»Ich finde, daß nach einem Monat die Trauerzeit überschritten ist.«

»Hast du noch nie vom Trauerjahr gehört?«

»Du lebst in Mitteleuropa, Franka, in der gemäßigten Klimazone. Hier erwartet man kultivierte, angemessene Gefühlslagen. Aber ich rufe nicht an, um mein Beileid auszusprechen, sondern weil Fischer angerufen hat vom Morddezernat. In einer Altpapieranlage wurde ein Schädel gefunden. Kurz bevor er unter die Presse kam. Die Spurensicherung hat dich angefordert!«

Im Badezimmer setzte eine Art Preßlufthammer ein, der meine Entscheidungsfindung abkürzte.

»Ich komme!«

Das war er, der Anfang des Schicksalsfadens, der mich erneut mit der Wirklichkeit verband. Ich hätte ihn auch durchschneiden können. Doch nur Ariadne wußte, in welches Loch ich dann fiel.

Und so stieg ich in meinen roten Volvo und fuhr Richtung

Bad Homburg, um dort nach der Anlage zu suchen, in der gerade noch rechtzeitig ein menschlicher Schädel davor gerettet worden war, zwischen recycelbaren Altpapierballen auf dem Weltmarkt verkauft zu werden. Guten Morgen, Deutschland!

Seit zwei Jahren kam es immer öfter vor, daß sich die Gerichtsmedizin, die Kriminalpolizei oder die Staatsanwaltschaft an das Institut für Anthropologie wandten, wenn sie Informationen über Knochenfunde brauchten. In Deutschland lag Frankfurt nach Berlin an der Spitze aller Skelettfunde nach Häuserabrissen. Die meisten von ihnen landeten im Leichenschauhaus, ohne daß irgend jemand gewußt hätte, was er damit anfangen sollte. Sie wurden dem Anthropologischen Institut übergeben, und jeder hoffte, daß es sich nicht um unentdeckte Mordfälle handelte, die den Aktenberg erhöhten, sondern um Reste eines alten Friedhofs.

Außerdem nahm unser Institut regelmäßig an Ringuntersuchungen teil, so daß Magnus und ich die nötige Kompetenz hatten, um DNA-Untersuchungen für die Polizei durchzuführen.

Am Eingang der Papierfabrik wurde ich von Kommissar Ron Fischer empfangen. Wir hatten uns einige Monate nicht gesehen. Das letzte, was ich von ihm gehört hatte, war, daß er mit einer Künstlerin zusammenlebte, die er bei einem spektakulären Fall von Wissenschaftsbetrug kennengelernt hatte. Diese unbekannte Freundin tat ihm offensichtlich gut. Der Einfluß eines ausgefüllten Sexuallebens war unübersehbar. Seine früher machohafte Art, die sich in der Vorliebe für Lederjacken und einem rasanten Fahrstil äußerte, war gemildert, seine Haut besser durchblutet, die Locken hingen tiefer ins Gesicht. Ich hatte ihn älter in Erinnerung und schlechter gelaunt.

»Schön, daß du gekommen bist.« Er reichte mir die Hand.

Ein Goldreif am linken Ringfinger. »Wir brauchen dich dringend. Sind momentan unterbesetzt.«

»Nur momentan?«

»Du hast recht: chronisch!«

In der Fabrikhalle standen vier Förderbänder von je etwa 20 Meter Länge still. Sie waren beladen mit Papierabfällen, Kartons, Verpackungen. Feiner Staub hing in der Luft. Ich wunderte mich, wie man es hier länger als zehn Minuten ohne Atemschutz vor dem Mund aushalten und dazu noch, wie dieser Vorarbeiter Siegmann, gleichzeitig eine Zigarette in einem Zug aussaugen konnte. Er marschierte vor einem der Bänder auf und ab, beobachtet von einer Gruppe Frauen aller Nationalitäten, die sich zusammengerottet hatten. Sie beobachteten uns mißtrauisch. Ron deutete auf eine Frau Mitte Zwanzig mit einem leuchtend gelben Kopftuch, das die Haare völlig verdeckte: »Frau Michalik, sie hat den Schädel auf ihrem Band entdeckt.« Konzentrierte blaue Augen starrten mich an.

»Dr. Friedland«, sagte Ron zu der Gruppe gewandt, »sie ist die Spezialistin für Knochenfunde.« Wir nickten uns zu.

»Fast alles Ausländerinnen«, bemerkte Ron, als wir das Band entlanggingen, »sprechen kaum Deutsch. Macht die Sache nicht einfach. Außerdem sind sie offenbar von dem Vorarbeiter Siegmann total eingeschüchtert. Der Typ macht uns gewaltigen Ärger. Klar, die gesamte Produktion steht still. Aber es ist ein Wahnsinnsmaterial, das wir durchsuchen müssen. Dazu kommt, der Müll liegt draußen erst einmal auf Halde, bevor er auf dem Band landet. Im übrigen haben wir die Hundestaffel bestellt, mal sehen, was das bringt.«

Am Ende des Bandes, an der Stelle, wo das Papier unter die Presse lief, hob er einen Karton hoch. »Hier!«

Ich zog vorsichtig den Deckel auf. Der Schädel lag aufrecht in der Mitte auf alten Zeitungen wie eine Trophäe. Augenlöcher starrten mir entgegen.

Langsam streifte ich Plastikhandschuhe über. Dann nahm ich ihn vorsichtig heraus, drehte ihn in alle Richtungen, um einen ersten Eindruck zu gewinnen. An der Seite, wo der Gehörgang in das Schädelinnere führte, war ein Loch. Mit den Fingern strich ich über tiefe Spuren auf der Schädeldecke.

»Sonst nichts?«

»Nichts. Wer weiß, was aus dem Rest des Skeletts geworden ist. Vielleicht hatte jemand auch nur einen Schädel zuviel. Aber immerhin ist er vollständig. Vielleicht finden die Hunde ja noch etwas.« Er deutete auf die weiß gekleideten Kollegen, die die Halle mit zwei Schäferhunden betraten.

»Ihr solltet auch nach anderen Dingen suchen, Schmuck, Kleidung, Ausweispapiere, was weiß ich.«

»Den Frauen ist nichts aufgefallen.«

Ich war versucht, Ron zu erklären, daß ich an deren Stelle dasselbe sagen würde. Wenn ich den Vorarbeiter Siegmann betrachtete, war kollektives Schweigen in diesem Fall Gold. Basia Michalik hatte die Hände in die Taschen des grauen Arbeitsmantels gesteckt. Sie hielt meinem Blick stand.

»Da kann man nichts machen!« sagte ich.

Es vergingen Stunden, in denen wir den gesamten Papiermüll durchsuchten, der mit dem Schädel zusammen auf dem Band gelegen hatte. Das geprüfte Material wurde vom Gabelstapler in einen Container verladen. Lustlos strichen die Hunde um die Papierberge, nur ab und zu bellten sie pflichtbewußt, vermutlich aus Angst, die Belohnung könnte ihnen entgehen, wenn sie keinerlei Reaktion zeigten. Der Vorarbeiter schrie die ganze Zeit nervös herum, wer ihm den Schaden ersetzen würde.

Ron reichte mir einen Plastikbecher mit Tee. »Das wäre es wohl.«

Ich zog die Handschuhe aus und nahm den Becher entgegen. Er war so heiß, daß ich ihn fast fallen ließ. »Wohin bringt ihr das Material? Vermutlich nicht unwichtig, zwischen welchen Papierabfällen der Schädel gelandet ist. Hier …«, ich zog den Lokalteil der Frankfurter Rundschau aus dem Karton, der unter dem Schädel lag, »vielleicht gibt es solche Hinweise, wo der Schädel in den Papiermüll geraten sein könnte.«

»Das ist mindestens eine Tonne«, stöhnte Ron. »Wir werden es in den Containern abtransportieren und bei uns auf den Parkplatz stellen.«

Ich zerknüllte den Plastikbecher und steckte ihn ein. Ich war zwar in einer Müllsortieranlage, wagte es aber nicht, ihn einfach auf das Förderband zu werfen. Dann klappte ich den Dekkel des Kartons zu und reichte ihn Ron. Der Schädel war das einzige, was ich hatte, um der Identität eines Menschen auf die Spur zu kommen.

»Schicke ihn in das Institut für Rechtsmedizin. Ich setze mich sofort am Montag daran.«

Es war später Nachmittag, als ich wieder in meiner Wohnung war. Abgelagerter Papierstaub hatte sich in meinen Haaren zu einer Klebemasse verleimt, wie sie vermutlich verwendet wird, um aus Altpapier recycelte Schulhefte herzustellen.

Ich hatte völlig vergessen, daß mein privates Territorium von Handwerkern besetzt gehalten wurde. Eine Spur der Verwüstung durchzog die Wohnung. Das Bad war eine Ruine. Sie hatten die Fliesen abgeschlagen, die sanitären Anlagen herausgerissen und auch im Flur bereits den Teppichboden abgelöst. Mir blieb nichts anderes übrig, als in das Badezimmer meiner Eltern in den ersten Stock zu flüchten. Vermutlich warfen sie sich gerade in ihrem Hotel in Wien in Schale, um auf Einladung meiner Schwägerin Isabella am Opernball teilzunehmen. Mein Bruder Vincent hatte sich vorgenommen, Verona Feldbusch, die in Begleitung irgendeines großartigen Medienmoguls erscheinen sollte, zum Tanzen aufzufordern.

Als ich gerade das Jeanshemd ausgezogen und das erste Bein aus der Hose hatte, klingelte es an der Haustür. Ich war gut konditioniert. Die Spucke des Pawlowschen Hundes beginnt zu laufen, wenn die Klingel ertönt. Ich begann zu rennen.

Vor der Tür stand eine Frau, abgemagert wie ein Fahnenmast. Um ihre Hüften hing ein knöchellanger Rock aus hellbeigem Wollstoff, als sei die Flagge auf halbmast gezogen. Darunter schaute ein prähistorischer weißer Spitzenunterrock hervor. Dazu die blasse Haut eines Menschen, der Angst hat, aus dem Haus zu gehen. *Tuberkulosekrank, dem Sanatorium entlaufen*, dachte ich.

Die Haarfülle trainierte vermutlich die Nackenmuskulatur und erklärte die steife Haltung, die sie hatte. Ihr Mund war in einem violetten Ton geschminkt, was nicht besonders belebend wirkte. Anfang Vierzig, schätzte ich. Die weiße Samtjacke war an Ärmeln, Bund und Knopfleiste mit Kunstpelz eingefaßt. Ein Teil, wie man es nur auf Flohmärkten oder in Secondhandläden findet.

Die extravagante Kleidung verbarg nur schlecht, daß darin ein Körper steckte, der unterernährt war. Die Vorstellung war schrecklich, daß unter dem Rock die Beckenknochen spitz hervorragten, kurz davor, durch die Haut zu brechen.

»Ja, bitte?« fragte ich ungeduldig.

Sie starrte mich an, völlig desorientiert. Es würde mich nicht wundern, wenn nachher im Radio eine Suchmeldung zu hören wäre: Frau X ist nicht in der Lage, sich zu orientieren.

»Mein Name ist Marie Zanardi. Ich hätte gerne Dr. Richard Friedland gesprochen.«

Nicht nur der Körper dieser Frau ging gegen Null, auch ihrer Stimme verlieh sie kein Gewicht.

»Tut mir leid. Mein Vater ist im Urlaub.«

»Ich habe seine Adresse von Herrn Widerhofer. Dr. Widerhofer. Vielleicht kennen Sie ihn. Dr. Widerhofer aus Wien?«

»Nein, keine Ahnung«, ich schüttelte den Kopf, »der Name sagt mir nichts.«

»Ich hätte Ihren Vater wegen einer wichtigen Sache sprechen müssen.«

Je länger ich ihr zuhörte, desto stärker fielen die schlampig gesprochenen Vokale auf, wie sie für amerikanisches Englisch typisch sind.

»Tut mir leid, ich kann Ihnen wirklich nicht helfen.« Ich wandte mich zur Seite, um ins Haus zu gehen. Es war zu kalt, um länger als fünf Minuten im Unterhemd und mit nackten Füßen an der Haustür herumzustehen.

»Aber ich muß ihn sprechen«, sie griff nach meinem Arm, umklammerte ihn fest. Nie hätte ich ihr zugetraut, daß sie solche Kraft entwickeln könnte, »ich habe ihm geschrieben.«

Ich schüttelte ihre Hand ab. »Hören Sie, das kann ja alles sein, aber er ist nicht da. Er ist in Wien und kommt morgen abend zurück.«

»Warum in Wien? Was macht er in Wien?«

»Warum nicht?«

»Was will er dort? Wen trifft er?«

Ich wurde ungeduldig. »Ich glaube nicht, daß Sie das etwas angeht!«

Sie zögerte.

»Aber morgen fahre ich bereits in die Schweiz!«

Ihre Augen hielten mich an der Haustür fest. Sie konnte ich nicht so einfach abschütteln wie ihre Hand.

»Da kann man nichts machen. Ich kann ihn schließlich nicht herzaubern.«

»Er muß mich unbedingt anrufen.«

»Okay, ich richte es ihm aus.«

Sie zog einen altmodischen Füller aus der Handtasche und

schrieb auf eine Blankokarte eine Nummer, die mit 0173 begann. Dann reichte sie mir die Karte.

Die Haut ihrer Hand wirkte wie Frischhaltefolie über dem komplizierten Gewirr blauer Adern. Sie wurden nur schwach zusammengehalten von einem dunkelbraunen Armband, das mich an die Freundschaftsbänder erinnerte, die Sabrina immer flocht. Nur war das Material feiner, glänzend wie aus Seide. Der Verschluß war aufwendig gearbeitet und hatte die Form eines Fisches.

»Ich bin jederzeit erreichbar.«

Ich steckte den Zettel in die hintere Hosentasche.

»Okay!«

»Sie sagen also Ihrem Vater Bescheid?«

»Na klar, auf jeden Fall«, antwortete ich, drehte ihr den Rücken zu und hatte sie fast vergessen, bis auf den fragenden Blick.

Das einzig Lebendige an ihr.

3

Sonntag abend

Mit Magnus' Abreise war für mich die Erkenntnis vom biologisch determinierten männlichen Egoismus endgültig in den Status eines Naturgesetzes erhoben worden. Unsere Trennung war, was mich betraf, über Nacht gekommen, zusammen mit einem der schlimmsten Eisregen seit zehn Jahren. Rechtzeitig zum neuen Jahr und zu meinem 35. Geburtstag. Der Regen hatte bundesweit die Straßen in ein einziges nationales Eisstadion verwandelt. Was am Ende der Heimfahrt herauskam, war die bittere Erkenntnis, daß wir nicht zueinander paßten. Eine Stunde Eis hatte mehr Erfahrung gebracht als fünf Jahre Zusammenleben.

Magnus teilte mir mit, daß er in vier Wochen nach Kroatien reisen würde, um dort ein Projekt zu leiten, das dazu diente, die Identität der in Massengräbern verscharrten Kriegstoten festzustellen.

»Wie kommst du denn plötzlich auf diese Idee?«

»Vor acht Wochen hatte ich einen Anruf aus dem Außenministerium. Eine Frau Dr. Eva Katernberg meinte, ich sei die erste Wahl für diesen Job. Und es sei meine Pflicht anzunehmen.

Das Außenministerium sei sehr daran interessiert, sein internationales Renommee zu festigen, indem ein Deutscher diese Sache leitet.«

»Und das sagst du mir erst jetzt?«

»Ich habe mich selbst erst vor einer Woche entschieden.«

Ich schaute seinen Hinterkopf an und fragte mich, welche Abteilung seines Gehirns diesen Plan ohne mich ausgebrütet hatte. Ich hatte schon immer gewußt, daß es in Magnus' Kopf Stellen gab, zu denen ich nie vordringen konnte. Waren es dieselben, an denen die Haare etwas schütter zu werden begannen?

»Wir leben zusammen, falls du das vergessen hast. Schließlich muß ich mir einen Nachmieter suchen.«

»Wie gesagt, ich habe mich erst vor einer Woche für die Einladung entschieden.«

»Einladung? Toll! Viel Vergnügen auf Evas Party!«

»Spare dir deinen Sarkasmus, Franka. Aus genau dem Grund habe ich es dir nicht erzählt, weil ich wußte, daß du hysterisch reagieren würdest.«

Wo Magnus zuwenig Haare hatte, hatte ich eindeutig zuviel. Es kam dadurch nicht selten in meinem Kopf zu einer Art Emotionsstau in den Nervenenden, die zum Hippocampus führen. Verdrahtete rote Locken versperrten hoffnungslos den Weg zur Vernunft.

»Hysterisch? Du sagst mir nebenbei, weil wir in einem Auto gefangen sind und nichts anderes tun können, als uns endlich einmal wieder zu unterhalten, daß du weggehst, und wenn ich mich darüber aufrege, bin ich gleich hysterisch!«

»Du könntest mir erst einmal in Ruhe zuhören. Es besteht immerhin die Möglichkeit, daß du mich begleitest.«

»Wie stellst du dir das vor? Dich begleiten? Und was ist mit meiner Arbeit?« Ich spürte, wie die Wut in mir hochstieg wie ein heißer Feuerball. Schon so hatte ich das Gefühl, daß die

Scheiben beschlugen. Im Eisregen hörte ich mich zischen und schaltete die Klimaanlage an. »Du bist fest entschlossen?«

»Ja.«

»Warum hast du mir deinen Entschluß nicht geschickt? Notariell beglaubigt, schriftlich, mit Rückschein?«

Wir schafften es nach Hause, ohne in den Graben gestürzt zu sein. Es war leider auch nicht nötig, uns zu Fuß nach Hause durchzukämpfen. Hätte uns vielleicht gutgetan.

Wie in seinem Paß stand, hatte Magnus keine besonderen Merkmale. Aus morphologischer Sicht war er völlig unauffällig. Würde ich die anthropometrische Methode zur Berechnung mitteleuropäischer Skelette anwenden, läge er im durchschnittlichen Wertebereich. Es hatte einige Zeit gedauert, bis er mir auffiel. Seine Qualitäten lagen mehr im Bereich der Intelligenz und seinem hohen Grad an moralischem Bewußtsein, wie mir immer wieder von verschiedenen Seiten bestätigt wurde, als in seinem Erscheinungsbild. Jetzt, wo er im Schlafanzug neben dem Bett stand, wurde mir das bewußt. Ich fand ihn plötzlich fast schon abstoßend durchschnittlich. Daran konnte auch sein moralischer IQ nichts ändern.

»Laß uns schlafen, morgen können wir weiterreden«, seufzte er. Wer schon einmal aufmerksam verfolgt hat, wie ein Vulkan zum Ausbruch kommt, der versteht, wie es in mir aussah. Jahrelang ruhte ich, aber nun … da nützte der stärkste Eisregen nichts.

Ich würde meiner Schwägerin Isabella – Scheidungsanwältin – den Gefallen tun und ihr in einem familiären Präzedenzfall vorführen, daß ihr Berufsstand überflüssig wurde, wenn man erst gar nicht heiratete.

»Du wirst jetzt nicht schlafen! Und schon gar nicht in meinem Bett!«

»Ich kann so eine Einladung nicht übergehen. Es ist eine Riesenchance, international zu arbeiten.«

»Riesenchance? Es ist für dich eine Riesenchance, Kriegsgräber auszuheben?« Ehrlich gesagt hatte ich in diesem Moment etwas Sorge, meine Stimme könnte sich nun dort oben festsetzen und mein Leben lang nie wieder in ihre natürliche Lage zurückschwingen.

»Einer muß diese Arbeit schließlich machen!«

»Aber nicht ich!«

»Wir beide«, er setzte sich auf. Hoffte womöglich auf Versöhnung oder zumindest darauf, doch nicht ins Wohnzimmer umziehen zu müssen. »Wir sind Spezialisten. Wir können den Menschen dort helfen, Gewißheit über vermißte Angehörige zu erhalten. Wir wissen doch, wie wichtig das für die Lebenden ist.«

Der Satz war schön. Und seine Stimme hatte diesen verführerischen tiefen Ton von Ernsthaftigkeit in einer flüchtigen Zeit, der mich stets melancholisch machte. Die Lava verlosch. »Und wir werben damit auch für unser Institut.«

»Tut mir leid, Magnus.« Plötzlich war ich wieder völlig ruhig. »Ich bin nicht dazu da, dein professionelles Weltbild zu festigen. Ich kann das nicht.«

»Du kannst es. Seit drei Jahren arbeitest du mit mir zusammen. Du hast viel Erfahrung bei DNA-Gutachten. Ich könnte dich gut gebrauchen. Wir sind aufeinander eingespielt. Ein Team.«

Endlich verstand ich, was falsch lief. Während ich dachte, wir liebten uns, waren wir für Magnus die ganze Zeit nur ein ideal eingespieltes Arbeitsteam gewesen. Ein Familienbetrieb in Sachen Anthropologie mit sexuellen Neigungen. Meine Stimme bewegte sich fast tonlos. »Es ist etwas völlig anderes, Skelette aus Hockergräbern zu analysieren als Knochen aus Massengräbern. Die einen sind Tote, die in Würde begraben wurden. Die anderen wurden ermordet. Das eine nennt man Bestattung, das andere Entsorgung. Es tut mir leid, aber ich fühle mich dazu in keiner Weise berufen. Denn wenn ich die Arbeit hätte machen wollen, die du jetzt vorhast, dann wäre ich Totengräber geworden und hätte ein Beerdigungsinstitut gegründet.«

Daß Magnus daraufhin freiwillig ins Wohnzimmer gezogen war, fand bei jedem, dem ich dieses Gespräch erzählte, Verständnis. Mein Zynismus traf auf völlige Ablehnung. Ich hatte mich allein durch die Art, wie ich darüber sprach, ins Unrecht gesetzt.

Am Aschermittwoch brachte ich ihn an den Militärflughafen. Und in dem kurzen Moment, als das Flugzeug der Bundeswehr startete und mit ihm Magnus im Himmel verschwand, atmete ich tief durch und fühlte mich plötzlich für einen kurzen Moment erschreckend frei, wie jemand, der es endlich geschafft hat, aus der Kirche auszutreten.

Daß ich bei meinen Eltern wohnte, war eine Sache, die Theresa immer wieder kritisierte.

»Das ist einfach nicht normal! Ich verstehe nicht, daß deine Mutter als Psychologin das unterstützt.«

»Es leuchtet nicht ein, weshalb ich in der Frankfurter City siebenhundert Euro zahlen soll, wenn ich hier eine eigene Wohnung habe, die mich keinen Pfennig kostet.«

»Du könntest sie ja vermieten.«

Theresa, Fotografin, die sich als Webdesignerin selbständig gemacht hatte, nervte mich damit, seit Magnus ausgezogen war. Doch Einsamkeit war nicht meine Sache. Das Wochenende allein im Haus reichte mir, noch dazu in einer Wohnung, in der sich über Nacht der Zementstaub in meinen Haaren festsetzte, so daß ich mir am Morgen vor dem Spiegel vorkam, als sei ich plötzlich ergraut. Ich war verdammt froh, als meine Eltern am Sonntag abend aus Wien zurückkamen und auch Sabrina, die siebenjährige Tochter meines Bruders. Sie war die letzten Wochen die einzige gewesen, die mich abgelenkt hatte, ihre Leichtigkeit, ihr Urvertrauen in das Leben, ihre Fähigkeit, sogar im Zustand meiner Wohnung das Positive zu sehen.

»Super! Kann ich im Flur inlineskaten?«

Offensichtlich hatte auch ein nackter Betonboden seine Vorteile. Vielleicht sollte ich ihn einfach so lassen. Schließlich hatte Theresa mir neulich in der Zeitschrift *Schöner Wohnen* gezeigt, daß unverputzter Beton der neueste Trend war. Natur pur sozusagen.

»Mann, bist du schwer geworden.« Ich packte sie um die Hüften und hob sie hoch. »Zuviel Sachertorte gegessen? Zu viele Mozartkugeln? Und Palatschinken?«

»Ich hab nicht zugenommen. Aber Mama! Hat die Großmutter in Wien gesagt.«

In dem roten Kleid mit Spitzenkragen und den schwarzen Lackschuhen entsprach sie völlig der Illusion, die Isabella sich machte. Doch meiner Meinung nach trug sie diese Kleider nur zur Tarnung. Um ihr Innerstes zu schützen. »Ich habe dir etwas mitgebracht!« rief sie, und schon war sie auf dem Weg nach unten, um ihre Inlineskates zu holen.

Als ich das Eßzimmer meiner Eltern betrat, saß die Familie bereits am Tisch. Nur meine Mutter war wie immer in der Küche verschwunden. Isabella trug ein rosa Ensemble und hatte die blondierten Haare wie gewohnt zu diesem glatten Pferdeschwanz gebunden, der wirkte wie ein mit der Klebepistole befestigtes Haarteil. Sie nippte an einem Glas Prosecco, und der Blick, der mich traf, war grell wie Flutlicht. Sie benutzte ihn, um andere Menschen vollständig, bis in jeden Winkel, auszuleuchten.

Hätte Vincent mich gefragt, so war er einfach auf ihre Mannequinfigur, ihre Herkunft und ihr Geld hereingefallen. Doch er fragte mich nicht. Seine Kommunikation funktionierte nur noch per Handy, sein Bekanntenkreis bestand aus der Uniklinik, Abteilung Herzchirurgie. Er war damit beschäftigt, meinem Vater zu beweisen, daß er ein würdiger Nachfolger war.

Mein Vater sah müde aus. Das Gesicht war grau und eingefallen. Vielleicht war die Reise nach Wien zuviel gewesen. Nachdem er Ende letzten Jahres mit fünfundsiebzig endgültig seine Praxis als Internist aufgegeben hatte und auch der letzte Privatpatient, der ihm am Herzen lag, gestorben war, hatte er das Reisen entdeckt. Das einzige Interesse, das ihn, glaube ich, wirklich mit meiner Mutter verband. Wenn ich sie beobachtete, wie sie Tortellini auf den Tellern verteilte, war nicht zu übersehen, daß sie zwölf Jahre jünger war. Mit ihren kurzen grauen Haaren wirkte sie nicht älter als fünfundfünfzig. Sie war Psychologin, praktizierte aber nicht mehr.

Sabrina forderte meine Aufmerksamkeit.

»Dein Geschenk. Du mußt es noch auspacken.«

Sie hatte sich umgezogen, und aus der Latzhose kam ein zerknautschtes Päckchen zum Vorschein, in eine weiße Serviette gehüllt mit der Aufschrift *Hotel Kaiserin Elisabeth*.

»Hab ich selbst gemacht im Hotel. Mit dem Babysitter. Die kam aus ... Woher?«

»Aus Kroatien«, antwortete meine Mutter und setzte sich endlich.

»Ich bin wirklich neugierig.« Vorsichtig nahm ich das Päckchen entgegen.

»Langsam!« rief sie besorgt, während sie selbst ständig auf und ab hüpfte. »Das kann kaputtgehen.«

Unter dem Geschenkpapier kam eine langhaarige nackte Frauenfigur aus Ton zum Vorschein. Sie saß auf einer Art hybrider Züchtung zwischen Pferd und Elefant. Mit Brüsten, die zusammengewachsen aussahen wie Siamesische Zwillinge. Der Elefant hatte offenbar besonders die Beine genetisch beeinflußt. In diesem kleinen Kunstwerk sah ich die Anfänge der primitiven Kunst aufscheinen.

»Eine Amazone«, rief Sabrina. »Die liebst du doch, oder?«

»Ja, und wie.«

»Mehr als Magnus?« Sabrina war so offen arglos wie ihre Mutter versteckt boshaft.

»Auf jeden Fall liebe ich dich mehr als Magnus«, sagte ich und küßte Sabrina, »und die Amazone ist toll, wirklich.«

»Was willst du nur immer mit dem alten Schmarrn.« Das Wienerische in Isabella trat hervor.

»Du vertrittst lebende Frauen als Anwältin und ich tote. Das ist der ganze Unterschied.«

»Ich wollte in Ruhe essen«, sagte mein Vater, und auf sein Wort breitete sich Schweigen aus. Davon hatte ich die letzten Tage genug gehabt.

»Übrigens, Freitag abend hat hier eine Frau geklingelt und nach dir gefragt, eine Frau Zanardi.«

Er strich sich mit der Hand über die kahle Stelle am Kopf. »Nie gehört.«

»Sie nannte einen Dr. Widerhofer, der sie zu dir geschickt hat.«

»Kenne ich nicht.«

Wieder allgemeines Schweigen.

»Sie sah völlig fertig aus!«

»Wer?« fragte meine Mutter.

»Diese Frau Zanardi! Irgendwie total daneben. Sie sagte, ihr seid verabredet.«

Mein Vater stach in die Tortellini, mein Bruder schüttete den Wein hinunter und sagte: »Zanardi! Heißt nicht so dieser italienische Rennfahrer, der vor Jahren verunglückt ist?«

»Stimmt«, antwortete mein Vater, »Alessandro Zanardi!«

»Das war aber keine Italienerin. Sie hatte einen amerikanischen Akzent.«

Isabella spießte konzentriert die Rucolablätter ihres Salates auf die Gabel.

Meine Mutter antwortete: »Vermutlich eine Patientin. Hast du ihr nicht gesagt, daß dein Vater die Praxis aufgegeben hat?«

»Doch«, ich schaute meinen Vater direkt an, »aber sie sagte, sie hätte dir einen Brief geschrieben.«

Er tupfte sich mit der Leinenserviette den Mund sauber. »Nicht daß ich wüßte.«

»Sabrina!« Isabella sprang auf. Ein Fleck Rotwein färbte direkt unter der linken Brust das rosa Twinset dunkel.

»Wenn du dich nicht benehmen kannst, verläßt du sofort den Tisch.«

»Aber ...«

»Sabrina«, mischte Vincent sich ein, »du hast gehört, was deine Mutter gesagt hat.«

Ich warf ihm einen Blick zu wie früher, wenn die Geschwisterliebe von einem Moment zum anderen in Mordlust umgeschlagen war. Ich konnte nicht verstehen, daß er Isabellas Erziehungsstil so hinnahm. Schließlich hatte unsere Mutter uns ohne Gebrüll und Ohrfeigen großgezogen. Sabrina verschwand, und das Schweigen im Raum wirkte jetzt so, als sei die Heizung endgültig ausgefallen. Am Anfang hatte ich Sabrinas Erziehung noch kommentiert, bis meine Mutter mir den Rat gab, es zu unterlassen. *Misch dich nicht in die Erziehung anderer Leute ein.* Aber es waren keine anderen Leute!

»Was hast du denn die ganze Woche gemacht?« begann meine Mutter.

»Ich muß ein Gutachten zu einem Schädel erstellen. Der ist im Altpapier aufgetaucht.«

Sabrina kam bereits wieder hüpfend zurück. »Was für ein Schädel?«

Zum Leidwesen ihrer Mutter interessierte sie sich stark für meine, wie Isabella fand, nekrophilen Neigungen.

»Schon lange tot«, beruhigte ich sie.

Meine Mutter fuhr fort. »Und du meinst, du schaffst das ohne Magnus?«

»Ist schließlich mein Job!« Der aggressive Unterton war nicht zu überhören. »Von mir hängt es ab, ob der Mensch, zu dem dieser Schädel gehört, identifiziert wird oder nicht.«

»Denk nur nicht, daß du uns damit beeindrucken kannst«, warf mein Bruder ein. »Wir sind Ärzte. Bei uns geht es um Leben oder Tod. In deinem Job ist diese Entscheidung bereits gefallen.«

»Wer interessiert sich schließlich schon für alte Knochen?« Die Art, wie Isabella Salat aß! »Und Frauenthemen sind inzwischen nun wirklich überholt.«

Jedes einzelne kleine Rucolablättchen mit der stumpfen Gabel aufspießen, einmal um die eigene Achse drehen, nach Maden und Würmern Ausschau halten, um dann an dem Grün zehn Minuten herumzukauen. Ich sammelte im Sprachzentrum meines Gehirns Energie, schloß für einen kurzen Moment die Augen und vollführte im Geiste eine komplizierte Übung im Schattenboxen.

»Aber immerhin«, mischte Vincent sich ein, »wenigstens kannst du mit diesem Gutachten Geld verdienen.«

Vincent hielt Geld für die eigentliche Lebensenergie des Menschen, für den Überlebenstrieb, der seiner Meinung nach die gesamte Evolution in eine neue Richtung verändern würde. Unsere Spezies würde in Zukunft nicht mehr bestimmt von der Größe des Gehirns, sondern der des Aktiendepots. Im übrigen war er die gelungenere Kombination der elterlichen Gene als ich. Meine katastrophal verhakten roten Locken waren bei ihm eine parallele Anordnung formvollendeter Wellen. Sabrina hatte meine Haare geerbt. Auch sie übten inneren Widerstand. Sie waren so störrisch, daß Isabella sie zwang, sie jeden Tag mit Wasser aufzuweichen und dann wieder mit Gel zu fixieren. Ihre Bitten, die Haare doch einfach so kurz zu schneiden, daß sie wie eine Art Drahtbürste auf dem Kopf blieben, wurden von Isabella nicht erhört. Sie bestand auf langen Haaren, und Sabrina mußte es ertragen, daß sie jeden Morgen, Mittag und Abend 20 Minuten lang gebürstet wurden.

»Und Geld kannst du doch sicher gut gebrauchen, wenn du jetzt die Wohnung umbaust«, ergänzte Isabella.

»Franka kauft sich ein neues Bett, ganz groß, damit ich immer bei ihr schlafen kann, wenn ihr weggeht«, mischte Sabrina sich ein. Sie hatte ein untrügliches Gespür für Stimmungsschwankungen und fühlte sich verantwortlich auszugleichen.

»Na ja«, machte Isabella die Hoffnungen ihrer Tochter zunichte, »freue dich mal nicht zu früh, sicher findet Franka bald einen neuen Mann.«

»Genau«, entgegnete ich, »das sagst du bestimmt auch deinen Scheidungsopfern. Machen Sie sich nichts daraus, Sie finden wieder einen neuen Mann.«

»Scheidungsopfer sind immer nur die Kinder«, bemerkte Isabella, »alle anderen sind selbst an ihrem Unglück schuld.«

Nie waren sie alle mir so borniert erschienen wie an diesem Abend nach ihrer Rückkehr aus Wien. Aber ich hatte es geahnt. Eine Teilnahme am Opernball verdarb jeden anständigen Charakter.

»Und«, sagte ich zu Vincent gewandt, »hast du dich gut mit Verona Feldbusch amüsiert?«

4

Montag früh, 6.00 Uhr

Ich wachte auf. Mein Körper fühlte sich an, als habe er die ganze Nacht an einer Sprossenwand gehangen, unaufhörlich gezwungen, einen Klimmzug nach dem anderen zu wiederholen. Die Bilder beschäftigten mich, doch ich konnte mich an keines genau erinnern. Ich wachte blind auf in einem Körper, der nach einer ungeheuren Anstrengung schmerzte. Ich hatte dringend eine Dosis Instant-Cappuccino mit einem aufgebackenen Schokocroissant der Marke Eismann nötig. Derartige Zuckerattacken, verbunden mit einer unvermuteten Sucht nach Koffein, überfielen mich in regelmäßigen Abständen.

Die Wohnung war leergeräumt, bis auf die wenigen Möbelstücke, die nicht für die Zeit des Umbaus auf dem Dachboden gelandet waren. Im Wintergarten, dem verglasten Balkon der ehemaligen Mansardenzimmer, stand ein großer Eßtisch aus Pinienholz, den Magnus als Schreibtisch benutzt hatte. Seine große freie Fläche verursachte in meinem Gehirn Platzangst. In drei Wochen war Semesterbeginn. Die letzten Jahre hatte ich nur den sogenannten Knochenkurs abgehalten. Doch nach

Magnus' Abreise mußte ich nun die Einführungsvorlesung sowie die Lehrveranstaltung mit Praktikum zur Polymerase-Kettenreaktion übernehmen. Außerdem erwartete Professor Hofmann, der Leiter des Instituts, daß ich einen Beitrag zum Thema DNA aus alten Geweben für sein Lehrbuch zur Prähistorischen Anthropologie schrieb. Ganz abgesehen von meinen eigenen Forschungsarbeiten, die zu kurz kamen. Vor vier Monaten hatte ich in der Fachzeitschrift für Anthropologie einen Artikel über Ausgrabungen in der Ukraine gelesen, in dem die These aufgestellt wurde, es handelte sich bei den freigelegten Bestattungsanlagen um die Grabstätten der sagenumwobenen Amazonen. Bis zu diesem Zeitpunkt hatte ich angenommen, daß die Amazonen nur ein Mythos waren. Tatsächlich hatte man jedoch Gräber aus der Eisenzeit entdeckt, in denen Frauen mit ihren Waffen bestattet waren. Einige von ihnen wiesen zudem Verletzungen auf, wie sie nur von Schwertern zugefügt worden sein konnten. Ich hatte der Leiterin der Ausgrabungen, der Archäologin Jennifer James-Mason, schon im Dezember geschrieben, daß ich plante, im Rahmen einer großangelegten Forschungsarbeit an allen Skeletten Mitochondrienanalysen durchzuführen, um die Verwandtschaftsverhältnisse in den weiblichen Linien zu untersuchen. Bisher hatte sie noch nicht geantwortet.

Die Handwerker erschienen, als ich gerade losfahren wollte. Sie begannen, die Wand zwischen beiden Schlafzimmern durchzubrechen. Eine List, die verhindern sollte, daß ich jemals wieder einen Untermieter suchte. Ich überließ ihnen die Wohnung und reihte mich in den Verkehr ein, der sich Richtung Frankfurt auf gut zehn Kilometern staute. Eingepfercht zwischen schwarzen BMWs und verschiedenen Mercedestypen in Dunkelgrau-metallic, hätte man meinen können, ich befände mich in einem Autocorso auf dem Weg zur Beerdigung eines einflußreichen Mafiabosses. Fast war es mir peinlich, daß ich mit meinem roten Volvo dazwischengeraten war. Als sei ich für das Begräbnis unangemessen gekleidet.

Ich fuhr durch das Tor zum Gebäude der Rechtsmedizin und parkte mein Auto vor der Mauer zwischen den Altpapiercontainern und den Fahrradständern, wo ein einsames Rennrad angekettet war.

Herr Keller, Pförtner und Hausmeister in Personalunion, öffnete mir und freute sich, mich zu sehen.

»Lange her!« sagte er.

»Stimmt. Alles beim alten?«

»Professor Jacobi ist nicht da«, informierte er mich. Dann schlug er mit der Faust rhythmisch auf die linke Brust. »Die Pumpe will nicht mehr. Geht aber sowieso in einem halben Jahr in Rente. Uniklinik. Privatpatient.«

Professor Jacobi war ein hervorragender Rechtsmediziner. Ich mochte ihn und nahm mir vor, ihn im Krankenhaus zu besuchen. Aber Herr Keller war noch nicht fertig. »Und jetzt ist so ein Junger da aus dem Osten. Dr. Veit. Militärisch, sage ich Ihnen, militärisch. Sportschule Leipzig, Sie verstehen?«

Ich schnitt eine solidarische Grimasse, die ihn trösten sollte, obwohl ich ab und an selbst das Gefühl hatte, ihm hätte etwas Disziplin nicht geschadet. Herr Keller neigte dazu, zuviel zu reden. Ich vermutete, daß er einen großen Bekanntenkreis hatte, denn er wußte eine Menge Geschichten über interessante Autopsiefälle zu erzählen und nahm es mit dem Dienstgeheimnis nicht so genau. »Ich mein, ma' red' ja nur«, war sein Lieblingsspruch, und ich wurde den Verdacht nicht los, daß er das Kabarettduo Badesalz beriet. Womöglich konnte man ihn sogar für Kindergeburtstage mieten.

»Ich sage schnell Bescheid.« Er nahm den Telefonhörer und wählte. Doch niemand nahm ab. »Der war die ganze Nacht da. Neuzugang. Eine Frauenleiche im Westhafen. Hat jemand versucht, verschwinden zu lassen. Unter einer Betondecke.«

Ich nickte ungeduldig, aber Herr Keller fuhr fort: »War aber nichts. Die Bauarbeiter haben Mist gebaut, und das Fundament mußte tiefer ausgehoben werden. Na ja, österreichische Baufirma.«

»Ist der Schädel angekommen?« unterbrach ich ihn. Ich hatte keine Lust, Details zu hören, die mich nichts angingen.

»Nix gesehen.« Herr Keller zuckte die Achseln. »Gehen Sie einfach hinunter.«

Ich ging die Treppe hoch in den ersten Stock und klopfte an die Tür von Frau Spieker, Professor Jacobis Sekretärin. Nichts war zu hören. Ich drückte den Türgriff nach unten und trat ins Zimmer. Es war leer. Das rote Licht des Laserdruckers blinkte. Papier fehlte, aber das war nicht mein Problem. Ich ging hinunter in den Keller, in dem die Sezierräume lagen, vorbei an Lagerräumen, Garderobenschränken, Toiletten, Duschen, Laborräumen. Niemand zu sehen.

Ich klopfte an die Tür zum Seziersaal. Wieder antwortete niemand. Was war denn hier los? Streikten die alle? Automatisch drückte ich den Türgriff nach unten und trat ein. Vor mir ein Rücken im weißen Laborkittel. Im hochgerutschten Kragen stauten sich blonde unkultivierte Haarbüschel. Unter dem Kittel bemerkte ich Camelboots ohne Socken zu einer beigen Freizeithose.

»Guten Tag!« rief ich laut.

Der Mann richtete sich auf, drehte die Lampe über dem Tisch zur Seite und wandte sich zu mir um. Unzählige Bartstoppel warteten darauf, durch die Haut zu brechen. Vielleicht hätte man das Gesicht in rasiertem Zustand als charakterstark bezeichnen können, aber so wirkte es lediglich wetterfest, auch durch die buschigen Augenbrauen, die sich fragend nach oben hoben.

»Was machen Sie denn hier? Hier kann nicht jeder ein- und ausmarschieren, wie er will.«

»Tut mir leid, aber es war niemand zu sehen.«

»Haben Sie sich nicht beim Pförtner angemeldet?«

»Herr Keller hat hier unten angerufen, aber wenn keiner ans Telefon geht.«

»Die sind alle auf einer Betriebsversammlung der Universität. Was wollen Sie denn?«

»Ich will gar nichts. Sie wollen etwas von mir.«

»Und was soll das sein?«

Ich ging auf ihn zu und streckte ihm die Hand entgegen. »Dr. Friedland. Ich soll mir den Schädel ansehen, der am Freitag gefunden wurde.«

Er legte das Skalpell zur Seite und streifte langsam nacheinander beide Handschuhe ab. Seine Hand war warm, doch ich empfand sie als unangenehm, wenn ich daran dachte, was er gerade angefaßt hatte. Weiß der Herr, ob Bakterien nicht inzwischen so schlau waren, sich ihren Weg sogar durch dünne Latexschichten zu bahnen.

»Ach, Sie sind das. Warum haben Sie nicht angerufen?«

»Sorry, aber Kommissar Fischer weiß Bescheid.«

»Das nützt mir nichts, wenn Fischer Bescheid weiß.«

Sein Blick ging von oben nach unten.

»Sehen Sie zu, daß Sie hier verschwinden.«

Unwillkürlich trat ich drei Schritte zurück.

»Tut mir leid, aber ich will auch nur meine Arbeit erledigen.«

Als er auf mich zukam, gab er den Blick frei auf den Tisch hinter ihm. Auf der glänzenden Fläche aus Chrom lag die Leiche, an der er gerade gearbeitet hatte. Wenigstens hatte er noch nicht angefangen, sie aufzuschneiden. Sie war bis zur Hüfte mit einem dieser Tücher abgedeckt, deren Farbe ich als Leichengrün bezeichnete. Ein Ton, den Isabella jahrelang im Frühjahr getragen hatte, in dem Wahn, es handele sich um Lindgrün. Erst als ich ihr eine Stoffprobe unter die Augen gehalten hatte, war sie zu Rosa übergegangen.

Nur allmählich, ganz langsam, nahm ich wahr, daß schwarze Haare an der Seite des Tisches herunterhingen. Fast berührten sie den grün gekachelten Fußboden. Mein Blick wanderte die Strähnen nach oben, bis er in dem weißen Gesicht hängenblieb.

»Würden Sie endlich den Raum verlassen?«

Ich ignorierte ihn. Einen Schritt nach dem anderen ging ich in Richtung des Tisches.

Er packte mich am Arm. »Ich glaube nicht, daß Sie so einfach ...«

»Lassen Sie mich los!« Ich schüttelte seine Hand ab. »Wie kommt die Frau hierher?«

»Was wollen Sie denn ...?« Er brach ab. Endlich verstand er, daß es nicht Neugierde war, die sich auf meinem Gesicht abzeichnete.

»Was ist los?«

»Ich kenne sie.«

»Wen? Die Tote?«

»Ja, ich kenne sie. Sie heißt Marie Zanardi«

»Wir konnten sie bisher nicht identifizieren.«

Ich starrte sie weiter an.

»Kommen Sie.« Wieder faßte er mich am Arm. Diesmal wehrte ich mich nicht. »Gehen Sie hier erst einmal raus.« Er zog mich zur Tür. Froh, wegzukommen, folgte ich ihm in Richtung der Garderobenschränke, wo sich auch der Kaffeeautomat befand. Das spärliche Licht, das schräg durch die dreckigen Kellerfenster fiel, hatte eine Farbe, die mich an überreife Bananen erinnerte. Kein Wunder, daß der Ficus, der neben dem Automaten stand, die Blätter rollte. Mein Gott, es war eine Pflanze aus dem Süden, die hier Asyl suchte. Man sollte es in so lieblos gestalteten Amtsfluren vielleicht mit deutscher Eiche probieren. Ich setzte mich auf einen der Holzstühle und nahm einen Schluck der weißmelierten Kaffeebrühe. Den Rest goß ich in den Topf und riß eines der Blätter von der sterbenden Pflanze. Sie war aus Plastik. Nicht einmal Kunststoff konnte also in so einer Umgebung gedeihen. Hier war alles zum Sterben verurteilt.

Dr. Veit räusperte sich. »Geht es wieder?«

Mechanisch nickte ich.

»Sagen Sie mir, wenn Sie sie noch einmal ansehen wollen.«

Schweigend saßen wir nebeneinander, bis ich sagte: »Okay, zeigen Sie sie mir.«

Und ich stand auf mit dem Gefühl, als sei die Schokofüllung in meinem Magen vermischt mit dem Cappuccino erst in großer Hitze geschmolzen und dann in der Gefriertruhe zusammengeklumpt.

5

Montag mittag

Schwer zu erklären, worin der Unterschied zwischen dem Tod und dem Sterben besteht. Als Anthropologin habe ich dem Tod gegenüber eine besondere Einstellung.

Die Zersetzung eines Leichnams hängt von vielen Faktoren ab. Ein von Eis umgebener Körper kann nahezu für immer erhalten bleiben. An gut durchlüfteten, trockenen Orten mumifiziert er. Doch wenn auch die Auflösung eines Körpers schneller oder langsamer vor sich gehen kann, im wesentlichen ist sie ein standardisiertes chemisches Programm, das mit wenigen Varianten immer gleich abläuft, bis nur noch die Knochen übrigbleiben. Und das Skelett eines Menschen kann in geeigneter Umgebung Tausende von Jahren überstehen.

Mir begegnete der Tod in der Regel als dieser abgeschlossene chemische Prozeß, das heißt, es gab nur noch ein Skelett, einzelne Knochen, manchmal – wie jetzt – nur einen Schädel. Diesen menschlichen Resten gegenüber habe ich eine professionelle Immunität entwickelt, obwohl ich immer noch Skrupel habe, wenn ich eine Grabstätte öffne und die Totenruhe störe.

Das einzig Sterbende von einem Toten, das je auf meinem

Tisch gelandet war, war das Bein einer Wasserleiche gewesen, das die Wasserschutzpolizei vor einem Jahr aus dem Main gefischt hatte. Ehrlich gesagt hatte ich es als verdammt unangenehm empfunden. Nicht nur der Geruch, auch die Farbe, die Konsistenz des Fleisches und die Art, wie die Haut im Begriff war, sich abzulösen.

Der Schädel aus der Papierfabrik konfrontierte mich mit dem Tod, Marie Zanardi mit dem Sterben. Wie damals mit fünfzehn, als ich Ende November am Spätnachmittag mit meinem Vater zu einem Unfall kam. Ein Kieslaster hatte den Kofferraum eines Autos gerammt, das von der Straße gedrängt wurde, einen Hang hinunterstürzte und sich mehrfach überschlug. Wir waren die ersten am Unfallort. Mein Vater zog die Frau aus dem Wagen und versuchte, Erste Hilfe zu leisten. Jetzt fühlte ich mich wieder genauso feige wie damals. Ich war nicht fähig gewesen, die Decke aus dem Auto um ihren Körper zu legen, um sie warm zu halten, während mein Vater vergeblich versuchte sie am Leben zu halten.

Sie war dabei zu sterben, doch ich saß regungslos da, die Decke an mich gepreßt. Ich konnte sie nicht anfassen. Ich beobachtete meinen Vater, wie er die Hände auf ihren Brustkorb stemmte und Mund-zu-Mund-Beatmung leistete, und dachte nur die ganze Zeit darüber nach, daß er es wagte, sie zu berühren, seinen Mund auf ihren zu legen. Den Nachmittag hatte ich nie vergessen. Im Tiefsten meines Innern gab ich Vincent recht, wenn er mir vorwarf, ich ginge dem Sterben aus dem Weg, indem ich den Tod vorzog.

Der Anblick der Frau vor mir machte mir das in wenigen Sekunden klar und führte mir vor Augen, weshalb ich keinen Moment mit dem Gedanken gespielt hatte, Magnus zu begleiten. Ich hatte zwar gelernt, Skelette in den Händen zu halten, aber das Sterben hielt ich mir vom Leib.

Marie Zanardi sah nicht friedlich aus. Wie auch. Ihr Sterben hatte mit Gewalt begonnen. Angestrahlt von der Operationslampe über dem Sektionstisch starrte mir ihr Gesicht entgegen. Vor zwei Tagen noch schmal und eingefallen, war es jetzt aufgedunsen, die blasse Haut verschmiert mit getrocknetem Blut, Pulverspuren und Sand. Wo das linke Auge gewesen war, sah ich das sternförmige Einschußloch. Ein anderes seitlich, es wirkte, als hätte jemand mit Gewalt den Gehörgang freischießen wollen.

»Sie ist zwischen zweiundsiebzig und sechsundneunzig Stunden tot. Der Fäulnisprozeß hat schon eingesetzt«, hörte ich Dr. Veit neben mir. Er schlug das Tuch nach hinten und deutete auf den Unterbauch, an dem bereits die typische Grünverfärbung zu sehen war.

Ich holte tief Luft und wandte den Kopf zur Seite. Dr. Veit beobachtete mich besorgt, als würde ich gleich umkippen. Ich unterdrückte den Impuls, sofort diesen Raum zu verlassen, zwang mich, sie wieder anzusehen. Die Kleider hatte man ihr ausgezogen. Ihr Körper war stärker abgemagert, ausgezehrter, als ich es erwartet hatte. Ich schätzte, daß sie nicht mehr als 40 Kilo wog. An der rechten Schulter trug sie die Tätowierung eines Ankers, die irgendwie nicht zu ihr paßte.

»Sie ist so dünn.«

»Wir haben noch nicht mit der eigentlichen Obduktion begonnen, aber ich gehe davon aus, daß sie unter Bulimie beziehungsweise Anorexie litt. Andererseits fällt auf, daß sie für ihren körperlichen Zustand sehr durchtrainiert war. Sie muß bis zum Exzeß Sport getrieben haben.«

»Was ist mit ihren Sachen?«

»Sie hatte nichts bei sich außer ihren Kleidern. Keine Schlüssel, kein Geld, keinen Schmuck. Keine Papiere. Nichts!«

Die Arme lagen eng am Körper, als ob man damit verhindern wollte, daß sie vom Tisch rutschten. Sie wirkten seltsam lang, Knochen wie mit weißer Seide überzogen. Der linke zeigte unterhalb des Ellenbogens lange, gerade Narben, wie die rituellen Bemalungen afrikanischer Völker.

»Was ist das?« Meine Finger kamen ihnen so nahe, daß sie sie beinahe berührten.

»Schnittwunden, zugefügt mit einer scharfen flachen Schneide. So etwas wie ein Teppichmesser.«

»Wie kann das passiert sein?«

»Ich gehe davon aus, daß sie sich diese Verletzungen selbst beigebracht hat.«

»Aber wieso tut sich jemand so etwas an?«

»Autoaggressives Verhalten kommt häufiger vor, als man denkt. Besonders bei Frauen.«

»Ist sie …?«

Er kam mir zu Hilfe: »Ob sie vergewaltigt wurde?«

Ich nickte.

»Nein.«

»Ein Raubüberfall?«

»Bisher hat die Polizei noch keinerlei Anhaltspunkte. Aber jetzt steht wenigstens ihre Identität fest.«

»Hat sie sich gewehrt?«

»Nein, die Schüsse kamen direkt aufeinander.«

Ich war dieser Frau kurz vor ihrem Tod begegnet. Ich hatte sie vor meiner Haustür abgewiesen.

Genausogut hätte ich sie fragen können, was sie von meinem Vater wollte. Hätte sie ins Haus bitten, ihr einen Tee anbieten können. Wenigstens freundlicher verabschieden hätte ich sie sollen. Womöglich war ich die letzte gewesen, mit der sie gesprochen hatte, eine dreckverschmierte, unfreundliche Frau, die sie genervt abwimmelte wie eine Zeitschriftenwerberin.

Er zog das grüne Tuch über das Gesicht.

»Ich sage Kommissar Fischer Bescheid. Wollen Sie erst einmal nach Hause?«

Ich schüttelte den Kopf. Was sollte ich dort? Abgesehen von den Handwerkern war die Leere einer Wohnung das letzte, was ich brauchen konnte.

»Ich komme schon klar.«

»Sind Sie sicher?«

»Sind Sie sicher, daß *Sie* klarkommen?«

»Das ist schließlich mein Job!«

»Meiner auch, oder?«

Wir saßen wieder neben dem Kaffeeautomaten und dem schimmeligen Plastikficus. Dr. Veit wich nicht von meiner Seite. Er saß neben mir und zog eine Pfeife hervor. In atemberaubender Geschwindigkeit wurde ich in Tabakschwaden gehüllt. Am liebsten hätte ich ihn gefragt, ob er nichts zu tun hatte. Professor Jacobi hatte ich selten woanders angetroffen als im Labor oder im Autopsiesaal.

Andererseits hatte ich Schweigen noch nie ertragen. Stille ja. Aber nicht Schweigen. Als ob, sobald zwei Menschen aufeinandertrafen, das erste allgemeine Gesetz zum Sprechen in Kraft trat, mit dessen Einhaltung ich beauftragt war.

»Ich habe sie nicht wirklich gekannt. Sie hat lediglich vor drei Tagen bei uns geklingelt und nach meinem Vater gefragt.«

»Dann kennt Ihr Vater sie also?«

Ich zuckte mit den Schultern.

»Er behauptet nicht.«

»Warum ›behauptet‹?«

Was sollte das? Er war Gerichtsmediziner, kein Psychiater. Und derselbe Typ wie Magnus: Freizeitkleidung, aber bei anderen psychologisch und moralisch immer auf Grund laufen. Diese Phase meines Lebens hatte ich endgültig hinter mir.

Ich stand auf.

»Ich mache jetzt meine Arbeit. Deswegen bin ich hier. Sie können ja Kommissar Fischer Bescheid geben.«

Er erhob sich ebenfalls.

»Der Schädel liegt im Laborraum drei.«

Ich folgte ihm. Genau so hatte ich ihn mir vorgestellt, den Absolventen einer Leipziger Sportschule. Breite Schultern, plumper Gang. Professor Jacobi war mir lieber mit seinem leisen, zurückhaltenden Auftreten, als sei er auch nach Jahren noch bemüht, die Totenruhe nicht zu stören.

»Sie kennen sich aus?«

Ich nickte.

»Der Fotograf hat bereits Aufnahmen von allen Seiten gemacht. Wenn Sie Glück haben, sind die Abzüge schon da. Und ich habe bereits ein Paßwort für Sie angelegt, unter dem Sie Ihren Bericht schreiben können.«

»Und wie lautet es?«

»Es ist identisch mit der Aktennummer FF-61273-0102.«

»Echt einfach zu merken!«

»Das vielleicht nicht gerade«, er grinste, »aber glauben Sie mir, dahinter steckt System. Ich schreibe es Ihnen auf. Wenn Sie Hilfe brauchen, können Sie mich rufen!«

Nur über meine Leiche, dachte ich, bis mir einfiel, daß dieser Spruch für heute endgültig fehl am Platz war.

6

Montag nachmittag

In den letzten Wochen waren wichtige Bereiche meines Gehirns lahmgelegt gewesen. Ich konnte nur hoffen, diese Funktionsausfälle hinterließen keine lebenslangen Schäden. Das Wissen, daß Marie Zanardi dem Prozeß der Obduktion ausgesetzt war, daß sie gerade nebenan in allen Bereichen ihres Körpers verletzt wurde, war grausam. Das Untersuchungsblatt, das im Labor neben dem Computer lag, beruhigte mich. Nichts war geeigneter, um ein Gehirn in geordnete Bahnen zu zwingen, als ein graues deutsches Formular.

Ich begann, die grundlegenden Fakten einzutragen wie Datum, verantwortlicher Beamter, Fundort, Fundzeit. Es tat gut, sich damit ablenken zu können. Das hätte mir die letzten Wochen auch besser getan, als im Bett in Selbstmitleid zu versinken.

Ich schaltete den Computer an, gab das angeblich sinnstiftende Paßwort ein und klickte mich durch das Labyrinth der Datenbank. Dr. Veit hatte das Ganze gut vorbereitet. Außer meiner Datei waren alle anderen gesperrt, was bedeutete, ich hatte nur Zugang zu meinem Fall.

Ich holte den Schädel aus dem Karton und legte ihn auf den Tisch. Wo war der Rest des Skeletts?

Ich würde mit der Altersbegrenzung nach unten und oben beginnen, gefolgt von der Geschlechtsdiagnose, und am Ende die DNA-Analyse. Die Zähne waren gut erhalten, so daß ich eine Probe aus der Zahnwurzel entnehmen konnte, um den genetischen Fingerabdruck zu bekommen. Und ich mußte herausfinden, was dieses Loch an der Stelle, wo der äußere Gehörgang in das Innere des Schädels führte, zu bedeuten hatte.

Das Stirnbein, das Os frontale, fühlte sich kühl an und rauher, als ich es normalerweise kannte. Ich kennzeichnete die Stelle mit Kreide, um sie später genauer zu untersuchen. Mit dem Zeigefinger fuhr ich die Sutura coronalis entlang, die Knochennaht, die das Stirnbein mit dem Scheitelbein verbindet. Sie war mehrfach wie mit kräftigen Stichen einer dicken Nadel verzahnt. Wenn man sie genau betrachtete, konnte man verstehen, wie unsere Vorfahren auf die Idee gekommen waren, Leder und Fellteile durch Nähte zusammenzufügen, um Kleidung zu bekommen. Wahrscheinlich hatte der Mensch am Anfang am meisten von sich selbst gelernt.

Das Betrachten und Abtasten war eine wichtige Vorarbeit. Nicht immer waren Einzelmerkmale so aussagekräftig, daß eine abschließende Bewertung möglich war. Die Erfahrung und der Vergleich mit anderen Schädeln, die ich bereits in der Hand gehalten hatte, waren eine wichtige Voraussetzung. Und die Fähigkeit, den Überblick zu behalten. Die Merkmale und ihre wechselseitige Bedeutung waren komplex. Eines hing mit dem anderen zusammen, bis sich am Ende die einzelnen Untersuchungsergebnisse zu einem Gesamtbild zusammenfügten.

Ich benötigte Röntgenbilder, um Kieferprofil, den Zahnstand und die Vollständigkeit der Zahnwurzeln zu prüfen.

Offenbar war die Betriebsversammlung zu Ende, denn Frau

Spieker, Professor Jacobis Sekretärin, diskutierte in ihrem Büro mit Klaus, einem der Fahrer, die zwischen der Uniklinik, dem Institut für Rechtsmedizin und anderen Einrichtungen der Universität Berichte, Akten und Laborproben hin- und hertransportierten. Er war Biologiestudent und, soweit ich wußte, außer beim Institut noch bei einem Pizzaservice beschäftigt. Ich kannte ihn aus meiner Übung zum menschlichen Skelett.

»Ich sage Ihnen doch, daß kein Wagen frei ist.« Frau Spieker klang ungeduldig.

»Machen Sie doch eine Ausnahme.«

»Ausnahme, Ausnahme«, wiederholte sie. »Bei euch sind die Ausnahmen die Regel. Aber ich habe hier ein Formular, auf dem steht schwarz auf weiß ›Grund der Dienstfahrt‹. Da kann ich nun mal nicht hineinschreiben: günstiges Aldi-Angebot.«

»Aber Frau Spieker, stellen Sie sich vor, ein DVD-Gerät für hundertneunzehn Euro. Das ist ein einmaliges Angebot. Wenn ich bis heute abend warte, sind alle weg.«

»Das ist mir egal. Wieso brauchen Sie so etwas überhaupt? Ich habe auch kein DVD-Gerät.« Dann wandte sie sich demonstrativ mir zu. »Frau Dr. Friedland, kann ich etwas für Sie tun?«

»Ich brauche Röntgenaufnahmen zu dem Schädel aus der Papierfabrik.«

Sie zog ein Formular aus dem Schrank. »Hier, füllen Sie das aus, und bringen Sie es zurück. Dann haben Sie morgen die Aufnahmen.«

Ich nahm das Blatt entgegen. »Dr. Veit meinte, es seien Fotos gemacht worden. Sind die Abzüge bereits da?«

»Heute ist nichts gekommen.«

»Na also«, mischte Klaus sich ein, »da haben Sie schon einen Grund. Dienstfahrt Fotolabor. Schreiben Sie es in das Formular, und fertig.«

Resigniert füllte sie den Bogen aus. Er verließ das Sekretariat, und Frau Spieker wandte sich wieder an mich.

»Wie geht es Ihnen? Ich habe gehört, Sie haben die Frau von der Baustelle am Westhafen gekannt.«

Das hatte sich ja schnell herumgesprochen.

»Alles okay. Ich habe sie nicht gekannt.«

»Trotzdem. Ich möchte keinen von meinen Bekannten hier liegen sehen.«

»Wie gesagt, ich habe sie nicht gekannt.« Mit diesen Worten verließ ich das Sekretariat, um in das Labor zurückzukehren, wo ich hoffentlich in Ruhe gelassen wurde.

Der Schädel war insgesamt grazil, so daß ich sofort auf eine Frau tippte. Es ist kein Vorurteil, daß der männliche Schädel gegenüber dem weiblichen plumper, schwerer, dem des Neandertalers ähnlicher ist. Die einzelnen Merkmale – Kiefer, Augenhöhlen, Augenbrauen – sind einfach stärker ausgeprägt. Der Schädel vor mir dagegen hatte die hoch-ovalen Augenhöhlen, wie sie für Frauen typisch sind, die steilere Stirnpartie, den reliefarmen Hinterkopf und auffallend kleine processus mastoidei. Das einzige, das abwich, waren die ausgeprägten Jochbögen. Aber gerade in diesem Bereich gab es erfahrungsgemäß eine große Variationsbreite. Die Natur läßt Abweichungen zu, sie ist nicht so streng wie wir.

Mit Hilfe einer Stableuchte, die ich von unten in den Schädel einführte, konnte ich die Verknöcherungsgrade der Schädelnähte gut erkennen. Die Sphenobasilarfuge an der Schädelbasis war bereits vollständig geschlossen, alle anderen Schädelnähte jedoch noch offen. Ich ging also davon aus, daß die Frau mindestens 17 Jahre alt gewesen war, aber nicht älter als 30. Eine genauere Eingrenzung konnte die Untersuchung der Zähne liefern.

Dank der Stableuchte hatte ich gesehen, daß innen an der Schädeldecke einige Papierschnipsel klebten. Ich nahm eine lange Pinzette, zog die Schnipsel vorsichtig heraus und legte sie in eine dieser Nierenschalen, wie sie in Krankenhäusern verwendet werden. Dabei rieselte dunkles Material hervor, Erdkrümel, Staub, Laubreste. Ich kratzte alles, was ich finden konnte, zusammen und füllte es in eine Tüte. Vielleicht konnte das Labor etwas damit anfangen. Gerade als ich die Pinzette aus der Hand legte, öffnete sich die Tür, und Ron kam herein.

»Wie kommst du voran?« fragte er und reichte mir die Hand.

»Alles noch mit Vorsicht zu genießen.«

Er nickte. »Eilt sowieso nicht. Ich würde sagen Priorität C!«

»Super, daß meine Arbeit so wichtig genommen wird. Fürs erste steht fest: weiblich, nicht älter als dreißig, nicht jünger als siebzehn.«

»Schon wieder eine Frau.« Er lehnte sich gegen den Arbeitstisch und zog ein Notizbuch heraus. »Und was ist mit dieser anderen, die du identifiziert hast? Wie war der Name?«

»Zanardi, Vorname Marie. Sie wollte zu meinem Vater.«

»Warum?«

»Weiß ich doch nicht. Sie klingelte Freitag abend, als ich gerade aus der Müllanlage zurück war. Ach ja, sie sagte noch, daß sie die Adresse von einem Dr. Widerhofer aus Wien hatte.«

»Widerhofer«, notierte er.

»Mein Vater hat von ihr«, ich konnte gerade noch den Zusatz *angeblich* unterdrücken, »noch nie etwas gehört. Sie behauptete, daß sie ihm geschrieben hat, aber er weiß von nichts.«

»Hätte uns sicher weitergeholfen. Und sonst ist dir nichts aufgefallen? Was hat sie für einen Eindruck gemacht. War sie allein?«

»Offen gestanden wollte ich sie einfach nur los sein und unter die Dusche.« Warum nur hatte ich dieses beschissene Gefühl, daß ich mich rechtfertigen mußte? Ich riß mich zusammen. »Ich habe niemanden bemerkt, kein Auto, kein Taxi. Ich habe zwar nicht direkt darauf geachtet, doch in unserer Straße fällt jedes fremde Auto auf. Was ich aber mit Sicherheit sagen kann, ist, daß sie nervös war, angespannt. Moment …« Ich versuchte, mich genauer zu erinnern, »sie trug einen geflochtenen Armreif aus dunkelbraunem Garn oder Fäden mit einem goldenen Verschluß. Habt ihr den gefunden?«

»Nein, sie trug keinen Schmuck.«

»Und ihre Handtasche?«

»Fehlanzeige!«

»Sie hat mir ihre Telefonnummer aufgeschrieben.«

»Na also!«

»Aber ehrlich gesagt, habe ich keine Ahnung, wo ich die …«

»Das wäre verdammt wichtig.«

»Mit einem Füller, so einem antiken schwarzen Teil.«

Er schüttelte den Kopf. »Wie gesagt, wir haben nur die Kleidung. Was ist mit der Nummer?«

»Da muß ich nachschauen, wo ich die hingelegt habe.«

»Aber immerhin, diesen Winterhofer finden wir sicher.«

»Widerhofer«, verbesserte ich.

»Widerhofer. Da wenden wir uns an die Kollegen in Wien. Was ist mit deinem Vater? Meinst du, daß ich den jetzt erreiche?«

»Ich vermute schon. Seit er die Praxis nicht mehr hat, ist er die meiste Zeit zu Hause.«

»Wie ist die Adresse?«

»Ferdinandstraße elf in Bad Nauheim.«

»Können wir gleich zu dir fahren?«

»Ich unterbreche nur ungern meine Arbeit hier.«

Er zuckte mit den Schultern. »Wie gesagt, Priorität C.«

Dann hob er grüßend die Hand und verließ den Raum.

Ich legte den Schädel zurück in den Karton, verschloß ihn

und brachte ihn in den Kühlraum. Zumindest für mich hatte er Priorität A. Die Papierschnipsel in der Tüte steckte ich in den Rucksack. Dann füllte ich den Auftrag für Röntgenaufnahmen aus und übergab ihn Frau Spieker. Sie telefonierte gerade und nickte mir nur zu.

Im Foyer kaute Herr Keller hygienisch abgeriegelt an einem reichlich belegten Brot.

Ich hatte schon den ersten Fuß auf der Treppe, als er mir nachrief: »Früher Feierabend!«

»Wer sagt denn, daß ich Feierabend habe?«

»Sie haben die Tote aus dem Europaviertel gekannt?«

Ohne haltzumachen, rief ich ein knappes Nein über die Schulter.

»Was haben Sie gesagt?« Er erhob sich, legte das Brot zur Seite, aus dem ein Stück Gewürzgurke auf einen grünen Aktendeckel fiel. Das letzte, was ich wollte, war, daß er eine Verbindung zwischen mir und Marie Zanardi konstruierte, die nicht existierte.

»Ich habe sie nicht gekannt.«

»Aber ihr Vater, soweit ich gehört habe.«

In diesem Institut gab es eindeutig eine undichte Stelle. Ich fragte mich nur, wer das sein konnte. Oder Herr Keller hatte Wanzen in den Räumen verteilt.

»Da haben Sie sich verhört.«

Er überlegte einen kurzen Moment, dann nahm er sein Brot hoch und begann weiterzuessen, nicht ohne mich an seinen Überlegungen teilhaben zu lassen:

»Muß man sich mal vorstellen, sie wäre fast unter einer Betonplatte verschwunden. In Sizilien sollen ja auch Dutzende Leichen in Brückenpfeilern einbetoniert worden sein. Hätte das Bauunternehmen nicht gepfuscht, dann wäre sie für immer verschwunden. Unter einem Parkhaus. Versteh ich nicht, wie das passieren kann. Und dabei sind die Österreicher Spezialisten für Tunnelbau. Obwohl ...« Jetzt bitte keine Erörterung der österreichischen Verkehrsprobleme.

»Ja, ich muß dann ...«

Doch er war wie eine dpa-Maschine, die man nicht stoppen konnte. Er spuckte unaufhörlich Kommentare aus. »Kommt alles von den Schwarzarbeitern. Polen, Tschechen, Russen. Keine Deutschen mehr auf den Baustellen. Kann keiner mehr bezahlen.«

Hinter mir kam Dr. Veit die Treppe herunter, ein Hosenbein nach oben gerollt und mit einer Wäscheklammer befestigt. Extrem behaarte Beine, wie man sie nur bei Männern attraktiv findet.

Er klopfte an die Scheibe des Empfangs: »Lassen Sie es sich schmecken, Herr Keller.« Und an mich gewandt: »Wie sind Sie vorangekommen?«

Ich folgte ihm zur Eingangstür, froh zu entkommen.

»Ich will die Röntgenaufnahmen abwarten.«

»Gut, daß wir Ihre Hilfe haben.«

Und als wir draußen auf dem Parkplatz standen, fragte er mit einem Anflug von Humor in den Augen: »Sie haben auch keinen Vorschlag, wie man den Mann stoppen kann?«

»Das kann nur Professor Jacobi.«

Sein Fahrrad lehnte direkt neben der Tür. Er stieg schwungvoll auf. »Da ist wohl ein Besuch im Krankenhaus fällig. Übrigens, wie wäre es bald einmal mit einem ausführlichen Gespräch? Ich freue mich immer, wenn mir Kollegen etwas aus anderen Bereichen erzählen.«

»Nichts dagegen.«

Er hob grüßend die Hand und fuhr los. Vielleicht war er doch nicht so unsympathisch, wie ich anfangs gedacht hatte.

In Bad Nauheim sah ich bereits Rons BMW vor unserem Haus stehen. Von ihm war nichts zu sehen. Offensichtlich hatte er meinen Vater angetroffen.

Die Handwerker waren verschwunden. Aber das wußte schließlich jeder, daß Handwerker wie Zigeuner waren, die von Baustelle zu Baustelle zogen. Kaum hatte ich die Tür hinter mir zugezogen, klingelte es.

»Ist das Zufall, daß dein Vater dieses Wochenende ausgerechnet in Wien war?« war Rons erste Frage.

»Wie meinst du das?«

»Na ja, dort hat Widerhofer seine Praxis, und Marie Zanardi hat dort gewohnt.«

»Da mußt du ihn selbst fragen.«

»Er sagt, er hatte eine Einladung für den Opernball.«

»Meine Schwägerin ist Wienerin und hat meine Eltern eingeladen.«

»Vielleicht wollte Frau Zanardi zu ihr oder deinem Bruder?«

»Sie sagte deutlich Richard Friedland. Aber was soll das? Verdächtigst du etwa meinen Vater und willst mich ausfragen? Ich werde gleich die Aussage verweigern. Außerdem ist meine Schwägerin Anwältin.«

Er hob die Hände. »Keine Aufregung. Reine Routine.«

»Das behauptet ihr immer.«

Er folgte mir durch den Flur ins Wohnzimmer. »Opernball. Nicht schlecht.«

»Na ja, wenn man Gefallen daran hat, dressierte Debütantinnen zu beobachten.«

»Und du warst nicht eingeladen?«

»Doch, aber als Anthropologin interessiere ich mich nicht für rituelle Tänze des dritten Jahrtausends nach Christus. Das ist was für Völkerkundler.«

Er schaute sich im Wohnzimmer um. Mauerstaub hing in der Luft, und der Fußboden war, nachdem der Teppich herausgerissen worden war, nur noch blanker Beton. Kurz, es sah aus, als hätten die Handwerker vor, nur die Fassade stehenzulassen. Außerdem war es eiskalt. Die Heizkörper standen auf null, und die Fenster waren offen. Genutzt hatte das nicht viel. Offensichtlich weigerte sich der Staub, die Flucht zu ergreifen.

»Ziehst du ein oder aus?«

»Weder noch, ich renoviere.«

»Bist du sicher?«

»Ja.«

»Hat nicht Magnus hier gewohnt?«

»Er war nur Untermieter.«

»Und jetzt machst du seinen Job?«

»Keine Sorge, ich habe die Human-Osteologie, sprich den Knochenkurs, mit Eins abgeschlossen und halte seit drei Jahren Übungen zu diesem Thema.«

»Ich mache mir keine Sorgen.«

»Wann kommt eigentlich Professor Jacobi wieder zurück?«

»Ehrlich gesagt, ich glaube, er kommt gar nicht mehr zurück.«

»Übernimmt dann dieser Dr. Veit das Institut?«

»Vermutlich. Eine Empfehlung aus Leipzig. Ist ziemlich gut. Deine Marie Zanardi ...«

»Was meinst du mit ›deine‹?«

»Sie wurde mit drei Schüssen getötet. Absolute Nahschüsse, was ungewöhnlich ist. Die Kugeln sind im Labor. Sie stammen aus drei verschiedenen Waffen. Soviel ist sicher.«

»Klingt nach Mafia.«

»Und was ist jetzt mit der Telefonnummer?«

»O Shit!« Ich erinnerte mich, daß ich sie in meine Jeans gesteckt und diese gestern einer gründlichen Reinigung durch die Waschmaschine unterzogen hatte. 40 Grad. Vollwaschgang. Persil Megaperls. Die Wäsche aber hatte ich danach total vergessen. Sie hatte den ganzen Tag in der Maschine vor sich hin gegammelt. Nicht nur, daß meine Kleider jetzt muffig rochen, vermutlich war der Zettel nur noch Müll.

Ich rannte in den Keller und öffnete die Waschmaschine. Ein modrig-feuchter Geruch schlug mir entgegen. Ich schmiß die naßkalten Kleider auf den Boden. Sie mußten sowieso noch einmal gewaschen werden, wenn ich nicht nach Wasserleiche riechen wollte.

Die Jeans lag ganz unten. Ich zog aus der hinteren linken Tasche das zu einer Kugel verklumpte Papier heraus. Die Schrift war zum größten Teil verwischt. Und wenn ich versuchte, den Zettel auseinanderzufalten, zerfiel er in seine chemischen Bestandteile.

Aber schließlich war ich Profi. Zurück in meiner Wohnung, ging ich an Ron vorbei, der auf dem Handy telefonierte, nahm einen Gefrierbeutel und tütete das Beweisstück sorgfältig ein.

»Hast du sie?« fragte Ron.

»Mehr oder weniger«, antwortete ich und hielt die Tüte nach oben. »Auf jeden Fall Arbeit fürs Labor! Und wie sagtest du? Priorität A!«

7

Montag abend

Nachdem Ron meine Wohnung verlassen hatte, überfiel mich eine irrationale Panik. Ich stellte mir zeitaufwendige Befragungen vor, die Zeugen drohten, auch wenn sie so wie ich nichts damit zu tun hatten und nur zufällig in die Sache geraten waren. Für einen kurzen Moment löste diese Vorstellung die absurde Befürchtung aus, man könnte mich zu einem Geständnis überreden. Aber wieso mich? Die Frau hatte zu meinem Vater gewollt. Und wenn ich ehrlich war, hätte ich gerne eine Antwort gehabt, eine Antwort auf die Frage, was Marie Zanardi eigentlich von ihm gewollt hatte.

Ich mußte hier raus. Und wenn jemand mich ablenken konnte, dann Theresa mit ihrem Temperament, kultiviert durch die jahrhundertelange Tradition sizilianischer Gefühlsausbrüche. Es gab niemanden, der geeigneter war, tragische Situationen erst auszuleben und ihnen dann in unvermuteten Heiterkeitsausbrüchen die Dramatik zu nehmen.

Daß sie tatsächlich zu Hause war, grenzte an ein Wunder. Zwar verkündete Theresa jedem, der es nicht hören wollte, daß sie am liebsten zu Hause sei. Aber leider hatte der Tag nur 24

Stunden. Und so fehlte ihr die Zeit für einen gemütlichen Abend auf dem Sofa wie auch zum Schlafen. Ihr Lebenswandel war mir ein Rätsel. Wie konnte man überleben, wenn man praktisch nie schlief? Ich wartete darauf, daß sie eines Tages plötzlich in einen 100jährigen Dornröschenschlaf verfiel. So lange würde sie brauchen, um die Nachtruhe nachzuholen, die ihr die letzten 20 Jahre entgangen war. Wenigstens war der wenige Schlaf, den sie sich gönnte, fest und tief.

»Franka, meine Rettung«, rief sie, bevor ich noch etwas sagen konnte, »ich sterbe vor Langeweile. Ich weiß nicht, was diese Woche los ist. Alle Leute sind total gestreßt, haben angeblich keine Zeit. Ich glaube, sie werden einfach nur alt.«

»Du hast Glück. Meine Wohnung sieht aus wie ein Kriegsschauplatz. Ich komme mir vor wie ausgebombt.«

»Da gibt es so eine neue Bar an der Bockenheimer Warte. ›La Piazza‹! Italienisches Design, asiatische Spezialitäten, französisches Brot und amerikanische Drinks. Multikulti, sage ich nur!«

»Klingt gut! Schon unterwegs!«

»Du kannst übrigens bei mir übernachten, mein zweites Bett ist leer.«

»Was ist mit Robert?«

»Wer ist Robert?«

»Na, der junge Mann mit den erotischen Boxershorts, der dir vor zwei Wochen noch das Frühstück ans Bett gebracht hat, mit dem Kondom als Eierbecher.«

»Kenne ich nicht, du mußt mich mit jemandem verwechseln!«

»Schon kapiert. Mal sehen, wer schneller ist!«

»Das werden wir ja sehen!«

Eine Verabredung mit Theresa war ein Naturereignis. Vergleichbar mit einer Reise nach Alaska, einem Alleingang durch den Dschungel, einer Fahrt durch das Sumpfgebiet des Amazonas. Hier waren Schnelligkeit, hohe Belastbarkeit und Risikofreudigkeit gefragt. Daher waren unsere Treffen die letzten Jahre seltener geworden. Magnus war nicht gerade begeistert von unserer Freundschaft. Doch die beste Freundin der Frau, die man liebt, muß man hinnehmen wie ihre Mutter.

Unsere Freundschaft stand regelmäßig auf dem Prüfstand der Konkurrenz. Ich erinnerte mich gut an die ersten Machtkämpfe in der Schule. Schneller – weiter – besser! Bis wir feststellten, daß miteinander zu konkurrieren nicht unweigerlich zum Streit führen mußte. Vielmehr kam es darauf an, die nächste Chance zu ergreifen, um diesmal zu gewinnen. So nutzten wir auch heute noch jede Gelegenheit, den anderen zu übertreffen in einem Spiel, dessen Regeln nur wir verstanden.

Ich packte in aller Eile eine Tasche mit Schlafanzug und Zahnbürste, stieg in die rote Lederhose, die ich mir speziell für Abende mit Theresa zugelegt hatte, und schon war ich unterwegs.

Theresa war schneller. Natürlich. Sie wohnte schließlich in der Nähe der Universität, am Rande des Gallusviertels. Sie saß an einem Ecktisch, die schwarzen Locken zu zwei Zöpfen geflochten, die obligatorische Zigarette im Mund, vor sich ein hohes Glas mit einem gelben Getränk, auf dem ein Zitronenmelisseblatt und darauf eine gelbe Rose schwamm. Sie küßte mich auf beide Wangen, und ihr typischer Geruch nach starkem, süßlichem Parfüm bewirkte, daß ich mich gleich besser fühlte. Die zahlreichen Sommersprossen auf ihrem breiten, ebenmäßigen Gesicht waren dabei zu verblassen. Es wurde Zeit für den Frühling.

»Was liegt an?« fragte sie sofort.

»Wie meinst du das?«

»Na, wenn du endlich wieder das Haus verläßt.«

»Ich sage doch, daß meine Wohnung zerstört ist!«

»Dann könntest du zu Mama und Papa flüchten wie immer! Hat Magnus sich gemeldet?«

»Nein, damit hat es nichts zu tun!«

»Sondern?«

»Hör mal, ich wollte mich heute abend einfach amüsieren, sonst nichts. Blumenwasser trinken wie du!«

Theresa winkte den Kellner herbei. Einen dieser jungen Männer, die ihr Geld in Kneipen verdienen, bevor sie als male models den Laufsteg erobern, und bei denen man sich immer wundert, weshalb sie einem nur als Kellner und nie im wirklichen Leben begegnen. Da blieben immer nur die Behaarten mit Bauchansatz und Moral! Zumindest für mich. Theresa dagegen, obwohl sie mindestens zehn Kilo mehr wog als ich, zog sie unwiderstehlich an! Auch jetzt flirtete sie schon heftig.

»Carlo, Caro, noch so ein Getränk für die Dame hier!«

»Woher weißt du denn schon wieder, wie er heißt?« zischte ich ihr zu.

»Ich habe ihn einfach gefragt. Jeder Mensch hat einen Namen, weißt du! Aber nun erzähl schon. Was gibt es?«

Ich begann mit dem Schädel. »Soweit ich das jetzt schon sagen kann, handelt es sich um eine Frau!«

»Schrecklich! Aber das ist nicht alles, oder? Ich meine, das ist dein Job, und du liebst ihn. Ich muß dich wohl nicht daran erinnern, daß in der Zeit, als ich noch Bilder weißer Pudel in ein Sammelalbum klebte, du fasziniert warst von Todesanzeigen und Friedhöfen. Und dann erst, als Magnus auftauchte. Der Julius Caesar der Anthropologie! Hey, das war es, was du immer werden wolltest – Knochenforscherin!«

Sie hatte recht.

Ich erzählte ihr von Marie Zanardi. Als ich fertig war, schwieg sie zunächst, bis sie endlich tief durchatmete.

»Da kommen wir der Sache schon näher! Du meinst, sie ging von dir weg, und gleich danach wurde sie erschossen?«

»Sieht ganz so aus, wenn dieser neue Pathologe sich nicht geirrt hat. Und der soll was von seinem Job verstehen.«

»Und was sagt dein Vater?«

»Nichts.«

»Nichts?«

»Er hat diesen Widerhofer nur einmal getroffen. Marie Zanardi kennt er überhaupt nicht.«

»Aber du hast das Gefühl, daß mehr dahintersteckt?«

Ich zuckte mit den Schultern. »Irgendwie schon. Du kennst ihn doch, er ist ein Meister im Schweigen.«

»Und warum rufst du diesen Widerhofer nicht einfach an und fragst ihn, was diese Frau von deinem Vater wollte?«

»Anrufen? Aber ich habe doch seine Nummer nicht!«

Theresa rollte ihre braunen Augen gen Himmel, ein Rest sizilianischer Religiosität, der ihr geblieben war.

»Wozu gibt es Telefonbücher!«

»Hast du ein Wiener Telefonbuch zu Hause?«

»Madonna! Schon mal was von internationaler Auskunft oder world wide web gehört? Hey, wach auf aus deinem Neandertalerschlaf.« Sie klopfte mit den Fingerspitzen an meine Stirn. »Du lebst im einundzwanzigsten Jahrhundert!«

»Wir stammen nicht von den Neandertalern ab, sondern ...«

»Ihr Mitteleuropäer vielleicht, was uns Sizilianer betrifft, bin ich mir nicht so sicher!«

Wir mußten beide lachen, und Theresa bestellte bei Carlo noch zwei dieser köstlichen Getränke.

»Wie gut, daß du heute bei mir übernachtest. Ich empfehle dir für nach dem Essen noch mindestens einen Espresso! Wir haben eine lange Nacht vor uns. Ich werde dich in die Geheimnisse des österreichischen Internet einweihen. Nur noch wenige Stunden, und du wirst wissen, wieviel dieser Dr. Widerhofer auf seinem Konto hat!«

Den Kontostand von Dr. Widerhofer erfuhr ich zwar nicht, aber ich lernte eine Menge über das Internet und Theresa. Während AOL mir immer öfter verkündete: »Keine neuen Nachrichten«, waren die letzten fünf Stunden in ihrem elektronischen Briefkasten mehr als 30 E-mails angekommen.

Sie überflog sie kurz. »Nur Schrott!«

»Warum kriege ich nie Post?« jammerte ich.

»Schon einmal etwas von Kommunikation gehört? Sender – Empfänger und so weiter? Wer nicht schreibt, kriegt auch keine Antwort. Aber darüber reden wir ein anderes Mal ... über dein gestörtes Verhältnis zur zwischenmenschlichen Kommunikation. Jetzt geht es um etwas anderes!«

Innerhalb von fünf Minuten war sie auf der Internetseite der Telekom Austria.

»Gefällt mir besser«, sagte sie, »das Grün der Österreicher als unser Grau-Lila. Macht mehr Laune. Also, wie heißt der Arzt?«

»Widerhofer!«

»Vorname?«

»Keine Ahnung!«

»Doktortitel, oder?«

»Ja, Dr. Widerhofer, so sagte die Frau. Aber das war es auch schon, mehr weiß ich nicht!«

»Okay ...« Theresa tippte mit atemberaubender Geschwindigkeit die Angaben in die entsprechenden Felder. Dann klickte sie auf *Suche starten*.

Der Name Widerhofer existierte tatsächlich. Wenn auch nicht nur einmal.

»Kein Problem. Wir wissen doch wirklich ziemlich viel. Erstens er ist ein Mann, zweitens er ist Arzt.«

Sie führte einige Operationen aus, und in wenigen Minuten hatten wir eine vollständige Liste aller Widerhofers in Österreich, alphabetisch sortiert in einer vertrauten WORD-Datei.

»So, jetzt gehen wir die durch und löschen alle, die nicht in Frage kommen, also keinen Doktortitel haben.«

Es blieben zehn Nummern von 15, über ganz Österreich verteilt.

»Offensichtlich verpflichtet der Name Widerhofer dazu, Arzt zu werden.«

»Die Frauen können wir streichen.«

»Stimmt.«

Und nun noch die Widerhofers in Wien.

Es blieben drei Namen übrig: Dr. Adalbert Widerhofer, Dr. Josef Widerhofer, Dr. Matthias Widerhofer.

»Perfetto!« Theresa startete den Drucker. »Jetzt mußt du dort nur noch anrufen!«

»Und was soll ich sagen?«

»Versetze ihm einen Schock. Sag die Wahrheit. Diese Zanardi ist erschossen worden und … im übrigen keine schlechte Idee. Vielleicht steht die ja auch im Telefonbuch.«

Doch diesmal hatten wir kein Glück. *Kein Eintrag gefunden.*

»Na ja, wie gesagt, sie war Amerikanerin. Kannst du nicht auch dort in das Telefonnetz?«

»Das schaffe ich heute nacht nicht mehr. Weißt du, wie spät es ist? Vier Uhr. Ich brauche zwar nicht viel Schlaf, aber ein paar Stunden wären nicht schlecht.« Theresa streckte sich. »Und weißt du was? Die Sache beginnt mir Spaß zu machen. Das ist besser als Lara Croft. Vielleicht sollte ich Detektivin werden. Wie die in den Krimis von Sue Grafton, wie heißt sie gleich noch mal, Kinsey Millhone.«

»Ich lese keine Krimis!«

»Das solltest du vielleicht. Jetzt, wo du in einen Mordfall verwickelt bist. Deine wissenschaftlichen Spitzfindigkeiten helfen dir da sicher nicht weiter.«

»Das werden wir noch sehen.«

Ich hatte, ohne es zu wollen, Theresa zu einem unserer Wettkämpfe aufgerufen. Das hatte mir gerade noch gefehlt. Sie würde nicht lockerlassen, da war ich mir sicher.

Ich glaube, ich war bereits eingeschlafen, als ich Theresa plötzlich flüstern hörte: »Schläfst du schon?«

»Hm«, murmelte ich.

»Versprichst du mir etwas?«

»Ich schlafe, ich kann nichts mehr versprechen!«

»Doch, das kannst du. Paß auf, falls ich einmal sterbe, sorgst du dafür, daß ich auf den Internetfriedhof komme?«

»Nicht falls«, sagte ich, »sondern wenn«, und drehte mich auf die andere Seite.

8

Dienstag morgen

Als ich Theresas Wohnung verließ, schlief sie noch. Sie rührte sich nicht. Ich wollte sie nicht wecken. Ein Spinnennetz aus Haaren lag über ihrem Gesicht. Ich gab ihr den obligatorischen Kuß auf die Wange, flüsterte arrividerci, aber sie zeigte keine Reaktion. Bei dem Tempo, in dem sie lebte, war die Fähigkeit, in völligen Tiefschlaf zu sinken, überlebensnotwendig.

Den Zettel mit den Telefonnummern hatte sie neben den Computer gelegt. Ich steckte ihn ein. Die Frau aus dem Europaviertel hatte ein Anliegen an meinen Vater gehabt. Und auch wenn ich bei unserer ersten Begegnung diesen Wunsch nicht ernst genommen, ihr zu verstehen gegeben hatte, daß sie mir einfach nur auf die Nerven ging, konnte ich ihr jetzt den Kontakt immer noch vermitteln. Sie war noch nicht tot, sondern lag auf dem Tisch in der Gerichtsmedizin mit einem Anliegen. Und genau das wollte ich wissen. Ich würde mich nicht mit scheinheiligen Erklärungen zufriedengeben, wollte mich nicht hinter einer Ausrede verstecken. Ich lehne jede Weltsicht ab, die dazu dient, in einer Nische zu überleben. Auch wenn ich die letzten Wochen gegen dieses Motto verstoßen hatte, Tatsache war: In einer Nische konnte man nur zusammengekauert überleben.

Ich fuhr ins Institut für Rechtsmedizin. Herr Keller war offenbar im Haus unterwegs, so daß er mich nicht in ein Gespräch verwickeln konnte. Ich ging ins Labor und legte die Nummern neben das Telefon.

Als erstes meldete sich das Fachgeschäft für Entomologie, geführt von Dr. Adalbert Widerhofer, unter der zweiten Nummer Dr. med. vet. Josef Widerhofer, Fachtierarzt für Akupunktur und Neuraltherapie am Veterinärplatz in Wien. Reichlich unwahrscheinlich, daß einer von beiden Marie Zanardi an meinen Vater verwiesen hatte. Ich legte beide Male auf, ohne ein Lebenszeichen von mir zu geben. Bei der dritten Nummer hatte ich mehr Glück. Eine Sprechstundenhilfe, deren heisere Stimmbänder den Hang zu extensiven Dehnübungen verrieten, meldete sich: »Praxis für Neurologie und psychiatrische Behandlung Dr. Widerhofer«.

Wie ich Marie Zanardi einschätzte, war sie tatsächlich ein Fall für den Psychiater gewesen. Es war am besten, das Gespräch von Kollege zu Kollege zu führen.

»Mein Name ist Dr. Friedland, ich hätte gerne Dr. Widerhofer gesprochen.«

»Können Sie mir sagen, worum es sich handelt?«

»Eine dringende Angelegenheit.«

»Die Angelegenheiten aller Patienten sind dringend. Könnten Sie sich näher erklären?« Näher erklären ... bisher dachte ich immer, so etwas sei nur ein linguistischer Spleen von Isabella.

»Es geht um eine gemeinsame Patientin.«

»Können Sie mir den Namen sagen?«

»Marie Zanardi.«

Interessantes Schweigen. Es signalisierte: richtig verbunden!

»Sind Sie noch dran?« rief ich.

»Einen Moment bitte ...«

Mozarts kleine Nachtmusik erklang in dreifacher Ausfertigung, nur unterbrochen durch *please hold the line!* Dann ein Mann mit einer Aussprache, die sich um das Hochdeutsche in Österreich verdient machte.

»Widerhofer.«

»Friedland, Dr. Friedland, Bad Nauheim! Sie haben eine Patientin geschickt. Marie Zanardi.«

Schweigen. Zögern. Räuspern. Ein gedehntes »Ja«, und, »das ist richtig.«

»Sie wissen, was mit Frau Zanardi ...«

»Ich hatte bereits einen Anruf der Polizei. Schreckliche Sache, bei einem Raubüberfall ums Leben zu kommen.«

Die Theorie vom Raubüberfall war mir neu.

»Sie wollte meinen Vater sprechen, doch er war nicht da, und nun wollten wir wissen, weshalb sie ihn aufgesucht hat.«

»Hat Ihr Vater Ihnen nicht gesagt, um welchen Fall es sich bei der Patientin handelt? Ich hatte ihn vor einem halben Jahr in Wien angesprochen.«

»Mein Vater ...«, fing ich den Satz an, aber dann brach ich ab. Ich hatte keine Ahnung, was ich sagen sollte.

»Ich hatte allerdings den Eindruck, daß er die Sache nicht ernst nahm.«

Verdammt noch mal, von welcher Sache sprach er eigentlich? Mein Vater war Internist. Hatte er vielleicht meine Mutter gemeint?

»Und sie wollte nicht etwa zu meiner Mutter?«

»Zu Ihrer Mutter? Nein, wieso auch?«

»Ich verstehe nicht, wie mein Vater ihr hätte helfen können.«

»Nun ... eigentlich darf ich natürlich nicht so einfach, ... andererseits handelt es sich bei Ihnen um eine Kollegin ...«

Auf keinen Fall würde ich ihm mitteilen, daß ich im strengen Sinne keine Kollegin von ihm war.

»Stimmt«, sagte ich dreist.

»Frau Zanardi kam vor ungefähr zwei Jahren zu mir in die Praxis. Sie wurde von Dr. Kerzl geschickt, der mit der Patientin persönlich bekannt war. Sie kam nicht gerade freiwillig. Unter anderem litt sie unter massiven Schlafstörungen und einer akuten Anorexia nervosa. Leider hat sich ihr Zustand, obwohl sie mit Neuroleptika in ziemlich hoher Dosis behandelt wurde, nicht gebessert. Sie sprach überhaupt nicht darauf an, sondern steigerte sich vielmehr in ein Verhalten, das ins Psychotische ging.«

»Ich verstehe«, sagte ich, obwohl meine Kenntnisse im psychiatrischen Bereich minimal waren.

»Das Schwierige an dieser Behandlung war, daß die Patientin ihren Zustand nicht anerkannte.«

»Können Sie mir diesen Zustand näher beschreiben?«

»Nun, sie hatte sich in diese Idee verrannt, über die ich bereits mit Ihrem Vater gesprochen habe, und war nicht bereit davon abzugehen.«

»In diese Idee also ...«

»Sie ging einfach nicht davon ab, daß sie die Urenkelin der Kaiserin Elisabeth war.«

»Meinen Sie die österreichische Kaiserin Elisabeth? Die verrückt war?« Auf so eine Idee muß man erst einmal kommen. Vielleicht sollte ich mich in Zukunft als Enkelin Schliemanns ausgeben. Das bekäme meiner Karriere sicher gut.

»Wie kommen Sie darauf, daß sie verrückt war?«

»Sagt doch jeder. Aber warum hat denn niemand dieser Zanardi das Gegenteil bewiesen. Das ist schließlich nicht so schwierig.«

»Sie schrieb ständig Briefe an die Häuser Habsburg und Wittelsbach mit der Bitte, einem DNA-Test zuzustimmen. Ähnliche Phänomene kennt man aus der Praxis von Adoptivkindern, die glauben, sie müssen unbedingt ihre leiblichen Eltern kennenlernen. Aber sowohl das Haus Habsburg wie auch das Haus Wittelsbach weigerten sich, dem Gutachten zuzustimmen.«

»Das ist schließlich nicht der einzige Fall dieser Art. Nach Anastasia von Rußland ist das doch bekannt.«

»Sie kopierte den Lebensstil ihrer angeblichen Urgroßmutter, was bedeutet, daß sie kaum etwas aß und exzessiv Sport trieb.«

»Soweit ich weiß, wies sie stark autoaggressives Verhalten auf?«

Dr. Widerhofer schwieg. »Das liegt Jahre zurück. Zur Zeit meiner Behandlung trat es nicht mehr auf.«

»Warum haben Sie sie nicht in die Psychiatrie eingewiesen?«

»Nach der starken Gewichtsabnahme in der letzten Zeit hatte ich es endlich geschafft, sie zu überreden, in Wien freiwillig in die Klinik zu gehen, aber sie ist dort nie erschienen.«

Mit allem möglichen hatte ich gerechnet. Einer Krankheit, die nur mein Vater heilen konnte, einer Kur, die sie in Bad Nauheim durchführen sollte, vielleicht hatte ich für einen kurzen Moment auch gedacht, eine alte Liebschaft sei wieder aufgetaucht. Was mir jetzt lächerlich erschien.

»Aber …«, begann ich, »was ich immer noch nicht verstehe, ist, was mein Vater mit dieser Sache zu tun hat.«

»Das«, antwortete Dr. Widerhofer, »sollten Sie ihn besser selbst fragen. Ich habe das Wartezimmer voller Patienten, und alle Informationen, die ich Ihnen geben kann, habe ich Ihnen mitgeteilt. Der Rest ist eine familiäre Angelegenheit. Ich wünsche Ihnen alles Gute! Und grüßen Sie Ihren Vater.«

»Ja, danke!« sagte ich automatisch und legte auf.

Aber eines verstand ich ganz und gar nicht, inwiefern das Ganze eine familiäre Angelegenheit war.

Neben dem Telefon lagen die Röntgenbilder. Ich klemmte sie an die Leuchttafeln an der Wand und holte den Schädel aus dem Kühlraum. Ich hätte so gerne einen Namen damit verbunden. Noch wußte ich nicht genug über die Frau.

Doch wenn ich Ron mitteilen konnte, wie alt sie gewesen war, konnte sein Team, oder wer auch immer für die Sache zuständig war, damit beginnen, die Vermißtendatei zu durchforsten. Vielleicht fanden sie in ihren Akten Unterlagen zu vermißten Mädchen, deren Daten mit denen des Schädels übereinstimmten. Und wenn wir noch mehr Glück hatten, gab es Fotos oder eine Krankenakte bei einem Zahnarzt, so daß ein Abgleich erfolgen konnte.

Nach dem Röntgenbild waren alle prämolaren Zähne bis auf die Weisheitszähne vollständig durchgebrochen. Dies geschieht im Durchschnitt im Alter von zwölf Jahren. Die Zahnwurzeln waren vollständig ausgebildet. Außerdem standen, dies war auf den Röntgenbildern gut zu erkennen, alle Zähne bereits in Okklusion. Sie wiesen leichte Usuren, Abriebspuren durch den entsprechenden Zahn im anderen Kiefer auf, was darauf hindeutete, daß sie älter als 16 Jahre gewesen war. Im Zahnzement waren fünf Jahresringe zu erkennen. Ein Alter um 17 Jahre war also wahrscheinlich. Sie hatte ein gesundes Gebiß, bis auf zwei Goldkronen, eine im Oberkiefer links, gut versteckt, die andere am oberen Eckzahn vorne rechts. Zahnmedizinisch gesehen waren sie nicht gerade auf dem neuesten Stand. Ich entfernte den letzten Backenzahn unten rechts und steckte ihn in eine Tüte. Im Institut für Anthropologie, wo ich mich wieder einmal blicken lassen mußte, würde ich aus der Zahnwurzel die DNA-Probe entnehmen.

Bei dem Loch am linken Ohr hatte ich zunächst eine rein mechanische Beschädigung angenommen. Schließlich war der Schädel nicht gerade sachgerecht transportiert worden, und am Ende war er um ein Haar in die Papierpresse geraten. Das

Röntgenbild aber zeigte, daß an der Stelle, wo der Gehörgang lag, der Knochen angefressen war. Ich ging mit dem kleinen Finger durch das Loch und tastete die Stelle ab. Der Durchbruch führte in die Schädelhöhle, und auf dem Bild war deutlich zu erkennen, daß der Knochen entlang der inneren Oberfläche ebenfalls zerstört war. Ich wußte noch nicht genau, was das bedeutete. Aber mir war klar, daß dies ein wichtiger Hinweis war.

Und noch etwas war auffällig: die Oberfläche des Schädeldaches. Der Knochen war an einigen Stellen porös, als hätte ihn jemand mit einer feinen Nadel bearbeitet. Und es gab drei deutlich erkennbare Eindruckstellen.

Es existiert eine Theorie, die wir Hutrandregel nennen. Dabei geht man aus von einer imaginären Linie um die breiteste Stelle des Kopfes, vergleichbar mit der Äquatorlinie um die Erdkugel. Verletzungen oberhalb dieser Linie durch Sturz oder einen Unfall sind selten. Sie können einmal vorkommen, aber mehrfach ist äußerst unwahrscheinlich.

Ich loggte mich in das Netz der Gerichtsmedizin ein, erfaßte die Vorgehensweise und die Ergebnisse, soweit ich mir sicher war. Anschließend schickte ich den Text auf den Netzdrucker im Sekretariat und speicherte alles. Angesichts der Anzahl unbekannter Dateien hätte es mich brennend interessiert, in welcher von ihnen der Bericht zu Marie Zanardi lag. Ich verließ das Labor, ging ins Sekretariat und nahm den Text aus dem Drucker. Frau Spieker saß mit Kopfhörern am Bildschirm und tippte etwas ab, das auf dem Diktiergerät war.

»Sie können den Bericht Dr. Veit geben. Und sagen Sie ihm, daß ich die DNA-Analyse bei uns im Institut machen werde. Ich wäre ihm dankbar, wenn er hier dann eine Gegenprobe durchführen würde, um das Ergebnis abzusichern. Wo ist er überhaupt?«

»Er hat sich heute freigenommen. Schließlich hat er ja noch

eine Tochter, um die er sich kümmern muß. Hat fast die ganze Nacht an dieser Frau gearbeitet. Ich tippe gerade das Protokoll.«

Unwillkürlich trat ich einen Schritt näher an den Bildschirm, doch die Schrift war so klein, daß ein Augenschaden bei Frau Spieker vorprogrammiert war.

»Noch etwas?«

»Nein, ich war nur neugierig«, sagte ich.

»Sind wir das nicht alle?« fragte sie und drehte den Bildschirm aus meiner Blickrichtung.

9

Dienstag, Spätnachmittag

Der Stau zog sich von Frankfurt bis Bad Nauheim. Mit HR3 on tour und den neuesten Charts. Sie waren gemäßigt, monoton, über den Strich gebürstet. Dann endlich die Kostprobe der Gruppe Stomp. Ich hatte ihr Konzert in der Alten Oper versäumt. Zu gerne hätte ich sie im Mozartsaal auf Mülltonnen, Schilder und sonstigen Alteisenschrott hämmern sehen. Ich drehte die Bässe auf. Sie dröhnten aus allen vier Boxen. Rhythmus pur. Nur die Stabilität des schwedischen Automobilbaus verhinderte, daß das Fahrzeuggehäuse vibrierte.

Meine Mutter öffnete. Sie hielt ein großes Messer aus Edelstahl in der Hand. Es roch nach frischem Basilikum.

»Franka, willst du mit uns essen?«

»Nein, reden.«

»Das eine schließt das andere ja nicht aus.«

»Doch.« Ich warf meinen Rucksack auf den Sessel im Flur. Die Lederjacke folgte.

»Was weißt du über die Kaiserin Elisabeth?«

»Von Österreich?«

»Ja, was fällt dir zu ihr ein?«

»Willst du einen Vortrag hören?«

»Die Kurzform bitte.«

»Ich würde sagen, sie war einfach hysterisch.«

»Und was heißt das genau?«

»Krankhaft unruhig, exaltiert, hatte extreme Gefühlsausbrüche.«

»Klingt ganz nach einer Kaiserin.«

»Sie hat es allerdings übertrieben. Lebte in einer Scheinwelt, entfernte sich von der Wirklichkeit, klinkte sich aus, kam ihren Verpflichtungen nicht nach. Kultivierte ihr schizophrenes Verhalten, indem sie ihre Rolle als Kaiserin bis zum Exzeß nutzte, andererseits die Monarchie ablehnte. Grotesk, daß sie einem Anarchisten zum Opfer fiel.«

»Wie hat sich ihre Krankheit noch geäußert?«

»Es ist allgemein bekannt, daß sie, abgesehen von diesem extrem exaltierten Verhalten, unter massiven körperlichen Symptomen litt: Erbrechen, Eßstörungen bis zu Hungerödemen, Magen-Darmerkrankungen, Tuberkuloseverdacht, Asthma. Es würde mich nicht wundern, wenn es sich bis zu Halluzinationen oder psychotischen Schüben gesteigert hätte. Es gab mehrere Fälle von Geisteskrankheit in ihrer Familie. Aber wie kommst du auf dieses Thema?«

Offensichtlich hatte mein Vater mit ihr nicht über Marie Zanardi gesprochen.

»Ist er in seinem Arbeitszimmer?«

»Wer?«

»Wer wohl? Dein Mann!«

»Was willst du denn von ihm?«

»Hat er es dir nicht erzählt?«

»Was denn?«

»Frag ihn selbst!«

Mein Vater saß am Schreibtisch und blätterte in der Fachzeitschrift, für die er noch immer Artikel schrieb. Das Arbeitszimmer hatte ich lange nicht mehr betreten. Es hatte sich nicht verändert. Die Koordinaten im Raum waren noch dieselben.

Von A1 bis A5 zog sich die medizinische Fachbibliothek. Auf C3 befand sich der Schreibtisch aus Nußbaum, unverrückbar, unbeweglich, ein unermüdlicher Vorwurf an den Ernst des Lebens. Und auf D5, unter dem Fenster, das Schachspiel. Vermutlich ebenso unverändert, ewig gleichbleibend, jahrelang dieselbe Partie.

»Ich muß dich etwas fragen.« Ich klopfte nicht an, sondern trat einfach über die Schwelle. Ich würde nicht mehr zurückschrumpfen in das Alter von zehn, um väterliche Entscheidungen entgegenzunehmen, abgesichert durch Sätze wie *Der Mensch will Leistung bringen.*

Doch es hatte sich etwas verändert. Mein Vater stand auf, kam mir persönlich entgegen. War jedoch immer noch im Vorteil einfach durch Anzug und Krawatte.

»Franka, setz dich. Was kann ich für dich tun?« Er reichte mir die Hand.

Was war das? Der Respekt des Alters vor der Jugend?

»Darf ich dich etwas fragen?«

Verdammt. Die Verhältnisse hatten sich umgekehrt. Er war es, der mir jetzt Rede und Antwort stehen sollte, nicht umgekehrt.

»Du wußtest genau, wer sie ist. Warum hast du dann gesagt, du kennst sie nicht?«

Er kehrte hinter den Schreibtisch zurück und schlug die Beine übereinander.

»Ich nehme an, du sprichst von dieser Frau. Du hast recht, ich wußte, wer sie ist.«

Ich setzte mich in den Biedermeiersessel. Er war so tief, daß ich mich automatisch unterlegen fühlte und meine Hände nicht auf die weit ausladenden Lehnen legen konnte, sondern sie auf meinen Knien unterbringen mußte. Wer um den Zusammenhang zwischen der Fingermotorik und der Sprache weiß, versteht, daß meine Rhetorik dadurch Schaden nahm. Meine Emotionen mußten dies wettmachen.

»Warum hast du das verdammt noch mal nicht gleich gesagt? Du hast schlicht und einfach gelogen!«

»Ich hatte meine Gründe. Und ich habe Marie Zanardi nie gesehen, nur von ihr gehört.«

Typisch! *Wir haben unsere Gründe.* Unwiderlegbares Argument, göttlicher Schiedsspruch. Einsichten, die den Nachkommen verwehrt bleiben, bis sie eigene Kinder haben.

»Ich hatte auch meine Gründe, dich nach ihr zu fragen.«

»Schon einmal etwas von ärztlicher Schweigepflicht gehört?«

»Komme mir nicht damit. Sie war keine Patientin von dir.«

»Ich hatte gehofft, du würdest die Sache vergessen.«

»Da hat dir jemand einen Strich durch die Rechnung gemacht, denn sie liegt jetzt in der Gerichtsmedizin und wird dort auseinandergenommen.«

»Ich weiß. Du willst also eine Geschichte hören?«

»Nein. Keine Geschichte.«

»Aber es ist eine.« Er lehnte sich zurück, täuschte entspannte Gemütlichkeit vor.

»Ich habe sie dort gesehen. Das war absolut real.« Meine Hand ging zum Kopf, um direkt vor dem rechten Auge auf den imaginären Waffenabzug zu drücken.

»Realität ist Geschichte. Geschichte ist Realität.«

»Spar dir diesen philosophischen Kram!«

Er ließ sich nicht aus der Ruhe bringen.

»Du erinnerst dich, daß dein Urgroßvater 1887 im Alter von siebenundzwanzig Jahren nach dem Abschluß seines Medizinstudiums in Prag hierher nach Bad Nauheim kam?«

»Nein, ich erinnere mich nicht, denn ich war nicht dabei. Aber wenn du meinst, ob ich mich daran erinnere, daß du es bereits öfter erzählt hast, dann hast du recht!«

»Genauer gesagt, kam er hierher, um bei dem jüdischen Arzt Dr. Schott zu arbeiten. Er hat dieses Haus hier bauen lassen. – Möchtest du etwas trinken?«

Ich schüttelte den Kopf.

»Gut, also weiter. Dein Urgroßvater arbeitete fünf Jahre mit Dr. Schott zusammen, bis er die Leitung einer Kurklinik übernahm. Nach Schotts Tod führte sein Sohn die Praxis weiter, bis er in den dreißiger Jahren Deutschland verließ und nach Amerika ging. Er verkaufte dieses Haus und die Praxis an deinen Urgroßvater, meinen Großvater. Damals war ich gerade sieben Jahre alt, mein Bruder Johannes vierzehn. Er sollte die Praxis übernehmen, ist aber im Zweiten Weltkrieg gefallen. – Ich hätte doch gerne einen Schluck Wein.«

Er stand auf, verließ das Zimmer, ließ mich zurück mit Spekulationen, daß das Ganze offensichtlich etwas mit dem Krieg zu tun haben mußte. Als er zurückkam, hatte er eine Flasche von dem Wein aus Sizilien in der Hand, mit dem Theresa uns versorgte.

»In Wien auf dem Kongreß sprach mich Dr. Widerhofer an und erzählte mir von einer Patientin mit Namen Marie Zanardi. Sie war geradezu von der Idee besessen, eine Urenkelin der Kaiserin Elisabeth zu sein, und wollte unbedingt die letzten Tage Sisis nachvollziehen.«

»Ich verstehe immer noch nichts.«

»Dr. Schott war der behandelnde Kurarzt der Kaiserin Elisabeth gewesen. Und die Kaiserin reiste Ende August 1898 von Bad Nauheim direkt in die Schweiz, wo sie am zehnten September von dem Attentäter Luigi Lucheni erstochen wurde. Dr. Widerhofer wollte mich darauf vorbereiten, daß Marie Zanardi hier erscheinen würde.«

»Und was ist mit dem Brief, den sie geschrieben hat?«

»Wozu hätte ich ihn aufheben sollen? Ich dachte, wenn sie kommt, zeige ich ihr das Haus, die Trinkhalle und alle Orte, an denen die Kaiserin sich aufgehalten hat, und das war es.«

»Marie Zanardi hat nichts anderes gewollt als dieses Haus besuchen? Das war alles?«

»Was dachtest du denn? Soweit ich Widerhofer verstanden habe, wollte sie ein Buch über die letzten Tage der Kaiserin schreiben.«

»Und was hat der Mord an ihr damit zu tun?«

»Nichts. Diese Sache hat rein gar nichts damit zu tun. Es war ein Raubüberfall. Du solltest dir nicht länger Gedanken über diese Frau machen.«

Ich schwieg, spielte mit dem Briefbeschwerer, einem Kopf, auf dem alle Regionen des menschlichen Gehirns eingezeichnet waren.

»Du hast genug anderes zu tun«, fuhr er fort, »du solltest dich auf deine Arbeit konzentrieren. Da Magnus nicht mehr da ist, hast du Chancen, dich zu profilieren.«

Intellectual region las ich auf dem Briefbeschwerer. Ich hob den Kopf. Der Intellekt lag unterhalb von *moral sentiments* und nahm wesentlich weniger Platz ein. Nach der Lehre der Phrenologie von Franz Joseph Gall gab es einen Zusammenhang zwischen den geistigen Leistungen und der Form des Schädels. Er hatte auf der Oberfläche des Hirnschädels intellektuelle und charakterliche Eigenschaften aufgetragen. Waren sie besonders ausgeprägt, wölbte sich nach seiner Vorstellung das Gehirn an der betreffenden Stelle vor und verursachte eine Verformung des Schädeldaches. In der Wissenschaft liegen Wahrheit und Wahnsinn oft sehr eng beieinander. Nach seiner Theorie müßten Millionen von Menschen mit zerbeulten Schädeln herumlaufen.

Auf dem Fußabstreifer lag die Post, auf den ersten Blick eine amerikanische Fachzeitschrift für Magnus und jede Menge Reklamemüll. Ich stopfte sie in den Rucksack. Es war erstaunlich, wieviel Werbeprospekte ich seit einigen Monaten erhielt.

Ich schloß die Tür zur Wohnung auf und drückte auf den Lichtschalter. Mit einem lauten Knall ging das Licht aus. Zum drittenmal in diesem Jahr war die Sicherung durchgebrannt. Aber was erwartete ich, wenn ich einen Kronleuchter im Baumarkt kaufte?

Ich tastete mich im Dunkeln durch den Flur, stolperte über Werkzeug, Besen und Eimer Richtung Wohnzimmer, froh, nicht in einen Gipseimer gefallen zu sein, der mich zur lebenden Statue machte. Die Handwerker hatten sich bis kurz vor den Wintergarten durchgefressen, der ans Wohnzimmer grenzte. Damit blieben mir genau zwei Räume zum Leben. Zehn Quadratmeter Küche und der Wintergarten, in dem ich am besten mein Nachtlager aufschlug. Das Schlafzimmer konnte ich vergessen. Hier waren die Maurer dabei, den Stahlträger einzuziehen, damit die Decke nicht über mir einstürzte.

Wenigstens funktionierte das Licht im Wohnzimmer. In einer Ecke lag die Matratze, auf der ich die letzten Wochen geschlafen hatte. Völlig verdreckt vom Baustaub. Vermutlich hatten die Handwerker darauf ihren Mittagsschlaf gehalten. Ich fühlte mich unbehaust wie kurz vor der Obdachlosigkeit und ging nach oben, um die Luftmatratze vom Dachboden zu holen. Am besten schlug ich gleich mein Zelt auf.

Das Haus war Mitte des 19. Jahrhunderts erbaut worden. Im Erdgeschoß lag links die Praxis meines Vaters, rechts Isabellas Kanzlei, in der auch mein Bruder seine Arbeitsräume hatte. Im ersten Stock wohnten meine Eltern, im zweiten Vincent, Isabella und Sabrina. Darüber lag das Zwischengeschoß, die ehemaligen Dienstbodenmansarden. Mein Vater hatte sie vor zehn Jahren zu der 80 Quadratmeter großen Wohnung umbauen lassen, in die ich zu Beginn meines Studiums einzog. Darüber lag der Speicher, ein einziger großer Raum, der früher als Trockenboden gedient hatte. Noch heute hingen Wäscheleinen zwischen den Balken. Im Jahr 1938 hatte sich mit ihrer Hilfe ein Patient meines Großvaters erhängt. War nach der Sprechstunde einfach hochgegangen und zwei Tage später gefunden worden.

Auf dem Dachboden führte ein schmaler Weg bis nach hinten zum einzigen Fenster, das nach Süden ging. Normalerweise genügte ein Sonnenstrahl, um den Dachboden auszuleuchten und den Staub sichtbar zu machen. Jetzt am Abend spendete die Glühbirne Licht, die schon seit Jahren ihren Dienst tat.

Jede Generation hatte ihre Spuren hinterlassen und gelagert, was überflüssig war. Man konnte deutlich die einzelnen Jahresringe unterscheiden. Niemand hatte sich je die Mühe gemacht, hier oben die Vergangenheit zu entsorgen. Hier hatte meine Phantasie Raum bekommen und mein archäologisches Interesse sich entwickelt. Hier inszenierten Vincent und ich Schauergeschichten. Er beherrschte die Rolle des Erhängten bis zur Perfektion, konnte seine Augen hervorquellen lassen, daß ich mich wunderte, daß er nicht Augenarzt, sondern Herzspezialist geworden war. Jetzt aber war es einfach nur noch ein Dachboden.

Kleider und alte Bettdecken hingen über den Wäscheleinen, als hätte jemand vergessen, die Wäsche abzunehmen.

Der Wind klapperte an den Dachziegeln, kalte Luft streifte meinen Rücken.

Der Boden knarrte. Vermutlich fraß sich gerade eine Kompanie Holzwürmer durch die Dielen.

Ich bemühte mich, sie zu ignorieren, und kroch unter die

Dachschräge, von der Staub rieselte. Hier stand die Kiste, in der ich meine Ausrüstung aufbewahrte, die ich bei Exkursionen mitgeschleppt hatte. Obwohl ich nach jeder Grabung das Werkzeug und die Ausrüstung gründlich reinigte, kam mir beim Öffnen der Geruch nach Erde entgegen.

Ich räumte das Zelt, den Schlafsack und den Rucksack heraus. In einer der Seitentaschen steckte eine Taschenlampe. Sie funktionierte. Die Luftmatratze lag ganz unten zusammengerollt in ihrem Beutel.

Wieder ein Geräusch hinter mir. Ich glaubte Schritte im Treppenhaus zu hören. Gleich darauf an der Tür.

Ich richtete mich auf und stieß mit dem Kopf an die Dachschräge. Staub rieselte in mein Haar, meine Hand griff an den Balken in etwas Weiches, Klebriges. Das Netz einer Spinne. Ich hatte das Gefühl, alle ihre Nachkommen rannten mir den Rücken hinunter. Mir wurde schwindelig, bis ich merkte, daß nicht ich schwankte, sondern die alte Glühlampe sich hin- und herbewegte.

Mein Gott, ich fiel tatsächlich noch immer auf den Dachboden herein! Auch hier waren die Naturgesetze schließlich nicht außer Kraft gesetzt: Luftströmungen, Druckwellen, Fallgesetze. Ein Windstoß, und der Boden knackt.

Aber da waren tatsächlich Schritte.

Sie waren deutlich zu hören. Jemand ging an der Wäscheleine vorbei. Wieder knarrte der Boden. Ich schob vorsichtig die Bettdecke etwas zur Seite, die mir den Blick versperrte und mich unsichtbar machte.

Es war düster, und im ersten Moment sah ich nur eine große dunkle Gestalt, die nach hinten bis zum Fenster ging. Mein Herz trommelte so laut, daß ich jederzeit bei Stomp hätte einspringen können.

Es war mein Vater.

Er ging an mir vorbei, so nahe, daß die alte Decke sich bewegte, und blieb vor dem Schrank aus Eiche stehen, in dem er Bücher und aussortierte Akten aufbewahrte.

Unwillkürlich rührte ich mich nicht. Ich konnte mich nicht erinnern, daß er schon jemals hier hochgegangen war. Ich schob die Decke weiter zur Seite. Er öffnete den Schrank und nahm einen Ordner oder eine Mappe heraus. Dann klappte er die Tür wieder zu und kehrte zur Speichertür zurück.

Es war bescheuert, hier unten zu sitzen und die Luft anzuhalten. Ich kroch hervor und rief: »Was suchst du denn hier oben?«

Er drehte sich um. Wieder fiel mir auf, daß er alt und müde aussah.

»Spionierst du mir nach?«

»Quatsch, ich brauche meinen Schlafsack.«

»Ich habe etwas geholt.«

»Was denn?«

Sein Kopf arbeitete, er überlegte, was er antworten sollte, und versuchte gleichzeitig, die altbekannte distanzierte Überlegenheit zu vermitteln.

»Nur alte Akten«, sagte er knapp, drehte sich um, und ich hörte, wie er die Treppe hinunterging.

Auf meinem Fußabstreifer lag ein Blatt Papier. Erst dachte ich, daß es zu der Post gehörte, doch als ich es umdrehte, erkannte ich Notizen in alter deutscher Schrift. Zurück in meiner Wohnung fühlte ich mich staubig und verdreckt wie ein Putzlappen. Da mein Wäschekorb verschwunden war, stopfte ich die Kleider in eine Abfalltüte. Am liebsten wäre ich auch darin verschwunden. Ich hatte das Gefühl, ein Vollwaschgang Kochwäsche 90 Grad wäre genau das richtige, um klar zu sehen. Statt dessen füllte ich die Küchenspüle mit Wasser und wusch mich am ganzen Körper. Dann bereitete ich mir im Wintergarten das Lager, legte mich in den Schlafsack und hörte zu, wie der Regen auf das Glasdach prasselte, während ich das Blatt entzifferte.

Menge des Urins: 155 ccm; Aussehen: Staubig, viel rother Harnsand; Reaction: Stark sauer; Geruch: normal; Acidität (als Salzsäure berechnet): 0,1679 %; viele größere Harnsäure-Krystalle in Wetzsteinformen; Leukocythen (weiße Blutkörperchen) in mittlerer Zahl; Schleimgerinsel in großer Menge ...

Ein alter Laborbericht, erstellt von einer Apotheke in Bad Kissingen. Alle Daten waren sorgfältig aufgelistet, sie stammten aus Band XIV, Seite 2032, No. 6345. Und am Ende hatte jemand nachträglich ergänzt: Schreiben Dr. Sotiers, Bad Kissingen, an Dr. Schott, Bad Nauheim, September 1898, Behandlung der Kaiserin Elisabeth.

10

Mittwoch morgen

Ich wachte auf, starrte durch die Verglasung in den Himmel. Es war keine erholsame Nacht gewesen auf der Luftmatratze. Starker Regen prasselte auf das Glasdach. An der schlecht isolierten Innenseite schlug sich die Feuchtigkeit nieder. Der grüne Mumienschlafsack hielt mich zwar warm, in der feuchten Luft jedoch schimmerte er bereits leicht gräulich. Ein direkter Angriff von Schimmelpilzen stand bevor.

Wenig später stand ich vor der Haustür, über der in einer breit angelegten Kaskade das Wasser über die kaputte Regenrinne schwappte. Es war unmöglich, trocken zum Auto zu gelangen. Unter den Schirm geduckt, rannte ich über die Straße. Wasser spritzte aus zahlreichen Pfützen. Zweimal kurz hintereinander eine kalte Dusche. Erst mein Vater, dann das Wetter. Scheibenwischer vor den Augen, machte ich mich auf den Weg ins Anthropologische Institut.

Im Institut war es nicht nur trocken, sondern es herrschte auch wohltuende Grabesstille. Die ersten, die mich begrüßten, waren die Mumien, die den Weg entlang in den Vitrinen schliefen. Als nächstes begegnete mir Sigrid. Voll erblühtes Leben im roten Leinenkleid. 50 Jahre alt, 1,59 groß, 90 Kilo schwer, engagierte sie sich in einem Verein für übergewichtige Frauen, der sich »Wohllust« nannte. Bei meinem Body Mass Index würde ich wohl nie die Gnade der Wohllust erfahren.

»Schön, daß du dich auch wieder einmal hier blicken läßt«, sagte sie. »Hier stapelt sich die Post, Studenten wollen dich sprechen, Professor Schmitt hat angerufen ...«

»Tut mir leid«, unterbrach ich sie, »aber mein Leben ist zur Zeit ein einziges Chaos.«

»Zur Zeit? Das geht doch schon seit Januar so.«

»Ich meine die Handwerker!«

»Und da bist du hier? Wenn du die nicht beaufsichtigst, dann zerlegen sie deine Wohnung in Einzelteile.«

»Schon passiert!«

»Außerdem hat dieser Fischer angerufen, du sollst ihn wegen eines Protokolltermins zurückrufen. Hier, seine Handynummer!« Sie packte die Post auf den Tisch und einen Stapel mit Studentenarbeiten. Und verschwand.

Ich wählte die Nummer. Ron meldete sich sofort.

»Ich denke, du wirst vermißt?« seine Stimme verriet nicht, ob er scherzte oder sauer war.

»Du kannst die Fahndung einstellen.«

»Hat dein Vater dir nicht ausgerichtet, daß du vorbeikommen sollst?«

»Ich hab ihn nicht getroffen«, log ich.

»Dann erwarte ich dich heute nachmittag um sechzehn Uhr, Zimmer vierhunderteinundzwanzig.«

Damit brach die Verbindung ab. Nur noch Rauschen in der Leitung. Oder besser gesagt, im Funknetz. War das die Art, wie die Ordnungsmacht Termine bestätigte?

Ich zog einen Mundschutz sowie Latexhandschuhe an, um das Risiko einer Verunreinigung der Probe mit Fremd-DNA zu vermeiden. Eine Berührung mit der bloßen Hand könnte ausreichen, geschweige denn Husten oder Niesen. Dann nahm ich die luftdicht verschlossene Tüte mit dem Zahn aus dem Rucksack.

Ein genetischer Fingerprint hat nur Sinn, wenn man sich auf einen Teilaspekt konzentriert, wenn man zum Beispiel – wie in meinem Fall – herausfinden will, ob der Schädel tatsächlich weiblich war. Wenn wir das Mädchen, zu dem der Schädel gehörte, aber tatsächlich identifizieren wollten, brauchten wir unbedingt Vergleichs-DNA von lebenden Verwandten. Das heißt, die Polizei mußte möglichst nach Eltern suchen, die ihre Tochter seit Jahren vermißten und noch immer Hoffnung hatten, daß sie gefunden wurde.

Erst vor 17 Jahren war es gelungen, alte DNA in ägyptischen Mumien nachzuweisen. Damit wurde widerlegt, daß DNA sich schon kurz nach dem Tod eines Organismus' so weit abbaut, daß keine intakte genetische Information übrigbleibt.

Prinzipiell sind alle biogenen Überreste für eine molekularbiologische Untersuchung geeignet. Knochen, Zähne, Weichgewebe bis zu medizinischen, forensischen und musealen Präparaten. Sogar in verkohlten Weizensamen und in den Farben einer Höhlenmalerei war bereits noch intakte genetische Information gefunden worden. Der Zustand ist abhängig von der Umgebung, der das Material ausgesetzt war. Bei Wüstenfunden kann man mit einem sehr guten Erhaltungszustand rechnen, ebenso im Gletschereis wie bei Ötzi oder sogar in wäßrigem Milieu, wie Überreste eines Gräberfeldes in einem Sumpf Floridas gezeigt haben. In meinem Fall wußte ich nicht, wo der Schädel die letzten Jahre gelegen hatte. Vielleicht würden die Partikel, die ich im Schädel gefunden hatte, darüber Auskunft geben. Mit der PCR-Methode, der Polymerase-Kettenreaktion, konnten kleinste Mengen von Erbsubstanz kopiert werden. Ohne sie hätte manches Geheimnis der Geschichte nicht gelüftet werden können. Der Mord an der Zarenfamilie zum

Beispiel und die Identität der falschen Anastasia. Ich hoffte auch bei dem Schädel auf ein positives Ergebnis.

Und Marie Zanardi?

Es wäre so einfach gewesen, ihr zu helfen.

Kurz vor Mittag war das Zahnmaterial so weit pulverisiert, daß ich die Inkubation mit der chemischen Pufferlösung einleiten konnte. Sie dient dazu, das Mineralgerüst der Probe aufzubrechen, um an die Knochenzellen zu kommen. Der Vorgang dauert etwa 24 Stunden. Ich konnte also erst morgen weiterarbeiten und beschloß, Dr. Jacobi im Krankenhaus zu besuchen. Vielleicht konnte er mir sagen, was das Loch im Gehörgang zu bedeuten hatte.

Der Parkplatz vor der Universitätsklinik war voll. Was dachten die sich, wo Besucher parken sollten? Auf dem gekennzeichneten Abschnitt für Ärzte war eine undefinierbare Lücke zwischen einem Mercedes Cabriolet und einem Motorrad. Niemandsland. Ich drängte mich dazwischen. Der Volvo war dreckig. Auf den ersten Blick war zu erkennen, daß er hier unrechtmäßig parkte, aber das war mir egal.

Als Privatpatient hatte Professor Jacobi ein Einzelzimmer mit Blick auf den Main. Gegenüber ragten die Kräne auf der Baustelle am Westhafen in den Himmel.

»Wie im Hotel«, bemerkte ich, als ich ihm die Hand gab.

»Wie an der Haltestelle am Fluß Styx. Wenn es klopft, schrecke ich jedesmal zusammen, fürchte, es könnte der Fährmann sein, um mich zur letzten Fahrt abzuholen. Wie können gebildete Menschen ein Krankenhaus nur an einem Fluß bauen? Wissen die nicht, was einem hier im Bett alles durch den Kopf geht?«

»Seien Sie froh, daß Sie nicht neben einem Friedhof liegen!«

»Danke, aber was soll man von einer Anthropologin auch anderes erwarten.«

Ich lachte, obwohl mich sein Anblick schockierte. Er war bleich, hatte mindestens zehn Kilo und die Hälfte seiner Haare verloren.

»Was kann ich für Sie tun?« fragte er.

»Ich wollte eigentlich etwas für Sie tun und Sie besuchen.«

»Ich liege bereits vierzehn Tage hier. Zwei Wochen hatte ich nur Besuch von meiner Familie. Und nun geben sich seit dem Wochenende die Kollegen die Klinke in die Hand.«

»Herr Keller hat verkündet, daß es Ihnen bessergeht.«

»Ich habe schon immer gewußt, daß es ein Fehler war, den Mann einzustellen! Aber wie kann ich Ihnen helfen?«

»Wodurch kann Knochenfraß im Gehörgang hervorgerufen werden?«

»Zum Beispiel durch eine gewöhnliche Mittelohrentzündung, die nicht behandelt wurde. Dann breitet sich die Entzündung auf den Knochen hinter dem Ohr aus, dem Mastoid, weshalb man auch von einer Mastoiditis spricht. Im Verlauf der Erkrankung führt dies zu einer eitrigen Einschmelzung des Mastoids, und es kommen andere Symptome dazu wie Erbrechen, Drehschwindel, Hirnhautentzündung, Lähmungen von Gesichts- oder Augenmuskeln. Bis die Entzündung sich im Endstadium immer weiter in den Knochen hineinfrißt.«

»Und das merkt man nicht?«

»Im Gegenteil! Es ist extrem schmerzhaft.«

»Wie kann man dann nicht zum Arzt gehen?«

Professor Jacobi drückte auf einen Knopf hinter sich. Das Kopfteil des Bettes fuhr mit leisem Surren nach oben. Er strich sich mit der Hand durch die weißen Haarreste.

»Schwer zu sagen. Vor allem, wenn man davon ausgeht, daß eine Zeitlang Flüssigkeit aus dem Ohr fließt und der oder die Betroffene schlecht hört. Daß er Gleichgewichtsstörungen hat und beim Gehen taumelt.«

»Kann man daran sterben?«

»Mit Sicherheit. Ich hatte einmal den Fall eines Obdachlosen. Worum geht es?«

Könnte das die Ursache für den Tod des Mädchens gewesen sein? Wenn ich mir ausmalte, welche Schmerzen eine Mittelohrentzündung bereits im Anfangsstadium hervorrief, wollte ich mir nicht vorstellen, wie sie die letzten Wochen vor ihrem Tod gelitten haben mußte.

»Ein Schädel im Altpapier.«

In diesem Moment klopfte es. Dr. Veit trug eine Art Bergschuhe, grüne Workouthosen, dazu ein schwarzes T-Shirt mit dem Porträt von Luis Trenker und hatte Zeitschriften und Akten unter den Arm geklemmt. Er reichte erst Professor Jacobi die Hand, dann wandte er sich an mich:

»Schön, daß ich Sie treffe. Ich habe eine erste Rückmeldung von einem Zahntechniker. Er hat die Goldkrone untersucht. Auf keinen Fall handelt es sich um eine Legierung aus der Bundesrepublik.«

»Woher stammt sie dann?«

Er zuckte die Schultern. »Die Legierung wird jetzt nach ihren Bestandteilen untersucht. Jedes Land hat seine eigene Mischung.«

»Für ein siebzehnjähriges Mädchen sind Goldkronen nicht gerade normal ...«

»... vor allem an den vorderen Zähnen.«

»Außerdem war ihre Ernährung ziemlich schlecht. Sie müßten sich den Schädel einmal anschauen. Professor Jacobi meint, die Beschädigung am Ohr könnte von einer verschleppten Mittelohrentzündung herrühren.«

»Gott sei Dank drängt der Fall nicht so.«

Hatte er sich mit Ron abgesprochen? Wie konnte er nur so über das Mädchen reden? Sie hatte trotz unerträglicher Schmerzen nicht einmal die Chance gehabt, einen Arzt aufzusuchen.

»Jeder hat ein Recht darauf, eine Identität zu erhalten«, entgegnete ich.

»Jeder zu seiner Zeit. Im Fall von Marie Zanardi laufen in Frankfurt womöglich drei Täter frei herum.«

»Wieso drei?« meldete sich Professor Jacobi zu Wort. Er hatte unsere Diskussion mit Interesse verfolgt.

»Nun«, Dr. Veit zögerte kurz, »ich weiß nicht, ob ich das so einfach vor Frau Dr. Friedland …«

»Wir arbeiten seit Jahren mit den Kollegen von der Anthropologie zusammen. Sie haben oft ein Fachwissen, das uns fehlt.«

»Es wurden eindeutig drei verschiedene Waffen verwendet«, fuhr Dr. Veit fort. »Und es handelt sich um aufgesetzte Schüsse am Kopf.«

»Wo genau und in welcher Reihenfolge?« Professor Jacobis Gesichtsfarbe belebte sich.

»Der erste ins Auge, der zweite ins Ohr und der dritte in den Mund! Genau in der Reihenfolge. Und es handelt sich um drei Waffen völlig verschiedenen Typs. Eine Walther PP Kaliber 7.65 mm, eine Luger P 08 …«

Professor Jacobi unterbrach ihn: »Sie meinen eine Mauser?«

»Nein, das ist es ja. Es handelt sich um ein Modell aus der Zeit vor 1930.«

»Und die dritte?«

»Ein ziemlich neues Modell, wie es Sportschützen benutzen.«

»Und Fischer geht von einem Raubmord aus?«

»Es gibt keine Hinweise auf ein anderes Motiv. Sie hatte offenbar keine Verwandten, keine Familie, stand völlig allein da. Und Tatsache ist nun einmal, daß sie nichts bei sich hatte außer den Kleidern, die sie trug. Und wen sollte sie in Frankfurt gekannt haben?«

»Aber offenbar …«, Professor Jacobi kam in Schwung, »hat

jemand bewußt versucht, ihr Gesicht zu zerstören ... Wenn man davon ausgeht, daß der oder besser die Täter sowieso die Absicht hatten, sie im Beton verschwinden zu lassen, war das nicht unbedingt nötig.« Er lehnte sich zurück, schloß die Augen, öffnete sie wieder. »Interessanter Fall, und ich liege hier.«

In dem Moment ging die Tür auf. Eine Frau kam herein. Nicht größer als 1,55, vollschlank, dunkelbraune Haare. Sie trug einen blau-grünen Schottenrock und eine passende Strickjacke. Energisch stellte sie die Einkaufstasche auf das Bett.

»Dr. Veit, schon wieder Sie? Oder handelt es sich diesmal um einen Privatbesuch, weil Sie Ihre Freundin mitgebracht haben?«

Sie fuhr fort, bevor ich mich verteidigen konnte. »Ich habe nichts gegen Ihren Besuch, meine Liebe«, sagte sie an mich gewandt und reichte mir ihre gepflegte, warme Hand, »aber mein Mann gehört zur Spezies unkontrollierter Charaktere, auf die man ständig ein Auge haben muß. Daher verabschiede ich Sie jetzt. Aber ich würde mich sehr freuen, Sie nach der erfolgreichen Rehabilitation bei uns zusammen mit Dr. Veit begrüßen zu dürfen ... Dr. Veit«, wandte sie sich um, »Sie kennen den Ausgang! Und die Fachzeitschriften nehmen Sie bitte mit. Mit zunehmendem Alter werde ich abergläubisch und glaube, Sterben ist ansteckend. Ich habe im letzten Jahr vier gute Freunde verloren. Das reicht.«

Mit diesen Worten fanden wir uns draußen auf dem Flur wieder.

»Was war das denn?« fragte ich schließlich. »Die unheimliche Begegnung der dritten Art?«

»Ich habe das Gefühl, sie riecht, wenn ich ihren Mann besuche. – Haben Sie schon zu Mittag gegessen? In der Mörfelder Landstraße ist ein Italiener, ›Amalfi‹. Was halten Sie davon?«

Spontan nichts. Erstens Italiener, zweitens auch noch »Amalfi« und drittens in der Mörfelder Landstraße. Welcher Mann lädt eine Frau in die Mörfelder Landstraße zum Essen ein? Nur einer, der T-Shirts mit dem Konterfei von Luis Trenker trägt und sowieso verheiratet ist. Andererseits hatte ich Hunger und mußte die Zeit bis zu meinem Termin mit Kommissar Fischer überbrücken.

»Meinen Sie, daß es dort noch etwas gibt?«

»In Italien gehen die Uhren anders.«

11

Mittwoch mittag

Dr. Veit schob das Fahrrad neben sich her. Auf dem Bürgersteig wurde es eng. Nicht nur einmal war er gezwungen, hinter mir zu gehen. Das machte mich nervös. Er starrte auf meinen Rücken, meine Hüften, meine Haare, die auf dem besten Weg waren, sich zu Rastalocken zu verdrahten. Noch hatte ich mich nicht überwinden können, sie in der Küchenspüle zu waschen. Andererseits sah er auch nicht gerade aus wie der Typ, der zweimal am Tag duscht. Was bedenklich war, wenn man berücksichtigte, daß es sich bei ihm um eine Spezies Mensch handelte, der, Aasfressern nicht unähnlich, in den Niederungen des Lebens sein Auskommen fand. Laut Conrads Standardwerk *Der Konstitutionstypus* von 1963 werden für die mitteleuropäische Bevölkerung drei Kategorien des Bartwuchses unterschieden. Dr. Veit konnte dem absolut finalen Endstadium zugerechnet werden. Aus unerfindlichen, vermutlich archaisch verankerten Gründen fand ich es attraktiv.

Uns blieb nur noch ein Stehtisch am Fenster, mit Blick auf die Mörfelder Landstraße. Der Besitzer des Restaurants kam mit der Speisekarte an den Tisch, um uns persönlich zu begrüßen: »Buon giorno. Mein Name ist Vittorio Salvato, was darf ich Ihnen zu trinken bringen?«

Dr. Veit bestellte einen Rotwein, ich eine Flasche Wasser.

»Ich würde Sie gerne einladen!« Er schlug die Karte auf.

»Sehe ich so bedürftig aus?«

Ein Lächeln unbekannter Herkunft drang durch den Wildwuchs der Augenbrauen: »Sie sehen sehr gut aus!«

Das Lächeln lief rücksichtslos meinen Körper hinunter, kannte sein Ziel genau, machte unverschämt halt im Unterkörper.

Das letzte, was ich brauchen konnte, war der nicht zu steuernde chemische Prozeß einer Libidoattacke. Außerdem war er verheiratet, hatte eine Tochter. Andererseits, wann hatte das je einen Mann gehindert, mental auf Frauenjagd zu gehen? Vielleicht hatte auch mein Vater Marie Zanardi besser gekannt? Vielleicht war sie doch seine Geliebte gewesen? Alles war möglich, weil nichts mehr unmöglich schien. Genausogut hätte ich noch an den Klapperstorch glauben können, wenn ich davon ausging, daß meine Eltern sich immer treu gewesen waren.

»Woran denken Sie?« Den Blick durchdringend auf mich gerichtet. Was sollte das? War ich seine Zielperson?

»An nichts Besonderes!«

»Das würde mich wundern, so wie Sie die Stirn runzeln.« Seine Hand ging nach vorne, als wollte er die Falten wegstreichen.

Er griff nach dem Weinglas.

»Sie sind Pathologe, nicht Psychologe, oder?«

»Woran haben Sie gedacht?«

»Sie geben nicht so schnell auf!« Ich konzentrierte mich auf die Karte, auf Vittorio's Insalata mit Thunfisch und Senf-Vinaigrette.

»Es ist mein Beruf, das Letzte aus einem Menschen herauszuholen«, bemerkte er ironisch. Dann schlug er die Karte zu und sagte: »So!« nach dem Motto: *Jetzt wollen wir sie einmal obduzieren!*

»Und Ihre Tochter ist also friedlich von Leipzig nach Frankfurt gezogen?« lenkte ich ab.

»Es blieb ihr nichts anderes übrig. Manche Dinge lassen sich nicht ändern. Aber es fällt ihr leicht, neue Kontakte zu schließen.«

»Und Ihnen ...?

»Mir auch!« Ein Grinsen.

»Sind Sie wirklich so locker?«

»Wenn etwas entschieden ist, sollte man nicht mehr darüber nachdenken, ob die Entscheidung richtig war.«

»Betrifft das auch die Entscheidung für die Gerichtsmedizin?«

»Das war keine Entscheidung, sondern Berufung.« Er lächelte.

»Ganz schön dramatisch. Man wird vielleicht Künstler aus Berufung, aber nicht Gerichtsmediziner.«

»Dann nennen Sie es eben anders. Aber es ist die Wahrheit! Das wurde mir klar, als meine Tochter mich eines Tages fragte, woher der Mensch weiß, daß in seinem Kopf das Gehirn ist. Alles, was ich antworten konnte, war, weil er es eines Tages auseinandergenommen hat wie einen Wecker, der nicht mehr funktioniert. Mich hat die Rolle der Autopsie in der Medizingeschichte schon immer fasziniert und die Erkenntnis, daß wir nur direkt am Menschen etwas über uns erfahren. Es ist die Arbeit am Körper, die zeigt, wie anfällig wir sind. Ganz abgesehen davon war mein Vater auch Arzt. Liegt also in der Familie.«

»Klingt wirklich romantisch, aber ich denke doch, daß man mit der Zeit abstumpft, die ehernen Ziele rosten.«

»Routine ja, aber Abstumpfung nein! Und außerdem, das sagen Sie als Anthropologin?«

»Nun ja, die Realität bedeutet immer eine gewisse Desillusionierung. Bei den Fällen, die Sie auf den Tisch bekommen, kann ich mir das nicht anders vorstellen.«

»Machen Sie sich keine Gedanken«, sagte er. »Marie Zanardi ist über zehn Stunden später, nachdem sie bei Ihnen war, erschossen worden. Sie müssen sich nicht verantwortlich fühlen.«

»Wie kommen Sie darauf, daß ich mich verantwortlich fühle?«

Ein Achselzucken. »Es gibt nun einmal Fakten, die das Grübeln zum Stillstand bringen.«

Ich hatte keine Lust, die Unterhaltung weiter auf diesem philosophischen Niveau zu führen, geschweige denn einen Mann in nächster Zeit in die Nähe meiner Seele zu lassen. Gleich zu Jahresanfang hatte ich den Entschluß gefaßt, nach dem Vorbild der Amazonen zu leben. Männer wurden vermutlich manchmal für körperliche Belange gebraucht, da waren schließlich die Hormone, aber das bedeutete nicht, daß sie sich auch emotional häuslich niederlassen durften.

»Im übrigen ist mein Vater auch Arzt, Internist.«

»Dann hatte er vermutlich mehr Zeit für Sie als ich für meine Tochter. Sie hat das Gefühl, immer wenn ich zu Hause bin, stirbt gerade jemand. Aber ich sage ihr, solange die Geburtenrate höher als die Sterberate ist, trifft es Gynäkologen und Hebammen härter.«

Ich mußte lachen, ob ich wollte oder nicht.

Signor Salvato kam mit einem Block zurück, um die Bestellung aufzunehmen. Ich entschied mich für den Salat. Dr. Veit hatte ich für den Typ Pizza Vier Jahreszeiten gehalten. Doch er bestellte den Vorspeisenteller mit Shrimps, Fisch und Krebsfleisch und anschließend eine Pizza Mozarella-Basilikum mit Gemüse der Saison.

Dann holte er seine Pfeife hervor. »Nun verraten Sie mir, woran Sie vorhin gedacht haben!«

»Was wollte Marie Zanardi von meinem Vater?«

»Sie können sie nicht fragen, warum also wenden Sie sich nicht an ihn?«

»Er hat sie nicht gekannt, sagt er.«

»Und, glauben Sie ihm nicht?«

»Nein!«

»Warum finden Sie es dann nicht heraus?« hakte er nach.

»Wie soll ich es herausfinden, wenn er schweigt.«

»Das ist doch unser Spezialgebiet, Dinge herauszufinden, die uns keiner mehr erzählen kann. Entscheidend ist, daß Sie die Sache offensichtlich nicht auf sich beruhen lassen können. Etwas treibt Sie an. Nur das ist wichtig!«

Solche Grundsätze klangen in meinen Ohren ähnlich wie Anweisungen eines Computerhandbuchs *Drücken Sie die Taste Enter!* Und wenn man es tat, stürzte das Teil ab.

Ein junger Italiener brachte das Essen. Er trug ein weißes T-Shirt, auf dem in den italienischen Nationalfarben stand: *Life's Too Short Not To Be Italian.*

Das Leben war immer zu kurz, nicht nur für Italiener.

»Professor Jacobi hat mir erzählt, daß Sie ein Projekt zu Amazonengräbern planen.« Er klopfte die Pfeife im Aschenbecher aus.

»Strenggenommen spricht man nicht von Amazonen. Bei den Skythen hießen sie Oiorpata, Männertötende.« Es war gut, wenn ich klare Grenzen setzte.

»Ich dachte, bei den Amazonen handelt es sich um einen Mythos?«

»Herodot erzählt in den Historien, die Griechen befanden sich im Krieg mit den Amazonen. Die Frauen wurden besiegt und sollten auf Schiffen in die Sklaverei verschleppt werden. Unterwegs aber befreiten sie sich und wurden an die Küste des

Asowschen Meeres gespült. An Land plünderten sie zunächst bei den Skythen, später schlossen sie sich mit ihnen zusammen. Es entstand das Volk der Sauromaten, in dem es Frauen erlaubt war, zu Pferde zu jagen und in den Krieg zu ziehen. Der Beweis sind die aus der Eiszeit stammenden Gräber entlang des Dnjepr, in denen man Frauen mit ihren Waffen gefunden hat.«

»Und was hat das mit Ihrer Arbeit zu tun?«

»Ich möchte eine Analyse der mitochondrialen DNA bei allen weiblichen Skeletten aus dieser Region durchführen, um herauszufinden, wie eng die genetische Verbindung ist. Schließlich ist in einem Matriarchat eine homogene Struktur der mitochondrialen Linien zu erwarten, weil nicht, wie in einem Patriarchat, Frauen von außen dazukommen. Dies würde bedeuten, die weibliche Linie des Amazonenvolkes müßte gut nachweisbar sein.«

»Wie kommen Sie zu dem Material?«

»Ich warte noch auf die Einladung in die Ukraine.«

Er war mit den Vorspeisen fertig und begann mit der Pizza. »Eine Analyse der mitochondrialen DNA hätte Marie Zanardi auch geholfen.«

»Wie meinen Sie das?«

»So hätte sie doch die Frage klären können, ob sie wirklich von der österreichischen Kaiserin abstammte.«

»Sie wissen davon?«

»Sicher, ich habe von diesem Dr. Widerhofer eine Kopie der ärztlichen Unterlagen bekommen, nachdem ich einige Krankheitssymptome wie zum Beispiel die Unterernährung festgestellt habe.«

»Und wer tut so etwas? Eine unterernährte Frau mit drei Schüssen töten?«

»Ich habe die Erfahrung gemacht, daß sich Menschen gegenseitig in einer Art verletzen können, wie man es nie vermuten würde, wenn man an das Gute glaubt.«

»Können Sie denn an das Gute glauben?«

»Sie nicht?«

Ich schüttelte den Kopf, obwohl ich bis zu diesem Moment von meiner pessimistischen Einstellung nichts geahnt hatte.

»Aber an die üblichen Gegensätze wie heiß – kalt, alt – jung, hoch – tief, süß – sauer ...«

»Yin und Yang«, ergänzte ich hilfreich.

»Genau, daran glauben Sie doch auch? Warum dann nicht auch an Gut und Böse?« fuhr er fort und nahm einen Schluck Wein.

»Aber zwischen heiß und kalt liegt auch noch warm.«

»Aber dennoch bleiben die Extreme!«

»Ein bißchen einfach, oder?«

»Vielleicht bin ich nicht sehr tiefgründig, aber ich denke, vielleicht hat Marie Zanardi irgendein gefährliches Spiel gespielt nach Regeln, die wir noch nicht kennen.«

Signor Salvato kam an unseren Tisch: »Alles geschmeckt, si?«

Wir nickten gleichzeitig, und Dr. Veit sagte: »Die Rechnung, bitte.«

Nachdem er bezahlt hatte, verließen wir das »Amalfi«. Inzwischen war es fast vier Uhr. Unschlüssig standen wir zusammen auf dem Bürgersteig. Mir ging noch eine Frage im Kopf herum.

»Aber trotzdem überlege ich mir die ganze Zeit, ob es nicht besser war, daß sie diese Analyse nicht hat durchführen lassen. Sie war labil, am Rande des psychischen Zusammenbruchs. Und wenn sich herausgestellt hätte, daß sie nicht die Urenkelin war? Was wahrscheinlich ist. Das stelle ich mir grausam vor. Wie wenn man sein Gedächtnis verliert.«

»Schon möglich, aber was, wenn sie es tatsächlich war?«

12

Mittwoch, 16.20 Uhr

Ich hetzte über den Parkplatz des Polizeipräsidiums, das wenig einladend wirkte. Manche Dinge kann man nicht beschönigen. Wenn ich die Wahl hätte zwischen einem Bett im OP des Universitätsklinikums und einem Besucherstuhl hier, würde ich ersteres vorziehen. In der Uniklinik konnte ich wenigstens davon ausgehen, daß man mit allen Mitteln versuchen würde, mir zu helfen. Hier dagegen rechnete ich damit, am Ende das Gebäude als Mordverdächtige zu verlassen. Schon allein deshalb, weil ich mich um 20 Minuten verspätet hatte. Ich rannte die Treppen hoch. Wenn ich völlig außer Atem oben ankam, konnte man mir zumindest den guten Willen nicht absprechen.

Vom Ende des Flurs kam eine junge Frau direkt auf mich zu. Sie war gerade dabei, sich einen hellgrauen knielangen Mantel überzuziehen. Sie war nicht älter als fünfundzwanzig, um die 1,65 groß, schlank und trug die Haare kurz, mit rotgefärbten Strähnen über dem Ohr. Der Rock endete knapp unter der Kniescheibe, die Beine steckten in hochhackigen schwarzen Stiefeln. Es war die Frau, die den Schädel auf ihrem Band entdeckt hatte. Nur trug sie diesmal kein Kopftuch, sondern hatte das gelbe Tuch an den Riemen der Handtasche gebunden.

Basia Michalik.

Mir fiel der Name wieder ein.

Ich grüßte sie, sie nickte und ging mit gesenktem Kopf weiter, nahm den Blick nicht mehr vom Boden. Auf manchen wirkte diese Geste vielleicht demütig. Ich glaubte, daß sie genau wußte, worauf es ankam und was sie wollte. Doch das mußte nicht jeder sofort wissen.

Ich klopfte an die Tür von Zimmer 421. Keine Antwort. Erneutes Klopfen.

Nichts. Hatten die sich in Luft aufgelöst?

Auf Höflichkeitsformen konnte ich keine Rücksicht nehmen. Ich öffnete die Tür.

Das Zimmer war leer.

Na und? Ich war als Zeugin vorgeladen, und da war ich.

Vor mir zwei Schreibtische aus gipsgrauem Kunststoff. Links an der Wand ging eine Tür in das benachbarte Büro, und auf dem Aktenschrank stapelten sich ölige Pizzakartons. Auf dem Schreibtisch Aktentürme. Grauer und brauner Karton. Eine andere Farbgestaltung würde die Beamten sicher stärker motivieren. Meerblau oder Gelb.

Unaufgefordert nahm ich Platz. Auf dem Flur schlug eine Tür zu. Ich hörte gedämpfte Stimmen aus dem Nebenraum. Ein unaufhörliches Gemurmel. Die oberste Akte trug die Nummer FF-61273-0102.

So ein Zufall!

Ich hörte Theresa auf mich einreden. *Man muß die Chancen nutzen, die sich bieten.*

Von nebenan Gelächter.

Ich beugte mich nach vorne.

Auf dem Flur Schritte. Sie näherten sich der Tür. Entfernten sich wieder.

Mach dir nicht ins Hemd! Theresa ließ nicht locker.

Meine Hand ging nach vorne. Drehte die Akte um 180 Grad in meine Leserichtung. Ich atmete tief durch und schlug sie auf. Die Augen rasten über das erste Blatt.

Jetzt wäre ein fotografisches Gedächtnis ein Segen. Verdammt schlecht von der Natur eingerichtet, daß das Langzeitgedächtnis ein Fassungsvermögen für 100 000 Bücher hat, das Kurzzeitgedächtnis dagegen nur sieben Informationseinheiten behalten kann. Ich legte die Fingerspitzen beider Hände auf die Stellen zwischen Haaransatz und Augenbrauen. Massierte sie sanft. Irgendwo hatte ich einmal gelesen, daß dies Gedächtnisblockaden abbaut.

Marie Sophie Elisabeth Karoline Zanardi; 47 Jahre; geb. am 10. 03. 1955 in Washington; verstorben am 16. 03. 2002; Beruf: Bibliothekarin; Arbeitsplatz: Nationalbibliothek Wien. Sektionsnummer 045/02; Sektion durchgeführt im Institut für Rechtsmedizin Frankfurt; am 18. 03; gezeichnet Dr. Henning Veit.

Was stand auf unerlaubte Akteneinsicht?

In Frankfurt wohnhaft im Hotel Tourist, Ecke Hafenstraße/Gutleutstraße.

Ich blätterte weiter. Die Ergebnisse der Obduktion.

172 lange, 45 kg schwere, weibliche Leiche; am Rücken spärliche, wegdrückbare, blaß-rote Totenflecke; die Totenstarre am Kiefergelenk sowie an den oberen und unteren Extremitäten voll eingetreten; Knochenbau grazil; Muskulatur gut definiert; Hautfarbe fast weiß; linienförmige Narben am linken Unterarm (Anzahl 14, gut lokalisierbar, Länge zwischen 5 und 8 cm) usw. usw.

Mein Gehirn zeigte Ansätze von Suchtverhalten nach weiteren Informationen. Fotos, auf denen die Einschüsse erkennbar waren. Ich überflog die Röntgenbilder und den Text:

Mundschuß durch den Gaumen; die Kugel gelangte nach rechts hinten oben schräg durch die Schädelbasis und die rechte Gehirnhälfte bis in den rechten Parietalbereich.

Ich blätterte schnell weiter. Noch immer Gemurmel von nebenan. Erneutes Gelächter.

Ganz hinten ein unliniertes Blatt, auf das der Name Basia Michalik notiert war. Und darunter ein kurzer Text, in dem festgehalten worden war, daß sie Informationen zurückhielt, daß Zweifel an ihrer Glaubwürdigkeit bestanden. Warum sollte sie Informationen zurückhalten und welche? Was hätte sie für einen Grund? Was gäbe es zu verschweigen, wenn man an einem ganz normalen Tag einen Schädel an seinem Arbeitsplatz vorfindet?

Plötzliche Stille im Nebenzimmer.

Man sollte sein Glück nicht überstrapazieren. Ich schob die Akte zurück in die alte Position, rückte mit dem Stuhl ein Stück nach hinten. In diesem Moment ging die Tür links von mir zum Nebenzimmer auf. Ron kam mit einer Tasse herein.

»Wer hat dich denn hier hereingelassen?«

»Die Tür war offen.«

»Gehst du immer unaufgefordert in fremde Büros?«

Vorwürfe entschieden zurückweisen war im Fall einer Beschuldigung, psychologisch betrachtet, die wichtigste Verhaltensregel.

»Was heißt unaufgefordert? Du hast mich doch hierher zitiert!«

»Lassen wir das.« Er knallte die Tasse auf den Tisch. »Willst du einen Kaffee?«

»Ja bitte.«

Ich hasse Kaffee. Ich trinke nur Tee.

Er griff zum Telefonhörer, drückte auf eine Taste und sagte: »Henri, Frau Friedland ist hier.«

Aus dem Nebenzimmer kam ein schwergewichtiger Mann Mitte Vierzig. Mit ausladenden Hüften, ideal für Bauchtanz. Seinen Namen kannte ich aus Schilderungen zu einem Ehedrama.

»Noch Kaffee da?«

Stolarski nickte, ging ins Nebenzimmer und kam mit einer Tasse zurück mit der Aufschrift *Maingas Frankfurt*. War das Unternehmen nicht bereits im Laufe der wirtschaftlichen Evolution ausgestorben?

»Haben Sie etwas dagegen, wenn wir das Gespräch aufnehmen? Das spart Arbeit und Zeit«, fragte er und nahm am zweiten Schreibtisch rechts von mir Platz.

»Wenn Sie es nicht weiterverkaufen.«

Im wesentlichen erzählte ich dasselbe wie bei unserem ersten Gespräch. »Nein«, sagte ich am Ende, »ich habe nichts hinzuzufügen.« Das Ganze war so unspektakulär wie der halbjährliche Kontrolltermin beim Frauenarzt.

Ich war nicht schwanger. Wie immer.

»Okay«, sagte Ron, »das deckt sich mit der Aussage deines Vaters.« Er schlug den Aktendeckel zu. Was er sagte, mochte dort auf dem grauen Papier stimmen. Doch die Wahrheit war es ganz sicher nicht. Aber hatte es einen Sinn, ihn darauf aufmerksam zu machen, wenn man die Wahrheit selbst nicht kannte und der Lügner der eigene Vater war?

»Wie schön«, antwortete ich und konnte einen ironischen Ton nicht vermeiden. Doch die beiden Männer vor mir, wer hätte es gedacht, bemerkten es nicht.

»Unterschreibst du deine Aussage jetzt?« fragte Ron ungeduldig.

»Kein Problem!«

»Wenn ich noch Fragen habe, melde ich mich wieder.« Er stand auf und streckte sich.

Ich nickte, um mich kooperativ zu zeigen, und blieb sitzen. Schließlich mußte ich den Kaffee noch austrinken.

Henri Stolarski lehnte sich zurück und kaute am Kugelschreiber herum. »Wir haben Ihren Bericht von Dr. Veit erhalten. Vielen Dank. Dr. Veit hat außerdem ein zahnärztliches Gutachten für den Schädel angefordert. Vor allem die Goldkronen könnten uns weiterhelfen.«

»Ich habe bereits mit ihm gesprochen. Außerdem war ich bei Professor Jacobi im Krankenhaus. Er meint, bei dem Loch am linken Gehörgang könnte es sich um eine verschleppte Mittelohrentzündung, eine sogenannte Mastoiditis, handeln. Es ist allerdings unmöglich, daß das Mädchen nichts davon gemerkt haben soll. Das sind unerträgliche Schmerzen.«

Ron setzte sich wieder. »Was sagt uns das?«

Henri nahm aus dem Aktenstapel eine Mappe von ganz unten (Priorität C) und schlug sie auf. »Daß etwas an den Lebensumständen des Mädchens nicht in Ordnung war. Ein Fall von Verwahrlosung. Ein Mädchen, das offenbar Schläge auf den Kopf erhalten hat, das keinen Zugang zu einem Arzt hatte, und«, er überflog meinen Bericht, »das, wie Sie schreiben, Anzeichen von einseitiger, mangelhafter Ernährung zeigt. Das kann man alles aus einem Schädel lesen?«

Ich nickte. »Wir arbeiten sehr effektiv.«

»Und wenn wir diese, Mas…«

»Mastoiditis«, kam ich ihm zu Hilfe.

»Mastoiditis als Todesursache annehmen, dann handelt es sich nicht um Mord, sondern nur um einen Fall von unterlassener Hilfeleistung.«

»Das DNA-Gutachten?« Ron stand wieder auf, schaute nervös auf die Uhr und beugte sich ebenfalls über den Bericht.

»Habe ich heute damit angefangen.«

Er nickte. »Macht die Gerichtsmedizin eine Vergleichsprobe?«

»Natürlich.«

»Vielleicht Ausländerin, zumindest läßt darauf der Zahnersatz schließen.«

»Keine gute Voraussetzung, um ihre Identität zu ermitteln«, ergänzte Henri Stolarski. »Eine illegale Prostituierte?«

»Oder jemand aus einem Asylantenheim. Oder aus einer Aussiedlerfamilie, die kein Geld hat.«

»Dr. Veit hat vorgeschlagen«, sagte ich, »eine Rekonstruktion des Schädels zu veranlassen. Vielleicht besteht so die Chance, daß jemand das Gesicht erkennt.«

»Das wäre etwas für Berit«, meinte Stolarski.

»Mal sehen.« Ron räumte die Kaffeetassen zusammen und entsorgte die Pizzakartons in einem Papierkorb, der überquoll.

Wer war Berit?

»Ich habe übrigens noch einige Schnipsel aus dem Schädel gezogen.« Am besten ließ ich keinen Zweifel aufkommen, daß ich mit der festen Absicht gekommen war, ihnen das Beweismaterial heute und hier zu übergeben. Ich zog aus meinem Rucksack die Tüte mit den Schnipseln.

Ron nahm sie entgegen. Es waren zehn Fetzen Papier in der Größe von Puzzleteilen. Henri holte ein weißes DIN A3-Blatt und legte es auf den Schreibtisch. Ron öffnete die Tüte und legte die Stückchen darauf. Wir beugten uns darüber. Sie hatten die braune Farbe von Postumschlägen.

Henri schob die Teile hin und her. Drei von ihnen schienen zusammenzugehören. Er zog eine Lupe aus einer Schublade des Schreibtischs.

»Das könnte eine Adresse sein.«

»Das sollen die im Labor prüfen. Haben die nicht auch geschrieben, daß da Briefumschläge waren?«

Ron erhob sich.

Henri steckte die Schnipsel zurück in die Tüte.

»Was war mit der Telefonnummer von Marie Zanardi?«

»Bis auf die letzten zwei Ziffern konnte sie rekonstruiert werden.«

»Dann bleiben ja nur noch hundert andere Möglichkeiten.«

»Haben wir schon versucht. Das Handy ist abgeschaltet.«

»Das ist alles nicht besonders aufschlußreich, oder?«

»Nein, ich wünschte auch, wir hätten mehr. Aber bis jetzt wissen wir gerade einmal, wie sie gestorben ist, wo sie gewohnt und gearbeitet hat. Das ist allerdings mehr als im Falle Ihres Schädels«, erklärte Henri.

»Drei Schüsse auf eine wehrlose Frau, die körperlich am Ende war. Kraß, oder?«

»Ultrakraß«, sagte Henri. »Sehr ungewöhnlich. So eine brutale Vorgehensweise kommt in der Tat nur bei Verbrechen vor, in denen Haß das Motiv ist, oder bei Organisationen mit Mafiastrukturen.«

»Und ihr denkt also, daß es ein Raubmord war?« Ich nahm einen Schluck Kaffee und hatte nicht vor, zu gehen.

»Wir melden uns, wenn wir Fragen haben.« Ron griff zur Jacke.

Der Mohr hat seine Schuldigkeit getan, der Mohr kann gehen. Ich verließ das Büro. Doch ich war ein freier Mensch, Wissenschaftlerin und gewohnt, Dinge zu recherchieren, Zusammenhänge herzustellen. Es war mein Job und nicht nur das. Wie hatte Dr. Veit gesagt? Es war Berufung.

13

Mittwoch abend

Das Hupkonzert im Feierabendverkehr überzeugte mich, das Auto bei der Polizei stehenzulassen. Ich fuhr mit der Bahn zum Hauptbahnhof und ging zu Fuß zum Westhafen weiter. Auf den Straßen hier war kaum jemand zu sehen. Nur Autos rasten vorbei, wühlten Pfützen auf. Wasser spritzte. Der Winter war schneereich und kalt gewesen. Der Asphalt war voller Krater. Die Stadt kam nicht nach, Löcher zu stopfen, nicht die in den Kassen, nicht die in den Straßen. Schlechte Zeiten eben, und jammern auf hohem Niveau.

Ich bog hinter dem Bahnhof in die Niddastraße und fragte mich, hinter welchen Fenstern die sagenumwobenen Bordelle lagen, von denen man immer hörte. An der Ecke Niddastraße/Hafenstraße mußte ich stehenbleiben. Ein Bagger wurde von einem Transporter abgeladen. Offenbar sollte das Gebäude abgerissen werden. Auf der Straße standen Container, die Fensterscheiben waren teilweise eingeschlagen, und im Hinterhof war der alte Baumbestand abgeholzt worden. Das Holz lag zum Abtransport seitlich in der Einfahrt. Ein großer Papiercontainer und vier Mülltonnen waren im Weg. Der Fahrer des

Transporters stieg aus und schob sie weg, damit er Platz hatte, in die Einfahrt zu kommen.

Ich ging durch den Hafentunnel auf die andere Seite der Gleise. Je näher ich der Baustelle kam, auf der Marie Zanardis Leiche entdeckt worden war, desto verdreckter wurden die Straßen. Ich überquerte die Gutleutstraße. Hier an der Ecke mußte laut Akten das Hotel liegen, in dem sie gewohnt hatte. Nur wenige Meter von der Baustelle entfernt, wo man sie gefunden hatte. Ein unscheinbares graues Haus, von dem der Verputz abblätterte und in dem unten ein Teppichgeschäft untergebracht war. Ich fragte mich, was Marie Zanardi dazu bewogen hatte, hier zu übernachten. Hatte sie finanzielle Probleme, daß sie sich keine andere Unterkunft leisten konnte? Hatte sie jemand hierhergelockt?

Ich überquerte die Gutleutstraße und hatte schon fast den gegenüberliegenden Bürgersteig erreicht, als aus Richtung Bahnhof kommend ein Auto auf mich zuraste. Der Fahrer mußte blind sein oder stand unter Drogen. Vielleicht ein Zuhälter, der ausrastete, denn er ging nicht vom Gas, obwohl er mich gesehen haben mußte. Ich schaltete auf Zeitlupe und sah mich schon unter dem Auto liegen mit Blick auf den Unterbodenschutz, als der Fahrer in letzter Minute das Steuer zur Seite riß und vorbeischlitterte. Reifen quietschten, Wasser spritzte hoch bis in mein Gesicht. Als er haarscharf an mir vorbeischoß, streckte er den Arm zum Fenster hinaus und hob den Mittelfinger.

»Scheiße!« fluchte ich.

»Sie müssen besser aufpassen, schöne Dame«, hörte ich eine Stimme hinter mir. Ich konnte ja wohl nicht gemeint sein. Denn ich sah jetzt aus wie eine Kanalratte.

Hinter mir stand ein Mann um die Fünfzig mit weißem, vollem Haar in einer alten braunen Hose und einem Pullover, der aussah, als sei er aus selbstgesponnener Wolle der eigenen Schafzucht gestrickt.

»Der sollte besser aufpassen, der Idiot!«

»Darauf würde ich mich nicht verlassen.«

Er ging auf den Eingang des Hotels zu.

»Wohnen Sie etwa hier?« Ich deutete auf das Gebäude an der Ecke.

»Hier wohnen zwei Drittel der Leute, die auf den Baustellen in Frankfurt arbeiten. Internationales Hotel, sage ich Ihnen. Auch wenn man es ihm von außen nicht ansieht. Suchen Sie ein Zimmer?«

»Nein.«

»Wollen Sie jemanden besuchen?«

»Hier hat eine Frau gewohnt.«

»Hier soll eine Frau gewohnt haben? Kann nicht sein. Das wäre wie ein Schaf einem Rudel Wölfe vorwerfen. Hier wohnen nur Männer. Arme Männer. Die Frauen sitzen zu Hause, und sie kommen hierher, um zu arbeiten.«

»Sie haben sie also nicht hier gesehen? Ihre Leiche wurde am Samstag auf der Baustelle da hinten gefunden!«

»Nein. Aber ich bin auch erst seit Sonntag abend hier. Ich hatte vier Wochen Urlaub und war zu Hause. Aber ich habe gehört, daß eine Frau erschossen worden ist. Dort, wo die Container sind.«

Wir blieben vor dem Eingang des Hotels stehen.

»Woher kommen Sie denn?«

»Aus Litauen!«

»Sie sprechen gut Deutsch!«

»Ich bin Ingenieur. Lange in Ostberlin gelebt.«

»Und Ihre Familie lebt in Litauen?«

»Ja, ich habe eine Frau und eine Tochter.«

»Wie alt ist Ihre Tochter?«

»Zehn.«

»Können Sie mir sagen, wo genau die Frau erschossen wurde?«

»Einfach die Straße weiter bis zum Ende. Sie kommen direkt zur Baustelle. An dem Schild, wo steht Baustelleneinfahrt, hineingehen und nach zwanzig Metern rechts. Ungefähr fünfzig Meter noch, bei dem Kran. Aber dort sehen Sie jetzt nichts mehr. Ist schon alles dunkel.« Er schob das Kinn nach oben. »Zeitung?« Dann ballte er die Hände zu Fäusten, nahm die Siegerpose des Schwergewichtlers ein und lachte.

»Vielleicht«, sagte ich.

Er streckte noch einmal die Hand aus: »Also, geradeaus und auf der Baustelle rechts, immer gerade bis zu den Containern, wo der Chef sitzt, Herr Feifalik.«

Ich ging den Weg, wie er ihn beschrieben hatte. Er hatte recht, es war dunkel. Diese Art verfrühte Dunkelheit bei anhaltendem Regenwetter. Als ob der Himmel mit einem chronischen Schmutzfilm überzogen sei und es sich ebensowenig lohnen würde, diesen zu entfernen wie die Fenster zu putzen. Meine Lederjacke konnte die Nässe nicht abhalten. Ich zog den Reißverschluß bis nach oben und schlug den Kragen hoch. Dann betrat ich die Baustelle und suchte mir den Weg an den Baumaschinen vorbei, stolperte über Eisenstangen, Bauholz, watete durch Schlamm und Matsch. Ich stapfte mitten in das Epizentrum hinein. Es roch nach Main.

Wie war Marie Zanardi auf die Baustelle gekommen? Freiwillig? Welchen Grund könnte sie gehabt haben? Hatte sie hier jemanden getroffen?

Oder war sie ihren Mördern in der Nähe der Baustelle begegnet? Und diese hatten sie dann hierhergebracht und in die Grube geworfen?

Es war anstrengend, auf dem lehmigen Boden zu gehen, der sich mit Regenwasser vollgesogen hatte und an den Schuhen klebte. Ausgefahrene Matschwege mit Löchern und Steinen. Die Eintönigkeit einer Steppenlandschaft, überschwemmt nach den Regenfällen der letzten Tage. Endlich erkannte ich ungefähr 20 Meter vor mir, wenn auch undeutlich, einen dieser Blechcontainer, die als Büros und Aufenthaltsräume dienen, und daneben eine Instanttoilette, die aussah, als ob sie sich selbst chemisch auflöste, wenn die Bauarbeiten beendet waren.

Ich begegnete niemandem und konnte kaum noch etwas sehen. Ich setzte einen Schritt vor den anderen, um nicht zu stolpern oder umzuknicken. Ein Stück feuchtes Holz zog mir den Boden unter den Füßen weg, und gleichzeitig fuhr der Wind durch eine Plastikplane, die sich aufblähte und in sich zusammenfiel wie ein Blasebalg.

Scheiße, Franka, was tust du hier? Mein Verstand stellte die richtige Frage, aber ich gab die falsche Antwort und ging weiter. Wenn die Sache hier ausgestanden war, würde ich unbedingt einen Nervenarzt aufsuchen, damit er herausfand, was für ein Wahn mich dazu trieb, mir selbst eine Grube zu schaufeln.

Dann stand ich vor einem planierten Loch und einem rotweißen Schild, das informierte, daß hier der nächste Turm entstand. Ich war genauso enttäuscht wie damals, als eine Freundin aus Bremen mir das Teufelsmoor gezeigt hatte. Dort ein langweiliger Flecken aus Gras und Heidekraut, hier nichts als Sand und Steine.

Was hatte ich erwartet?

Einen Grabstein?

Ein Kreuz, wie es an Straßenrändern steht?

Ich hielt die Augen auf den Boden gerichtet, um nicht zu straucheln. Es mußte deutliche Hinweise geben, ob Marie Zanardi auf der Baustelle herumgelaufen war oder nicht. Zum Beispiel mußten ihre Schuhe dreckverschmiert gewesen sein.

Ein Brett, ungefähr zwei Meter lang, führte über eine Wasserlache hoch zu dem Container. Ich stellte mich darauf, um einen besseren Blick auf die Baugrube zu bekommen. Doch ich konnte nichts erkennen, und selbst wenn: Was hätte das sein können? Die Spurensicherung hatte alles durchsucht und bei den Erdbewegungen, die hier täglich stattfanden, konnte man nichts mehr finden. Das Erdreich ließ Dinge verschwinden und brachte sie wieder zum Vorschein, gerade wie es ihm paßte.

Hinter mir ein Geräusch wie eine Tür, die zufällt.

Unwillkürlich trat ich einen Schritt zur Seite und glitt von der Holzbohle. Mein Fuß steckte bis zum Knöchel in der Wasserlache. Ich rutschte weg und landete im Dreck. Ein Hund schlug an, er war nicht weit von mir weg.

Verdammte Scheiße!

Über dem Container ging mit einem deutlichen Klicken ein helles Licht an. Es sprang über auf die Toilette und schließlich auf den Bagger, der plötzlich angestrahlt wurde, und dann entzündeten sich weitere Lampen über der Einschalung der Baugrube, in die Marie Zanardi geworfen und mit Sand zugeschüttet worden war. Ich aber saß angestrahlt in der Wasserlache. Plötzlich war es totenstill. Ich konnte Marie Zanardis Geheimnisse mit Sicherheit nicht lösen, indem ich hier herumstiefelte wie eine Verrückte. Und wieder die Frage, weshalb sie überhaupt hierhergekommen war. Eine psychisch gestörte Frau aus Wien, die glaubte, sie sei die Urenkelin der Kaiserin Elisabeth, wohnte nicht in einem Hotel, in dem nur Männer übernachteten, Männer, die auf dem Bau arbeiteten, womöglich illegal, bestimmt unterbezahlt und sexuell frustriert. Und sie kam auf keinen Fall nachts allein hierher. Hier gab es nichts, was sie interessieren könnte, außer sie wollte sich mit jemandem treffen. Ich fragte mich nur, wer das gewesen sein könnte.

»Hey, Sie da, was machen Sie da?«

Vor mir stand plötzlich ein Mann, nicht besonders groß, in einem grau karierten Anzug und mit einem Bauhelm Marke Einheitsgröße auf dem breiten Kopf. Er stand direkt unter dem Licht, das den Container beleuchtete. Neben ihm ein großer Schäferhund, den er am Halsband zurückhielt. Ich suchte Halt, um aufzustehen, und blieb an einem Nagel hängen. Mit einer Hand machte ich mich frei. Offenbar hing an dem Nagel ein Stück Schnur, das ich plötzlich in der Hand hielt.

Ich stand auf und wollte schon etwas Freundliches sagen, als ich in sein Gesicht schaute. Er war nicht halb so glücklich, mich zu treffen, wie ich ihn. Und der Schäferhund schon gar nicht.

»Sie können nicht einfach hier auf die Baustelle kommen. Was denken Sie sich denn?«

Alpenländischer Akzent, diagnostizierte ich.

»Ich bin von meiner Redaktion hergeschickt worden, ich soll den Tatort fotografieren. Im Dunkeln. Sie wissen schon, die Frau ...« Ich zeigte nach vorne, »... damit es realistischer wird.«

»Ich glaube das nicht! Machen Sie, daß Sie wegkommen!«

»Wurde sie dort gefunden?« Ich deutete professionell über meine linke Schulter. »Oder dort?«

»Was geht Sie das an? Befriedigen Sie Ihre Raffgier woanders!«

»Ich mache nur meinen Job!«

Er kam näher.

»Hauen Sie ab!«

»Wie konnte es überhaupt passieren, daß man hier so einfach eine Leiche vergraben konnte? Die Täter haben sich offenbar sehr gut ausgekannt! Denn ...«, ich wies auf die Baugrube hinter mir, »... hier sollte doch am nächsten Morgen betoniert werden, oder?«

Er lief rot an, was für seinen Konstitutionstyp nicht ideal war, noch dazu, wo er im kritischen Alter sein dürfte. Und dann platzte er, seine Wut explodierte in einem lauten Brüllen. »Verschwinden Sie hier, aber sofort! Sonst kriegen Sie eine Anzeige wegen unbefugten Betretens. Und ich werde mich bei Ihrem Chef beschweren. Sie geben mir sofort den Namen Ihrer Zeitung!«

Er war nur eine Handbreit von mir entfernt. Ich spürte

förmlich, wie er rot anlief. Fast ging von ihm eine unerträgliche Hitze aus.

»Aber gerne. Neuer Frankfurter Volksfreund. Mein Chef ist Herr Veit. Sie können sich jederzeit an ihn wenden. Ich habe seine volle Unterstützung.« Das letzte war immerhin die Wahrheit.

Damit drehte ich mich um und bemühte mich möglichst ruhig zu gehen.

»Ich werde unsere Leser gerne darauf hinweisen, welchen Drohungen man hier ausgesetzt ist«, rief ich noch über die Schulter.

»Passen Sie nur auf«, schrie er mir hinterher, »daß Ihnen nicht noch etwas Schlimmeres passiert.«

Ich blieb abrupt stehen. »Meinen Sie, so wie Marie Zanardi?«

»Wer sind Sie, daß Sie hier einfach ... Sehen Sie zu, daß Sie verschwinden, oder ich rufe die Polizei.« Mit einem Blick zurück erkannte ich, daß er tatsächlich ein Handy hervorzog. Und plötzlich gingen die Lichter aus.

Ich aber nahm ihn beim Wort und sah zu, daß ich aus diesem Moloch von Dreck und Steinen herauskam. Mit der Polizei wollte ich nichts mehr zu tun haben.

Endlich stand ich wieder an der Kreuzung. Ich schaute auf die Uhr. Es war halb acht und endgültig niemand mehr unterwegs. Ich wollte nur noch unter Menschen. Warum war ich nicht mit dem Auto gefahren? Aus dem Hotel trat ein Mann mit Sonnenbrille, obwohl es bereits dunkel war, und ohne Rücksicht darauf, daß die Ampel rot war, überquerte er neben mir die Straße. Ich ging etwas schneller und hängte ihn ein Stück ab. Der Hafentunnel war eine schwarze Röhre, die ins Nichts führte und aus der nur ab und zu Autos mit aufgeblendetem Licht auftauchten.

Der Mann blieb kurz hinter mir. Ich legte an Tempo zu und stellte erleichtert fest, daß sein Schritt sich nicht beschleunigte. Von vorne kam mir eine Gestalt entgegen, was mich beruhigte. Wenn einer von beiden mich überfallen wollte, konnte der andere mich retten. Und außerdem gab es alle 30 Meter eine Notrufsäule. Als ich auf gleicher Höhe mit der Gestalt war, stellte ich fest, daß es eine vermummte Türkin war. Sie zog einen Einkaufswagen hinter sich her. Es war gut, daß ich jetzt schon den Ausgang auf der anderen Seite sehen konnte. Sie wäre mir keine große Hilfe.

In der S-Bahn waren keine Sitzplätze mehr frei. Ich blieb am Eingang stehen. Der Mann, der mir gefolgt war, drängte sich in letzter Minute neben mich. Aufdringlicher Geruch nach After Shave und Schweiß stieg mir aus seinem Pullover entgegen, als seine Hand über mir Halt suchte. Ich machte ihm freiwillig Platz und ging den Gang zwischen den Sitzreihen ein Stück nach hinten. Und fand einen Platz. Um mich abzulenken, betrachtete ich das Stück Schnur, das ich von der Baustelle mitgenommen hatte und noch immer fest umklammert hielt. Gerade wollte ich es in die Abfallbox der Bahn werfen, als mir etwas auffiel. An beiden Enden war ein Stück Metall. Ein goldener Verschluß in Gestalt eines Fisches. Es war das aus Seidenfäden gearbeitete Armband, das ich an Marie Zanardi bemerkt hatte.

Ich bemerkte plötzlich, daß ich vor Aufregung zitterte. Gleichzeitig mußte ich innerlich lachen. Da war ich tatsächlich über mich hinausgewachsen. Die Frau, die neben mir saß, Marke Verkäuferin in der Damenabteilung eines Kaufhauses, blond gefärbt und hochtoupiert, warf mir nur einen kurzen Blick zu und starrte dann angestrengt zum Fenster hinaus, um sich mit schwarzen Tunnelwänden von mir abzulenken. Ich wollte nicht wissen, wie ich auf sie wirkte mit meinen dreckverschmierten Hosen und dem völlig durchnäßten rechten

Schuh. Doch was soll's, auf 100 Einwohner dieser Stadt kommt immer ein Verrückter. Ich war eben nur eine von 7000.

An der Hauptwache stieg ich in die U-Bahn um, und nach zwei Stationen war ich endlich an meinem Auto. Ich war nur selten so froh gewesen, es zu sehen. Als ich den Parkplatz verließ, sah ich den Mann, der dieses entsetzliche After Shave über seinen ganzen Körper geschmiert hatte, wartend an der U-Bahnstation sitzen. Ich fragte mich, mit welcher Mission er sich wohl in dieser Stadt der 7000 Verrückten herumschlug.

14

Mittwoch abend

Als ich müde und dreckig, doch in mentaler Hochspannung zu Hause ankam, war ich überrascht, daß die Zerstörungswut der Handwerker ein natürliches Ende gefunden hatte. Sie begannen mit dem Wiederaufbau. Im Bad waren zwei Quadratmeter Fliesen an der Wand verlegt worden. Ich konnte die neue Pracht ahnen. Sonnengelb angehauchte italienische Fliesen mit reliefartig herausgehobenen Muscheln. Für den Fußboden hatte ich ein rundes Mosaik aus allerkleinsten Fliesensplittern gewählt. Ich würde mir in der Badewanne vorkommen wie in einer römischen Therme.

Doch vorerst mußte ich weiter mit der Küchenspüle vorliebnehmen. Es war kalt. Zwar hatten die Handwerker diesmal die Fenster geschlossen, doch die Heizung stand auf kleinster Stufe. Ich fror erbärmlich, als ich die feuchten und verschlammten Kleider ausgezogen hatte. Meine von Natur aus hellgrauen Sportsocken waren mit einer bräunlichen Brühe vollgesogen. Es war nicht einfach, mein Bein nach oben in die Küchenspüle zu bringen.

Während ich versuchte, unter diesen primitiven Bedingungen den hochkomplizierten Reinigungsvorgang der modernen Zivilisation zu leisten, hörte ich den Anrufbeantworter ab. Der Chef der Fußbodenfirma Wagner teilte mit, daß am Freitag das Parkett verlegt und versiegelt würde.

»Denken Sie daran, daß Sie dann zwei Tage nicht in Ihre Wohnung können.«

Es war soweit. Jetzt war ich obdachlos.

Der zweite Anrufer war Sabrina, die nur rief: »Das war Sabrina!«

Der dritte Anrufer sprach in abgehacktem Deutsch, einem, wenn man genau hinhörte, Rhythmus, der mich an Rap erinnerte.

Sorry – tut mir leid – daß ich Sie heut nicht erreiche – doch ich weiß nicht wann – ich Sie wiedersehen kann – daher dachte ich – okay – es ist sicher nicht verkehrt – wenn Sie mich für jeden Fall – übers Handy dann erreichen. Wer weiß vielleicht – können Sie die Nummer brauchen – oder haben zu dem Schädel – neue Infos oder Fragen – und das ist nun meine Nummer – 0173-4561723 – Dr. Henning Veit aus der Gerichtsmedizin.

Und das ausgerechnet in dem Moment, als ich gerade dabei war, meinen Körper mit Magnus' Duschgelresten Marke Tabacco einzureiben.

Im Bademantel trug ich das Tablett mit Prosecco, Baguette und einem Teller, auf dem ich Tomaten und Oliven arrangiert hatte, in den Wintergarten.

Durch die Glasfassade schaute ich hinunter auf die Straße. Sie war kahl wie die neu gepflanzten Kastanienbäume, die sie einrahmten. Auch das Hotel gegenüber war dunkel bis auf den beleuchteten Eingang. Davor stand ein Auto, angestrahlt von einer Straßenlaterne. Soweit ich es erkennen konnte, war es einer dieser BMWs, die alle gleich aussehen und die man nicht voneinander unterscheiden kann. Ich konnte sehen, daß am Steuer jemand saß. In dem Moment, als ich von oben auf ihn hinunterschaute, öffnete der Mann das Fenster und begegnete meinem Blick. Okay, sollte er mich im Bademantel bewundern.

Doch er warf nur eine Zigarette auf die Straße und kurbelte das Fenster wieder hoch.

Dieser Tag war doppelt so lang gewesen wie alle bisherigen in meinem Leben. Ich hatte die einmalige Leistung vollbracht, den Zeitstrang eines Tages zu verdoppeln. Ich hatte 24 Stunden zu 48 gemacht, wie es sonst nur Theresa schaffte. Bisher hatte ich immer gedacht, schneller und intensiver zu leben, würde die Zeit verkürzen. Ich hatte mich geirrt.

In den letzten Tagen und Stunden war ich, was die Informationsfülle und Ereignisse betraf, überrollt worden. Es wurde Zeit, mein Gehirn zu entmüllen. Marie Zanardi hatte die wahnhafte Störung, sie sei eine illegale Nachfahrin der Kaiserin Elisabeth. Das konnte ich akzeptieren; manche Leute bildeten sich ein, sie seien Napoleon. Und daß sie die Spuren ihrer eingebildeten Urgroßmutter verfolgte, war die logische Folge ihres Wahnsinns.

Daß sie dann während ihres Aufenthaltes in Frankfurt erschossen wurde, konnte man zunächst für einen Zufall halten. Doch entsprachen die Umstände ihres Todes sicher nicht der Kriminalstatistik. Mordfälle, in denen ein zufälliges Opfer mit drei gezielten aufgesetzten Schüssen ins Gesicht getötet wurde, waren vermutlich selten, noch dazu mit drei verschiedenen Waffen. Okay. Ich konnte an dieser Stelle auch noch immer sagen, daß es eine besonders brutale Form von Gewalt war, ungewöhnlich, aber vielleicht nur ein Zeichen unserer Zeit. Doch wie sollte ich es verstehen, daß mein Vater in dieser Angelegenheit nicht die Wahrheit sagte? Daß er behauptete, Marie Zanardi nicht zu kennen, später zugab, von ihr gehört zu haben, daß er die Sache erst herunterspielte und dann Laborergebnisse vom Speicher holte, die die Kaiserin Elisabeth betrafen?

Ich mußte ihn damit konfrontieren. Aber es ging mir nicht darum, eine erneute Erklärung zu bekommen, eine konstruierte Begründung. Ich wollte die Wahrheit wissen.

Vor einem Jahr hatte die Universität im Rahmen des Studium generale einen Kurs zur Kreativität angeboten. Dort hatte ich das erste Mal von der Methode des Mind Mapping gehört. Eine Arbeitsweise, die Sachverhalte und Informationen durch Bilder symbolisiert und nicht in Form streifenförmiger Anordnungen von Buchstaben. Was bedeutet es für Zwangsneurotiker, wenn der denkende Mensch der Zukunft sich nicht länger von Logik und Linearität tyrannisieren läßt, sondern von der Phantasie bunter Symbole? Der Mensch ist nun einmal ein kopflastiges Säugetier.

Trotz des Chaos in meiner Wohnung fand ich eine Rolle Packpapier. Ich rollte sie über die gesamte Länge des Tisches aus und beschwerte sie an den Ecken mit vier Hanteln, Gewichtsklasse 500 Gramm. Ich hatte sie mir vor einigen Monaten zugelegt, um dem Alterungsprozeß meiner Oberarme entgegenzuwirken.

In die Mitte schrieb ich den Namen Marie Zanardi und darüber ein rotes Fragezeichen. Äste verzweigten sich zu Frankfurt, Bad Nauheim, Wien und Washington. In Bad Nauheim gab es die Verbindung zwischen meinem Vater, Marie Zanardi, der Kaiserin, Dr. Schott und meinem Urgroßvater.

Ich nahm einen Schluck Prosecco. Das Ergebnis war noch nicht aufschlußreich, aber ein Anfang. Als nächstes begann ich alles zu notieren, was ich zu Wien wußte. Marie Zanardi hatte dort in der Bibliothek gearbeitet und war bei zwei Ärzten in Behandlung gewesen, Dr. Widerhofer und ... An den anderen Namen konnte ich mich nicht erinnern. Unter Widerhofer notierte ich die Diagnose Anorexie, Größenwahn, Selbstverletzung, Verfolgungswahn.

Frankfurt gliederte sich in Hotel, Baustelle, Tatort. Tatort in Todesursache (drei Schüsse in Mund, Auge und Ohr) und Motiv, das sich verzweigte in Raubmord und ein Fragezeichen.

Es klingelte an der Wohnungstür.

Ich stand mitten in einem kreativen geistigen Prozeß. Ich fragte, wer da war, und drückte dann auf den automatischen Türöffner, um Theresa hereinzulassen.

»Wo treibst du dich den ganzen Tag herum? Ich versuche vergeblich, dich zu erreichen. Es wird Zeit, daß du dir ein Handy zulegst«, und nach einem Blick auf meinen Flur sagte sie, »wie sieht es denn hier aus?«

»Das siehst du doch! Nur noch der Wintergarten ist bewohnbar.«

Sie ging voraus, stellte ihre Tasche, ein rosa Bastteil mit großen Blüten oben am Rand, auf den Tisch und warf einen kritischen Blick auf die Isomatte und den Schlafsack. »Schläfst du etwa hier?«

»Sieht ganz so aus.«

Ich ging schnell zum Tisch und steckte das Armband ein. Damit hatte ich ihr gegenüber einen Vorsprung.

»Und was malst du hier? Deinen Stammbaum?«

»Noch nie etwas von Mind Mapping gehört?«

»Ist das so etwas wie Feng Shui?«

»Nein, das ist eine anerkannte Methode, um Gedächtnisleistung, Kreativität, Konzentration, Denken, Lernen zu verbessern. Ich bringe sozusagen den Inhalt meines Gehirns auf Papier!«

»Auf kackbraunes Packpapier! Meinst du, das ist der richtige Ort? Und da paßt alles drauf?«

»Ach Theresa, sei einfach still! Schau lieber, was ich alles herausgefunden habe!«

Theresas Blick ging professionell über das Papier. Manche Stellen betrachtete sie genauer.

»Was hat dein Vater denn damit zu tun? Der steht hier dreimal. Und was meinst du mit Größenwahn?«

»Marie Zanardi bildete sich ein, sie sei die Urenkelin der Kaiserin Elisabeth. Kraß, oder? Genausogut könntest du dir einbilden, die Jungfrau Maria zu sein.«

»Bekomme ich auch einen Schluck Prosecco?«

»Klar«, ich reichte ihr die Flasche.

»Und ein Glas?«

Als ich aus der Küche zurück war, kritzelte Theresa auf meinem Packpapier herum.

»Hey, was machst du denn da?«

»Sorry«, antwortete sie, den schwarzen Filzstift zwischen den Lippen, »daß ich dein Gehirn betrete, ohne anzuklopfen, aber ich habe ihm etwas Wichtiges mitzuteilen.«

Ich starrte auf das Blatt. Theresa hatte Washington um den Ast Library of Congress erweitert, der sich verzweigte in Arbeitsplatz und Karoline Zanardi Landi.

»Was bedeutet das?«

»Das bedeutet, daß es mehrere Bücher von einer gewissen Gräfin Karoline Zanardi Landi gibt – ein nicht allzu häufiger Nachname in Europa und in den USA. Zumindest wenn das Internet recht hat.«

»Was für Bücher?«

Theresa hob einen Computerausdruck hoch.

»Karoline Zanardi Landi hat zum Beispiel ein Buch geschrieben mit dem Titel *The secret of an empress.*«

»Und was ist damit?«

»In diesem Buch geht es darum, daß sie beanspruchte ... und jetzt hör genau zu ... sie beanspruchte, eine Tochter der Kaiserin Elisabeth zu sein.«

Ich riß Theresa das Blatt aus den Händen. »Das gibt es doch

nicht!« Aber Theresa hatte recht. Das Buch war 1914 in London und New York erschienen und in der Library of Congress in Washington unter der Signatur DB 88.73 katalogisiert.

»Ich kann es nicht glauben. Karoline, das war auch einer der Vornamen von Marie Zanardi. Sie hat sich das Ganze nicht nur eingebildet. Sie war nicht krank. Dann macht das auch einen Sinn, daß ...« Ich brach ab, weil ich nicht wußte, ob ich Theresa von diesem Blatt mit den Laborergebnissen erzählen sollte.

»Aber das ist noch nicht alles.«

»Was denn noch? Du bist einfach genial!«

»Das ist die Folge, wenn man sein Gehirn durchs Internet jagt und nicht im Stil mittelalterlicher Buchkunst aufmalt.«

»Schon gut, was weißt du noch?«

»Daß Marie Zanardi selbst in der Library of Congress gearbeitet hat, in den Jahren 1986 bis 1998. Und 1998 war zufällig das hundertste Todesjahr der Kaiserin.« Sie trank ihr Glas in einem Zug leer. »Ich bin so gespannt, was hinter der Geschichte steckt. Stell dir bloß mal vor, wir finden heraus, daß diese Kaiserin Elisabeth eine uneheliche Tochter hatte. Kannst du dir vorstellen, was das auslösen würde?«

Ich konnte es mir vorstellen und hatte keine Lust, es zu erleben.

Theresa war begeistert. »Wir müssen unbedingt nach Wien fahren.«

»Nach Wien? Ich kann jetzt nicht wegfahren. Du siehst doch, was in meiner Wohnung los ist«, mir fiel der Anruf von Herrn Wagner ein, »und ich bin noch nicht mit der Schädelanalyse fertig. Ich kann jetzt nicht die Untersuchungen unterbrechen.«

»Wie lange brauchst du noch?«

»Mindestens eineinhalb Tage.«

»Also dann fliegen wir Samstag abend.«

»Ja, aber ...«

»Nichts aber! So eine Geschichte werde ich mir doch nicht entgehen lassen.«

»Sollten wir das nicht besser der Polizei überlassen?«

»Aber ja, natürlich sollten wir das. Aber wir werden es nicht tun.«

»Was willst du denn in Wien herausfinden?«

»Wenn ich das wüßte, müßte ich doch nicht hinfahren. Komm schon, Franka, sei spontan!«

»Vielleicht ...« Wenn ich zu schnell zustimmte, saß ich morgen schon im Riesenrad.

Sie stand auf. Ich begleitete sie an die Wohnungstür. Sie zog ihren dunkelbraunen Steppmantel über, in dem sie wirkte, als käme sie direkt aus einem sibirischen Lager und hätte nie die Sonne Siziliens gesehen.

»Ich werde gleich morgen früh die Flüge buchen. Außerdem hat mir mein Horoskop eine baldige Reise für zwei Personen in Aussicht gestellt. Und seinem Schicksal kann man nicht entgehen.«

»Du vielleicht nicht«, ich hielt die Wohnungstür auf, »aber ich habe die Schnauze voll vom Schicksal.«

»Spielverderber!« Sie gab mir einen Kuß zum Abschied und rannte auf ihren hohen Stiefeln die Treppe hinunter.

Ich stand oben im Wintergarten und wartete, bis Theresa vor der Haustür auftauchte. Sie drehte sich noch einmal um, und ich winkte ihr zu.

Der BMW stand noch an derselben Stelle. Theresa stieg in ihren kleinen gelben Smart und fuhr los. Schon wollte ich mich umdrehen, als ich bemerkte, wie der BMW sich in Bewegung setzte und ihr folgte.

Ausgerechnet Wien, dachte ich, genausogut könnte ich eine Busreise machen, auf der man Rheumadecken verkauft.

TEIL ZWEI

Wien

15

Palmsonntag

Meine Vorurteile gegenüber Wien hatten sich verfestigt, seitdem das spanische Hofzeremoniell mit Isabella in unser Haus Einzug gehalten hatte und in diesem Jahr sein zehnjähriges Jubiläum feierte. Andererseits war Wien eine Stadt voller Geschichte, man schuldete ihr automatisch Respekt wie alten Menschen, an deren Lippen man hängt, wenn sie aus ihrem Leben erzählen. Man bewundert sie für ihr Gedächtnis, man schätzt sie für ihre Fähigkeit zu überleben, aber sie erzählen immer die gleiche Geschichte. Ich halte auch nichts davon, sich eine Stadt in drei Tage hineinzuziehen wie einen Joint, in der Hoffnung, den ultimativen kulturellen Kick zu erleben. Als einzige Vorbereitung hatte ich auf dem Flug Isabellas Falkplan studiert und mir die Straßennamen eingeprägt, die Wien in Sprache faßten. Acht begannen mit Kaiser, 23 mit Johann, 45 mit Joseph, und allein 29 Straßen trugen einen Doktortitel.

Isabella hatte uns Zimmer gebucht, widerwillig und gereizt.

»Typisch! Erst weigerst du dich, mit uns zum Opernball

zu fahren, und dann soll ich dir innerhalb von fünf Minuten ein Zimmer besorgen. Was willst du ausgerechnet jetzt in Wien?«

»Es ist Theresas Idee. Wenn sie sich etwas in den Kopf setzt, dann ist man machtlos. Außerdem kann ich drei Tage meine Wohnung nicht betreten.«

»Vielleicht bekomme ich außerhalb noch etwas.«

»Auf keinen Fall, Theresa besteht auf einem Hotel in der Innenstadt!«

»Sonst noch Wünsche?«

»Das Zimmer muß einen Internetanschluß haben.«

»Wozu braucht ihr einen Internetanschluß?«

Sie buchte ein Doppelzimmer im Hotel Excelsior in der Alserstraße direkt gegenüber dem Universitätscampus. Von hier aus gingen wir zu Fuß in das Zentrum, um Isabellas Cousin, Dr. Conrad Padowetz, im Café Demel zu treffen.

Theresa führte sich bei diesem ersten Spaziergang durch die Stadt auf, als hätte sie in einem Preisausschreiben eine Reise für zwei Personen gewonnen, und zeigte das typische Verhaltensmuster auf architektonische Reize. Wie der Pawlowsche Hund war sie darauf konditioniert, beim Anblick jedes Gebäudes in aufgeregtes Bellen auszubrechen.

Ebenso begeistert war sie von Dr. Conrad Padowetz, was ich ihr nicht verdenken konnte. Dieser echte Prinz ohne Titel, wie Isabella ihn genannt hatte, repräsentierte Theresas Vorstellung vom Traummann in Reinkultur: null Fettansatz, sportliche Statur, schmale Hände, ausgeprägtes Profil, blondes, dichtes Haar. Außerdem war er so glatt rasiert, daß ich vermutete, er hätte die letzten Bartstoppeln mit Heißwachs entfernt wie ich den Fortsatz meiner schwarzen Haare an den Beinen.

Und er zeigte perfekte Manieren, ebenfalls angeboren, irgendwo verankert auf dem vierten Chromosom von rechts. Er beugte sich über meine Hand, und ... nun, es wäre übertrieben zu sagen, er hätte sie geküßt, in Wahrheit berührte er sie nicht einmal mit den Lippen – also alles Betrug.

»Ich denke, wir sollten uns duzen«, sagte er. »Schließlich sind wir fast verwandt.«

Es entging mir allerdings nicht, daß seine Lippen Theresas Hand sehr wohl berührten, die plötzlich aufreizend kicherte: »Wie schade, daß wir beide nicht auch fast verwandt sind.«

Angesichts der Speisekarte hatte Theresa sich entschlossen zu schwelgen. Sie bestellte heiße Schokolade und ein Stück Burgtheater-Linzertorte. Gott sei Dank befand ich mich derzeit nicht in einem Serotoninloch, das mich für Schmeicheleien und Süßes gleichermaßen anfällig machte. Spartanisch nippte ich an dem Espresso und ignorierte den mitgelieferten Keks, während Conrad zurückgelehnt einer faszinierten Theresa die Geschichte des Kaffeehauses servierte. Ich langweilte mich. Er hatte einen belehrenden, dozierenden Ton angenommen und sprach eintönig, als ob er auf immer derselben Geigensaite hin- und herstrich.

»Begonnen hat alles im Jahre 1786, als Ludwig Dehne aus Württemberg eine Zuckerbäckerei neben dem Hoftheater eröffnete. Kaiserin Elisabeth«, Theresas Augenbrauen hoben sich, »aß ihr Veilchen-Sorbet ausschließlich von Ludwig Dehne. Sein Sohn August verkaufte 1857 das Geschäft an seinen ersten Gehilfen Christoph Demel. Erst dessen Söhnen allerdings wurde es gestattet, die Konditorei ›K. u. K. Hofzuckerbäcker Ch. Demel's Söhne‹ zu nennen. Und als die Österreichisch-Ungarische Monarchie unterging, stand im Demel die Zeit still. Anna Demel, die damalige Inhaberin, ließ trotz Verbot weder auf dem Portal noch auf den Bonbonnieren das Emblem *K. u. K. Hofzuckerbäcker* streichen. Und wenn ein Adeliger hier zur Tür hereintrat, wurde er wieder mit vollem Titel angesprochen.«

Theresa lauschte, das Kinn auf die Hand gestützt.

Es war höchste Zeit, sie zu desillusionieren: »Und nun ist es eine *der* Touristenfallen Wiens!«

Augenblicklich ließ ihre Hand ihr Kinn im Stich. *Sei doch nicht so zickig!* sagte mir ihr Blick.

Conrad öffnete die Speisekarte und schob sie in meine Richtung. »Der Demel ist inzwischen einer der erfolgreichsten Catering-Services in Wien mit einem beachtenswerten Umsatzvolumen ... Isabella hat mich übrigens gebeten, euch die Stadt zu zeigen. Was wollt ihr sehen?«

»Das übliche Schnellprogramm eben«, sagte ich.

»Ganz Wien!« rief Theresa.

»Wir könnten uns morgen abend treffen und in ein Konzert gehen. Übermorgen habe ich erst nach der Kaiserhaus-Auktion Zeit. Da würde ich euch durch die Hofburg führen und ...«

»Eine Auktion?« Theresa war begeistert wie eine schwerreiche Amerikanerin, die unbedingt eine original Mozartkugel für 5000 Euro in ihren Besitz bringen wollte.

»Ja, im Dorotheum, mit Erinnerungsstücken an das Kaiserhaus. Leider habe ich den Katalog nicht hier.«

Theresa warf mir einen triumphierenden Blick zu. »Genau das richtige für uns, oder, Franka?«

»Was hast du auf einer Versteigerung zu tun?« hakte ich nach. »Isabella hat erzählt, du bist Jurist.«

»Notar, genau gesagt, spezialisiert auf Kunstrecht und verantwortlich, daß keine Fälschungen versteigert werden, daß alles juristisch korrekt abgewickelt wird.«

»Wie kommt man als Notar dazu, sich auf Kunst zu spezialisieren?«

»Nach dem Studium habe ich ein Jahr lang Ausbildung bei Sotheby's gemacht, anschließend bei einer Versicherung für Kunstgegenstände gearbeitet und mich schließlich als Notar in diesem Bereich selbständig gemacht. Man sollte diesen Markt nicht unterschätzen. Gemälde, antike Möbel oder Schmuck sind eine hervorragende Geldanlage. Sie liefern eine bessere Rendite als Aktien. Und die Preise gehen nach oben, da das Angebot immer knapper wird.«

»Da möchte ich hin!« sagte Theresa.

Ich hatte das dunkle Gefühl, daß ihre und meine Interessen gerade begannen, diametral auseinanderzudriften. Es wurde Zeit, sie daran zu erinnern, weshalb wir hier waren.

»Ich wollte in die Nationalbibliothek.«

Conrad war indigniert, ich kränkte seine Stadt durch Ignoranz. »Drei Tage sind zu kurz für Wien. Warum willst du arbeiten?«

»Sie befindet sich, soweit ich weiß, in der Hofburg, oder?« überging ich die Frage.

»Ja, teilweise«, antwortete er knapp. »Aber was ist mit morgen abend? Ich könnte Karten für die Philharmoniker besorgen. Gustav Mahler.«

»Klingt wirklich gut!« Theresa war begeistert, obwohl ihr Musikgeschmack eher von Eros Ramazotti geprägt war. Ich bemerkte, wie sie Conrad gierig nachsah, als er zur Theke ging, die Rechnung beglich und ihr zum Abschied noch einmal zulächelte.

»Meinst du nicht, ein bißchen Zurückhaltung wäre einem Prinzen gegenüber vornehmer?« bemerkte ich.

»Ein Prinz ist auch nur ein Mensch.«

»Bist du sicher?«

»Sogar unsere Kaiserin hatte ihre Liebhaber. Da gab es zum Beispiel diesen ungarischen Grafen Andrássy.«

»Das sind bestimmt nur Gerüchte.«

»Spekulationen über Affären haben sich schon immer als wahr herausgestellt. Hör zu«, Theresa zog aus ihrer Tasche ein dickes Buch, »›daß die schöne Kaiserin ein Auge auf Gyula Andrássy geworfen hatte, sprach sich in Ungarn wie ein Lauffeuer herum‹.« Theresas Stimme rutschte ganz nach hinten in die Kehle. »Andrássy, was für ein Name! Böse Zungen behaupteten, Marie Valerie, die dritte Tochter, wäre gar nicht das Kind des Kaisers, sondern von Graf Gyula Andrássy. Warum sollte sie nicht auch noch eine vierte, bislang völlig unbekannte Tochter haben? Vielleicht waren all diese bösen Zungen ja gar nicht so böse.«

»Woher weißt du das alles?«

»Ich habe meine Hausaufgaben gemacht!«

Ich nahm ihr das Buch aus den Händen. Wieder einmal war sie schneller gewesen. »Und du meinst, an diesen Gerüchten ist etwas Wahres?«

»Du etwa nicht? Und damit ist doch Marie Zanardis Behauptung gar nicht mehr so unwahrscheinlich, oder?«

Ich zuckte mit den Schultern.

»Jetzt gehen wir erst einmal shoppen. Schließlich bin ich morgen abend in ein Konzert eingeladen. Gustav Mahler. Wow! Da will ich doch stilecht erscheinen.« Sie erhob sich und setzte ihre Sonnenbrille auf.

»Und übrigens«, sie griff nach dem Buch, »noch etwas: Widerhofer.«

»Was ist mit ihm?«

»Nun ... nur für den Fall, daß es dich interessiert, so hieß der Leibarzt der Kaiserin Elisabeth!«

»Ihr Arzt hieß Widerhofer?«

»Ja, du hast recht, ich gebe zu, man fängt an, an das Schicksal zu glauben!« Sie stand auf. »Jetzt aber los! Als erstes kaufen wir dir ein Handy. Denn wie ich die Sache sehe, haben wir völlig unterschiedliche Vorstellungen von unserem Urlaub in Wien. Da sollten wir uns wenigstens telefonisch erreichen können, falls einer von uns verlorengeht. Und willst du dir nicht endlich einmal eine vernünftige Handtasche kaufen? Dieser Rucksack geht mir auf die Nerven.«

»Den gebe ich nicht auf. Da steckt zur Zeit mein ganzes Leben drin.«

Und dann bewegten wir uns die Shoppingmeile entlang. Kohlmarkt, Graben, Stephansplatz, Kärntnerstraße und zurück. Bei mir stellte sich dasselbe Gefühl von Langeweile wie auf der Zeil in Frankfurt ein. Dieselben blassen Bäume im Selbstversuch. Dieselben unbequemen Sitzbänke, belagert von Müttern mit Eis essenden Kindern, Pennern und einkaufsmüden alten Frauen. Willkommen, geklontes Europa! Willkommen!

16

Montag morgen

Theresa gab ein Vermögen aus für ein knallrotes enges Stretchkleid von Escada. Natürlich benötigte sie dazu die entsprechenden Schuhe – Absatzhöhe acht Zentimeter, hinten offen und so spitz, daß ich bemerkte: »Dafür braucht man ja einen Waffenschein!«

Mich überredete sie zu dem gleichen Handy, das sie besaß. Das Topmodel von Nokia mit eingebauter Kamera. Beim Abendessen in der Trattoria neben dem Hotel versuchte sie mir eine umfassende Einführung in die Welt des Mobilfunks zu geben. Aber hatte ich schon an der Technik unseres guten alten Telefonnetzes kein Interesse gezeigt, dann war es aussichtslos, mir vermitteln zu wollen, was Menüs, SMS, Telefonumleitung, Mailbox oder WAPS für Möglichkeiten boten.

»Ich will mit diesem Teil nur telefonieren, nicht mein Leben neu gestalten.«

»Was kein Fehler wäre«, kommentierte Theresa trocken.

Wir hatten erst Samstag abend nach Wien fliegen können, weil ich den genetischen Fingerabdruck abschließen mußte. Ich hatte noch keine Zeit gehabt, über das Ergebnis mit Dr. Veit zu sprechen. Am nächsten Morgen vor dem Frühstück rief ich ihn daher an. Es meldete sich die Stimme eines Mädchens. Sie klang selbstbewußt und fröhlich. Im Hintergrund hörte ich *From Sarah with love* von Sarah Connor.

»Könnte ich bitte Dr. Veit sprechen?«

»Henning!« rief sie laut, »für dich!«

Die Musik wurde abgeschaltet, und Dr. Veit nannte seinen Namen. Es mußte das Mobilfunknetz sein, das seine Stimme plötzlich so veränderte. Sie war tiefer, vibrierender als im wirklichen Leben. Die Schwingungen übertrugen sich auf geheimnisvoll technische Weise auf meinen Körper. Vielleicht hätte ich auf Magnus hören sollen, der Handys immer abgelehnt hatte, weil sie so strahlungsintensiv waren.

»Friedland hier. Vielen Dank, daß Sie mir Ihre Telefonnummer auf den Anrufbeantworter gesprochen haben.«

»Wo sind Sie? Ich habe bereits gestern versucht, Sie zu erreichen.«

»In Wien!«

»Urlaub?«

»Mehr oder weniger. Sie waren es doch, der gesagt hat, ich soll meinen Impulsen folgen.«

»Sie haben ja tatsächlich zugehört!« Er lachte.

Das Mobilfunknetz funktionierte phänomenal. Ich lachte ebenfalls. Theresa, die in einer der vielen Klatschzeitschriften blätterte, die sie gestern erstanden hatte, warf mir einen neugierigen Blick zu.

Ich riß mich zusammen. »Warum ich Sie anrufe ...«, aber er unterbrach mich bereits wieder: »Sie brauchen keinen Grund, um mich anzurufen!«

»Ich habe aber einen, und zwar einen wichtigen. Das Ergebnis der DNA-Probe liegt vor. Ich habe Ihnen Kopien geschickt. Haben Sie sie erhalten?«

»Ja, und an Kommissar Fischer weitergeleitet. Übrigens hat die Untersuchung der Goldkrone ergeben, daß es sich um eine Legierung aus Rußland handelt. Die Suche beschränkt sich also auf diesen Raum, was die Anzahl der vermißten Frauen, die in Frage kommen, erheblich reduziert. Jetzt muß nur noch einer der Fälle auf Ihren Schädel passen.«

»Xenia!« sagte ich automatisch.

»Xenia?«

»Ja, jetzt kann ich ihr endgültig den Namen Xenia geben. Es gibt diese Theorie, daß wir Europäer alle genetisch auf eine von sieben Clanmüttern zurückgehen: Ursula, Xenia, Helena, Velda, Tara, Kathrin und Jasmin. Xenias Heimat war die europäische Tundra. Aber in diesem Fall sind die Aussichten schlecht, daß wir eine Vergleichsprobe bekommen.«

»Wenn nicht, dann kennen wir jetzt wenigstens ihre Clanmutter!«

»Beruhigend!«

»Und von wem glauben Sie, daß Sie abstammen?«

»Jasmin!«

»Jasmin?«

»Neun Prozent der Europäer gehören zu diesem Clan. Wir sind vor allem im Westen Großbritanniens und in Irland anzutreffen. Die roten Haare, Sie verstehen!«

Wir lachten beide.

»Und von wem stamme ich ab?«

»Versuchen Sie es herauszufinden!«

Er lachte. »Ich werde mich bemühen.«

»Viel Glück! Und rufen Sie mich an, wenn die Suche positiv verläuft. Ich gebe Ihnen meine Handynummer, auf der bin ich ab sofort jederzeit erreichbar.«

Ich winkte Theresa zu, die mir den Karton holte, auf dem die Nummer aufgedruckt war. Ich diktierte sie ihm und fragte am Ende: »Und Marie Zanardi – gibt es da etwas Neues?«

»Nein – wann kommen Sie wieder?«

»In ein paar Tagen.«

»In Ordnung. Viel Vergnügen und ...«, er zögerte einen Moment, »passen Sie auf sich auf!«

Sobald ich aufgelegt hatte, fragte Theresa: »Mit wem hast du da eigentlich so geflirtet?«

»Was meinst du damit?«

»Na ja, deine Stimme war ungefähr doppelt so hoch wie sonst. Und es klingt schon seltsam, wenn du in derselben Tonhöhe über Genetik sprichst wie die Königin der Nacht singt. Als Zuhörerin frage ich mich da natürlich, wie paßt das zusammen?«

»Du verwechselst mich mit dir. Ich sage nur Padowetz!«

»Und wie würdest du das nennen?« Ihre Stimme rutschte von einer Minute zur anderen in eine Lage, die ich nur affektiert nennen konnte: »Ja, hier Friedland. Vielen Dank, daß Sie mir Ihre Handynummer aufs Band gesprochen haben.«

»Außerdem ist er verheiratet.«

»Wen stört das?«

»Mich!«

»Eben! Sag ich es doch!«

Ich drehte mich um und ging ins Bad. In einer Diskussion mit Theresa über Liebe, Männer und Beziehungen war ich schon immer hoffnungslos unterlegen gewesen.

Punkt neun Uhr saßen wir im Frühstücksraum, der bis auf ein amerikanisches Ehepaar am Nebentisch leer war. Sie trugen beide dieselbe Kleidung. Jeans und gelbe Sweatshirts mit weißen Krägen. Dazu Trekkingschuhe nach dem Motto »Nationalpark Wien«. Die Frau strahlte uns mit blendendweißen Zähnen an, der Mann neigte kurz den Kopf. Dann schwiegen sie gemeinsam vor einem Orangensaft und säbelten an ihrem Rührei herum.

»Wie gehen wir vor?« fragte Theresa.

»Ich will erst zu diesem Widerhofer, anschließend in die Nationalbibliothek.«

Theresa schaute auf die Uhr. »Es ist schon elf. Ich werde mal das Web ein bißchen durchstöbern. Kann man eigentlich auch als Privatmensch ein DNA-Gutachten beantragen?«

»Willst du wissen, wer wirklich dein Vater ist?«

»Nein, bei der Nase bin ich mir sicher! Aber wenn ich zum Beispiel beweisen wollte, daß Marie Zanardi tatsächlich die Urenkelin der Kaiserin war. Was muß ich machen?«

»Ich nehme an, daß ein DNA-Gutachten von Marie Zanardi bei der Obduktion erstellt wurde. Was dir jedoch nichts nutzt, wenn du keine Vergleichsprobe hast.«

»Und woher kann ich die bekommen?«

»Wenn jemand aus dem Haus Wittelsbach oder Habsburg einem Vergleichsgutachten zustimmt, dann ist es kein Problem. Ansonsten würde auch ein Zahn genügen wie in Xenias Fall. Oder aber ...«, ich griff in ihre Locken und zog kräftig.

»Au!«

»Siehst du«, fuhr ich fort, »der durchscheinende Knubbel hier am Haaranfang ist die Haarwurzel. Jede Haarwurzel enthält etwa eine Million Zellen, und jede Haarzelle enthält wie jede andere Zelle im Körper einen kompletten Satz an DNA. Genügt dir das als Antwort?«

»Das hättest du mir auch etwas weniger anschaulich vermitteln können! Nur schade, daß wir keine Haare der Kaiserin Elisabeth haben.«

Ich ging zur Rezeption, um mir ein Wienticket für drei Tage zu kaufen. Der Mann am Empfang in Trachtenjanker und Lederhose namens Julian Hunday blickte nur kurz auf und sagte »Moment!«, wurde jedoch äußerst zuvorkommend, als sich das amerikanische Ehepaar näherte und um ein Taxi bat.

»Sofort, Mister Hickey. Wo soll es denn heute hingehen?«

»Schönbrunn.« Mr. Hickey sprach es aus, als sprudele Wasser aus seinem Mund.

Die Frau strahlte mich unaufhörlich an, als sei es ein besonderes Entgegenkommen ihres Mannes, sich vorzudrängeln. »Ausgezeichnet. Sie sollten sich dafür den ganzen Tag Zeit nehmen. Führungen auf englisch finden dort jede volle Stunde statt. Sie sind also flexibel. Das Taxi wird in ein paar Minuten unten sein. Sie können aber hier warten, der Fahrer kommt hoch. Und gehen Sie danach unbedingt durch den Park. Vielleicht wird das Wetter bis zum Nachmittag wieder besser. Wenn Sie allerdings den Tierpark besuchen wollen, sollten Sie sich wieder ein Taxi nehmen.« Die ganze Zeit zeigte mir die Frau, die an die Sechzig war, ihr blendendes Gebiß. Vielleicht war ihr Mann Zahnarzt.

Und als ich dachte, das Gespräch sei zu Ende, mußte ich erst noch eine Reihe von Dankbarkeitsritualen abwarten. Dann endlich wechselten grüne Dollarscheine den Besitzer. Und da verstand ich: Offensichtlich hatte ich nicht genügend Geld, um Informationen zu erwerben, andererseits aber auch kein Wissen, das jemand zu kaufen bereit war. Oder würde diese Amerikanerin mir etwa freiwillig Geld zahlen für den Hinweis, daß das einzige, was mit Sicherheit Jahrhunderte überdauern konnte, ihr künstliches Gebiß war?

Die Praxis von Dr. Widerhofer lag in einer Querstraße des Schottenrings. Ich ging zu Fuß, um mir darüber klarzuwerden, was ich eigentlich von ihm wissen wollte. In jedem Fall den Namen des Arztes, der Marie Zanardi zu ihm geschickt hatte. Und dann wollte ich etwas über ihre Recherchen erfahren.

Es regnete. Der schwarze Schirm, den das Hotel zur Verfügung stellte, war riesig. Die Aufschrift *Hotel Excelsior, Alserstraße 21* war in goldenen Lettern aufgedruckt. Es fehlte nur die Zimmernummer, dann wußte jeder Serienkiller, wo ich zu finden war.

Die Praxis befand sich in einem repräsentativen Gebäude aus der Gründerzeit im vierten Stock, den man mit einem antiken Fahrstuhl erreichen konnte. Die Scheiben des Aufzuges waren in Tiffanytechnik gestaltet. Pflanzen rankten sich um die weiß-roten Initialen MA, die ineinander übergingen. Eine wirklich noble Adresse und vermutlich zahlungskräftige Psychopathen. Außer der Praxis hatten hier ein Verlag und ein Architekturbüro, spezialisiert auf Denkmalschutz, sowie ein Wirtschaftsprüfer ihren Sitz.

Mindestens vier Sprechstundenhilfen waren beschäftigt, sich um zwei Patienten und mich zu kümmern. Ich stand vor dem Tresen und wartete. Ein Schild informierte: Nur Privatpatienten. Ordination Mo–Fr von 11–12 Uhr und 15–16 Uhr. Mittwochs kein Empfang. Sah nicht gerade danach aus, als ob Dr. Widerhofer sich überarbeitete. Endlich schenkte mir eine langbeinige Blondine um die Dreißig ihre Aufmerksamkeit. Sie hatte diesen Pagenschnitt, der ewig unverändert bleibt, für den man kein Dreiwettertaft benötigt, sondern nur 14tägige Termine bei einem Friseur des Vertrauens, der mit einer Feile die nachgewachsenen Spitzen glättet, um nach zwei Stunden 80 Euro zu kassieren. Ihr Lächeln ließ erahnen, daß sie in der Pubertät gezwungen worden war, eine zementierte Zahnspange zu tragen.

»Ich hätte gerne Dr. Widerhofer gesprochen.«

»Haben Sie einen Termin?«

»Nein, aber ich habe vor wenigen Tagen mit ihm telefoniert.«

»Bedaure, aber ohne Termin können Sie nicht zum Herrn Professor.«

»Vielleicht sollten Sie ihn das selbst fragen. Ich könnte mir vorstellen, daß er durchaus mit mir sprechen will.«

»Ihr Name?«

»Friedland. Dr. Friedland.«

Ihre Augen wurden schmal. Ihre Lippen stülpten sich nach innen, als tastete sie mit der Zunge die einst vorhandene Zahnspange nach verschimmelten Essensresten ab. Aber immerhin nahm sie den Hörer in ihre Finger.

»Hier ist eine Dr. Friedland, die Sie sprechen möchte.«

Die Antwort ließ nicht auf sich warten und war eindeutig.

»Der Professor läßt ausrichten, daß er nichts mehr zu der Angelegenheit zu sagen hat.«

Ich wurde lauter. »Sagen Sie ihm, ich bin ausschließlich von Frankfurt nach Wien geflogen, um mit ihm zu sprechen.«

Doch sie hatte bereits aufgelegt. »Ich würde sagen, das ist Ihr Problem.«

»Kann ich dann einen Termin haben?«

Sie schaute flüchtig in den Kalender. »Wenn Sie ein halbes Jahr warten wollen.« Damit wandte sie sich wieder ihren Krankenakten zu. Am Telefon war mir Dr. Widerhofer durchaus gesprächig erschienen. Er hatte Informationen an mich weitergegeben, die unter die ärztliche Schweigepflicht fielen. Und plötzlich wollte er mich nicht empfangen?

»Würden Sie die Praxis jetzt bitte verlassen!« Die Sprechstundenhilfe stöckelte vor mir her. Auf dem polierten schwarzen Granitboden klackten ihre Absätze so laut, als handelte es sich um einen verabredeten Code.

Mir blieb nichts anderes übrig, als aufzugeben. Langsam ging ich die Treppe hinunter. In dem Stockwerk, in dem sich der Verlag befand, hingen zahlreiche Porträtaufnahmen im Großformat. Luis Trenker, Dagmar Koller, Arnold Schwarzenegger, der österreichische Bundeskanzler im praktischen Wechselrahmen.

Die Tür fiel laut ins Schloß. Unschlüssig stand ich auf der Straße und blickte das Gebäude hoch. Im vierten Stock stand ein Mann mit schmaler Brille. Er schaute auf mich herunter. Ich hoffte, er würde das Fenster öffnen, um mich zurückzurufen. Doch im nächsten Moment ließ er die Jalousie nach unten fallen.

Was nun?

Vielleicht war Marie Zanardi tatsächlich verrückt gewesen, doch der Schlüssel zu ihrer Person hieß Kaiserin Elisabeth. Ich ging in die nächste Buchhandlung. Sisi-Bücher am laufenden Meter, Kilopreis 20 Euro: Sisis Geschwister, Sisis Männer, Sisis Töchter, Sisis Reisen, Sisis Gedichte, Sisi-Syndrom. Ich machte es mir mit ihnen auf einem kundenfreundlichen roten Sofa gemütlich. Jeder Aspekt der Biographie der Kaiserin war dokumentiert. Kein Geheimnis war ihr geblieben. Schon zu Lebzeiten war sie beobachtet, war ihr Körper in allen Winkeln ausgeleuchtet worden, wie am Ende Marie Zanardis. Wie sie ging, was sie sagte, sogar wie sie ihr Gebiß herausnahm, war der Nachwelt überliefert. Wortreich, doch phantasielos zelebrierte die offizielle Literatur immer dasselbe Bild.

Was hatte meine Mutter vor meiner Abreise gefragt? Ob ich eine Werbeträgerin für die Amazonen suchte. Ich hatte nicht verstanden, was sie damit meinte, doch langsam wurde es mir klar. Wie ein Bodybilder trank die Kaiserin Rinderblut, quälte täglich ihren Körper mit Hanteln, Barren, Seilen, Ringen, Gewichten und Gewaltmärschen, rauchte, während sie kutschierte, nahm Fechtunterricht, ritt die wildesten Fuchsjagden, trat in der Manege mit Elise Renz, der Tochter des Zirkusdirektors auf, suchte den Kick, indem sie sich bei Sturmböen an den Mast ihres Schiffes Miramar binden ließ. Und Marie Zanardis Identifikation war weit gegangen. Nicht nur im Aussehen. Da waren das krankhafte Eßverhalten, der durchtrainierte Körper, derselbe tätowierte Anker auf der rechten Schulter. War sie verrückt gewesen? Oder wollte sie die Wahrheit beweisen, sie zur Schau tragen? Die Wahrheit, daß sie eine Nachkommin der österreichischen Kaiserin war. Widerhofer war nicht der einzige, der mich der Wahrheit näherbringen konnte.

Marie Zanardi hatte in der Nationalbibliothek gearbeitet. Es kam jetzt nur darauf an, dort nicht naiv mein Anliegen vorzutragen, sondern strategisch und systematisch vorzugehen. Ich mußte mir eine Rolle zulegen, die mich berechtigte, Nachforschungen anzustellen. Als Journalistin war ich im Dreck gelandet, mich als Kommissarin auszugeben bedeutete Amtsanmaßung, was, zusammen mit meinen sonstigen bisherigen Vergehen, mein Strafregister unnötig belastete. Ich mußte meiner Phantasie trauen und meiner Intuition. Das war es, was mich als Frau auszeichnete und die Jasmin als eine der sieben Clanmütter von Europas Frauen hatte überleben lassen.

17

Montag nachmittag

Daß ich in der Österreichischen Nationalbibliothek, einst Hofbibliothek, tatsächlich auf Marie Zanardi stieß, brachte mich mehr aus der Fassung, als hätte ich ihren Namen auf einem Grabstein gelesen. Dort hätte ihr Sterben einen Platz gefunden. Doch er stand gedruckt, mit Telefonnummer und E-mail-Adresse, auf einer knallgelben Informationsbroschüre der Bibliothek. Dr. Marie Zanardi, Abteilung Digitalisierung historischer Bestände, Augustinersaal.

Diese Broschüre wurde von Hunderten von Besuchern in die Hand genommen, gelesen, weggeworfen. Ein Name ist ein Name ist ein Name ... sonst nichts. Ob überhaupt jemand hier wußte, daß die Frau seit einer Woche tot war, daß man sie erschossen hatte, daß ihre Mörder versucht hatten, sie für immer unter Beton verschwinden zu lassen? Mit dem Plan, ihren Körper zerquetschen zu lassen von dem Gewicht eines sechsstöckigen Parkhauses. Sie wäre unauffindbar geblieben. Vielleicht für immer, vielleicht bis in 50 Jahren, wenn ein Beamter das marode Parkhaus abreißen ließ und man Knochensplitter fand, die im Labor landeten wie Xenias Schädel in meinem.

Rechts vom Treppenaufgang des Augustinersaals war die Pförtnerloge. Der Mann hinter der Scheibe verkaufte die Eintrittskarten und führte eine Art improvisierter Garderobe. Wenn Pförtner die Kategorie von Menschen war, für die ich sie hielt, war er der geeignete Ansprechpartner, derjenige, an dem ich ein Exempel statuieren konnte. Er öffnete sofort bereitwillig das kleine Fenster an der Scheibe. Sobald er fragte: »Kann ich Ihnen helfen junge Dame?«, kam die Lüge mit einem kurzen Blick auf die Armbanduhr über meine Lippen: »Ich war um vierzehn Uhr mit Frau Dr. Zanardi verabredet. Können Sie mich bitte bei ihr anmelden?«

Ein kurzes Zögern. Ein irritierter Blick. Vielleicht hatte er von der Geschichte gehört, daß Überbringern schlechter Nachrichten der Kopf abgeschlagen wurde. »Moment bitte!« Er gab die Verantwortung weiter. Seine Hand griff zum Hörer. Ich drehte ihm den Rücken zu und ging in argloser Haltung zu den Globen in den Glasvitrinen, um mir anzusehen, wie man sich im 15. Jahrhundert die Welt vorgestellt hatte, wie man sie auf eine Kugelfläche von 0,25 Pi m^2 projiziert hatte. Was das Gespräch des Pförtners betraf, war ich jedoch höchst konzentriert. Er flüsterte etwas in breitem Wienerisch von einer jungen Dame, die zu Dr. Zanardi ... *Was soll ich ihr nur sagen ... man kann sie doch nicht ... wegschicken geht nicht ... sehr wohl ... jawohl.*

Sobald er aufgelegt hatte, kam er auf mich zu.

»Ich soll Sie nach oben begleiten.«

Ich folgte ihm die Treppen hoch. Er spielte seine Rolle als allwissender Pförtner, der schweigen konnte, perfekt. Es fiel mir nicht schwer, so zu tun, als rechnete ich tatsächlich damit, Marie Zanardi gegenüberzustehen. Ich versuchte aus der mentalen Erstarrung, die man Ehrlichkeit, Integrität nennt, auszubrechen und in den Zustand überzugehen, der heißt Überzeugungskraft, mediale Ausstrahlung, Charisma.

Am oberen Ende der Treppe erwartete mich eine Frau um die Sechzig, die voll die Phantasie einer Bibliothekarin auszuleben schien, 16000 kostbare Bände aus dem Besitz des Prinzen Eugen von Savoyen in ihrer Gewalt zu haben. Das hochtoupierte Haar wirkte, als hätte sich darin der Goldstaub der Freskenbilder und mittelalterlichen Buchmalereien abgelagert wie eine kostbare Patina. Dazu trug sie ein braunes Kostüm und schokofarbene Strümpfe, die nahtlos in die Schuhe übergingen. Das Ganze sah aus wie eine professionell besohlte Strumpfhose. Meine Bedenken, ob sie mir die Sache mit dem Termin tatsächlich abnahm, waren beträchtlich. Jetzt kam es auf mich an.

Ich streckte ihr die Hand entgegen. »Dr. Friedland, wir waren verabredet. Wie schön, Sie endlich kennenzulernen, Frau Dr. Zanardi. Bisher haben wir ja nur über E-mail korrespondiert.«

Mit diesem Coup hatte sie nicht gerechnet! Bevor sie antwortete, gab sie dem Pförtner mit einem Blick zu verstehen, daß er die Bühne verlassen konnte.

»Tut mir leid, mein Name ist Dr. Barbara Auen. Wenn ich Sie recht verstehe, wollten Sie zu Dr. Zanardi ...«

Ich dachte die ganze Zeit nur: am Reden halten wie einen Entführer am Telefon.

»Ja, wir waren verabredet. Ich komme von der Heidelberger Universitätsbibliothek und bin dort für die historischen medizinischen Bestände verantwortlich. Wir bereiten eine Ausstellung der anatomischen Darstellungen seit Leonardo da Vinci vor und ...«

»Es tut mir leid, aber Sie können Frau Dr. Zanardi nicht ...«

»Habe ich mir den Termin falsch notiert, aber ich weiß genau, daß in dem E-mail ...« Ich wühlte panisch in meinem Rucksack und fragte mich, woher ich das Erstaunen in meiner Stimme nahm, die Hysterie, das Entsetzen über das eigene menschliche

Versagen. Eine Gruppe Japaner, die gerade den Prunksaal in Angriff nahm, warf mir einen neugierigen Blick zu.

»Folgen Sie mir doch bitte.« Dr. Barbara Auen öffnete die hohe Tür direkt neben dem Eingang zum Bibliothekssaal und führte mich einen Flur entlang in ihr dunkles Büro. »Es ist besser, Sie setzen sich erst einmal. Möchten Sie vielleicht einen Milchkaffee?«

Ich machte es mir gemütlich. »Sehr gerne!«

Sie kehrte sofort zurück mit einer Tasse, die aussah wie das Detail eines Plüschsofas.

»Ich muß Ihnen leider mitteilen, daß Frau Dr. Zanardi … nun ja, sie wurde, sie ist … gestorben.«

Ich schwieg, überlegte wie lange die Schweigeminute dauern mußte, um überzeugend zu wirken.

»Es tut mir leid, daß Sie es so erfahren müssen, aber offensichtlich hat niemand von Ihrem Termin gewußt.«

Es wurde Zeit, daß ich etwas sagte: »Gestorben? Ganz plötzlich?«

»Sie wurde Opfer eines Raubüberfalls.«

Ich schwieg erneut, zählte langsam bis 30, mußte die Nachricht erst einmal verkraften.

»Kann ich Ihnen vielleicht weiterhelfen? Was genau wollten Sie denn mit ihr besprechen?«

»Nun, es war ein Projekt in der Anfangsphase. Ich habe überlegt, eine Ausstellung zu organisieren mit frühen medizinischen Darstellungen der menschlichen Anatomie.«

»Aber Frau Zanardi hätte Ihnen dabei sowieso nicht helfen können, es war nicht ihr Spezialgebiet.«

»Die Ausstellung sollte über Computerdarstellungen gehen. 3D, Multimedia und so weiter. Sie verstehen?«

Sie verstand offensichtlich rein gar nichts. Ich hoffte nur, es lag daran, daß sie von Computern keine Ahnung hatte. Nicht, daß ich völligen Schwachsinn redete!

»Wenn das so ist, sollte ich Sie vielleicht zu Fräulein Jenner schicken. Sie hat eng mit Dr. Zanardi zusammengearbeitet. Vielleicht kann sie Ihnen weiterhelfen.«

Wir erhoben uns beide. Den Milchkaffee, der aussah, als hätte sich auch hier blitzschnell der Bücherstaub abgesetzt, ließ ich stehen und folgte Dr. Auen aus dem Büro. Sie führte mich nach hinten in den Flur in ein kleines Zimmer, in dem an einem Schreibtisch ein Mädchen mit gebleichten Haaren saß, die in einer Art freestyle abstanden. Sie war ungefähr in dem Alter, in dem Xenia jetzt gewesen wäre. In den weißen Jeans und dem chaotisch gemusterten bauchnabelfreien Shirt wirkte sie fehl am Platz in diesem winzigen Büro, in dem sich Bücher und Folianten fast bis zur Decke stapelten. Zu ihren Füßen lag eine Sporttasche mit der Aufschrift *Studio Vienna, Gußhausstraße.* Ein rotes Strichmännchen und eine weiße Frau tanzten eng umschlungen Tango.

»Fräulein Jenner. Darf ich Ihnen Dr. ...«

»Friedland. Franka Friedland.« Ich reichte ihr die Hand.

»Dr. Friedland war mit Marie verabredet. Vielleicht können Sie ihr weiterhelfen?« Sie nickte mir zu und verließ das Büro.

»Nehmen Sie doch Platz.«

Ich setzte mich ihr gegenüber. »Danke.«

»Um was geht es? Ich kann mich nicht erinnern, daß Dr. Zanardi eine Verabredung erwähnt hat.«

Ich erzählte halbherzig meine Geschichte von der Ausstellung. Aber offensichtlich war sie nicht ganz so absurd, wie ich dachte. Fräulein Jenner nickte einige Male. »Klingt interessant. Aber zur Zeit können wir Ihnen nicht helfen. Die Polizei hat den EDV-Raum versiegelt.«

»Ich dachte, Dr. Zanardi sei bei einem Raubüberfall umgekommen.«

»Am Anfang gingen sie wohl davon aus, doch inzwischen suchen sie offenbar nach einem anderen Motiv. Wir wissen allerdings nicht sehr viel, denn sie wurde in Frankfurt ermordet.«

»In Frankfurt?«

»Ja. Sie hatte die letzten drei Wochen Urlaub und wollte Montag wieder zurückkommen.«

»Frankfurt ist nicht gerade der ideale Ort, um Ferien zu machen.«

»Ferien? Dieses Wort kannte Marie nicht.«

»Was wollte sie denn in Frankfurt?«

Sie zuckte mit den Achseln.

»Vielleicht hat sie mich falsch verstanden. Wenn sie Amerikanerin war, dann waren ihre Deutschkenntnisse sicher ...«

»Nein, sie sprach perfekt Deutsch.«

»Dann lebte sie schon länger in Österreich?«

»Sie kam 1998 nach Wien.«

»Sie hat mir geschrieben, daß sie vorher an der Library of Congress in Washington war. Warum ist sie nach Wien gekommen?«

»Ihre Vorfahren stammten aus Österreich. Das Land hat sie daher interessiert. Soll ich Ihnen einen anderen Spezialisten nennen? Das Projekt hätte Dr. Zanardi sicher gereizt, sie war immer begeistert von Projekten, in denen sie Geschichte multimedial vermitteln konnte. Geben Sie mir am besten Ihre Telefonnummer und E-mail-Adresse. Ich melde mich, wenn hier wieder etwas Ruhe eingekehrt ist.«

Ich notierte die Handynummer. »So können Sie mich jederzeit erreichen.«

Sie gab mir ihre Nummer in der Bibliothek. »Es kann dauern.«

»Das macht nichts. Sie müssen jetzt sicher Dr. Zanardis Aufgaben übernehmen!«

»Ich?« Sie lachte geradeheraus. »Nein, wirklich nicht. In der Rangordnung dieser Bibliothek stehe ich ganz unten. Nur knapp über dem Pförtner. Ich habe keine Ahnung, wie das hier ohne sie laufen soll. Sie hatte Ahnung von allem. Von Geschichte und Computern. Sie war echt fit.«

Fit! Mir war sie eher vorgekommen wie eine Erscheinung in ihrem extravaganten Outfit aus vergangenen Zeiten. Fit, nein dieses Wort paßte absolut nicht zu dem Bild, das ich von ihr hatte ... Andererseits hatte das auch Dr. Veit gesagt. Fit und trainiert.

»Welche Sportart betreiben Sie?« Ich deutete auf die Tasche zu ihren Füßen.

»Ich tanze Salsa. Marie, Dr. Zanardi, besuchte dasselbe Studio. Sie hat dort täglich trainiert. In letzter Zeit habe ich sie gewarnt, sie war nur noch Haut und Knochen. Sie war besessen von ...«

In diesem Moment öffnete sich die Tür. Sie brach ab. Dr. Auen kam herein. »Oh«, sagte sie, »Sie sind noch da!«

Verdammt, ich hätte zu gerne gewußt, was Fräulein Jenner noch über Marie Zanardis Besessenheit wußte.

»Ja«, Fräulein Jenner war sehr bemüht, eine Begründung zu finden, »wir haben überlegt, wer Dr. Friedland helfen könnte.«

Dr. Auen stand vor mir. »Vielleicht wenden Sie sich besser an eine andere Bibliothek«, sagte sie und reichte mir die Hand zum Abschied.

Ich erhob mich und plapperte darauf los: »Das Ganze ist wirklich schrecklich. Sie haben recht, vielleicht sollte ich mir ein neues Konzept überlegen.«

Ich gab erst Fräulein Jenner und dann Dr. Auen die Hand. »Aber ich danke Ihnen vielmals für Ihre Hilfe. Auch wenn ich wohl umsonst nach Wien gereist bin.«

Dr. Auen wies mit der Hand zur Tür.

»In der Tat, das sind Sie.«

Es war gegen vier Uhr nachmittags, als ich die Bibliothek verließ und auf den Josefsplatz trat. Ich war soeben mit 70

Stundenkilometern 60 Meter in die Tiefe gesprungen und empfand nach diesem Bungeesprung eine Mischung aus Hochgefühl und postmoralischen Panikattacken. Plötzlich schien die Sonne. Ihre Strahlen hatten sich durch die dicke Wolkenschicht gebohrt, sie weggeätzt, einen Himmel freigelegt aus einem sagenhaften Blau, in das ich am liebsten meine Hände getaucht hätte. Ein Flugzeug durchquerte mein Blickfeld, hinterließ Kratzspuren, fuhr aus dem rechten Auge durchs linke, verschwand in meinem Hinterkopf.

Wien war nichts als eine Parallelwelt, irreal, künstlich, eine dieser computeranimierten außerirdischen Landschaften wie im Kino. Herr der Ringe, Hogwarts, Starwars. Beeindrukkende, mächtige Gebäude in einer Atmosphäre von Bedrohung. Jeden Moment konnte er auf der 3D-Landschaft vor mir beginnen: der Angriff der Klonkrieger.

Wieder nahm ich ein Taxi mit einem schweigenden Fahrer, der mich zum Hotel brachte. Vermutlich war Theresa gerade dabei, sich in ihr rotes Kleid zu zwängen, das so enganliegend war, als treffe sie Vorbereitungen für einen Gipsabdruck ihrer Rubensfigur. Klar, was sie bezweckte. Ziel des Spiels war es, innerhalb von drei Tagen einen Prinzen ins Bett zu bekommen. Plante sie es strategisch? Gehörte es zu den Spielregeln, rote Kleider und spitze Schuhe zu tragen.

Ich hasse Spiele. Warum war es nicht möglich, feste Paarungszeiten zu vereinbaren? Ritualisierter Beischlaf, saisonal bedingt. An Feiertage geknüpft. Weihnachten, Tour de France, Christopher Street Day, 3. Oktober, Wiedervereinigung, Mariä Himmelfahrt, Ostersonntag. Es würde den Geschlechterkampf entmilitarisieren, den Menschen Sicherheit geben.

Als ich im Hotel ankam, war Theresa weg, zusammen mit ihrem roten Kleid.

Sie war keine große Hilfe.

Wem sollte ich jetzt haarklein schildern, wie Dr. Widerhofer oben in seinem Sprechzimmer am Fenster gestanden und auf mich heruntergesehen hatte? Wer redete mir die Gewissensbisse aus wegen des Schauspiels in der Bibliothek?

Dann dachte ich an die Baustelle, auf der Marie Zanardi gefunden worden war. Dazwischen lag ein langer Weg und die Geschichte. Eine Geschichte, von der ich nur den letzten Satz kannte und allenfalls noch ein paar Kapitelüberschriften, die aus Städtenamen bestanden. Washington, Frankfurt, Bad Nauheim, Wien. Stimmte es, daß Widerhofer ein Nachkomme des Leibarztes war? Und was bedeutete dies im Zusammenhang damit, daß Marie Zanardi sich einbildete, eine Nachkommin der Kaiserin Elisabeth zu sein?

Machte es überhaupt Sinn, den Wahn zu entwickeln, von einer Kaiserin abzustammen? Außer man spekulierte auf eine Erbschaft. Anna Anderson fiel mir ein, die angebliche Zarentochter Anastasia. Eine Kollegin vom Anthropologischen Institut in Göttingen hatte im Auftrag der Presse das DNA-Gutachten erstellt. Da war es um viel Geld gegangen. Um die Frage, ob der Ehemann der Verstorbenen das Vermögen der Romanows erbte, das noch immer auf einer Bank in London lag.

Andererseits konnte man die Sache vielleicht auch einfach als Erscheinung unserer Zeit sehen. Die Identifikation mit Idolen, die Sehnsucht, eine fremde Identität anzunehmen, die moderne Form säkularisierter Götterverehrung. Doch was, wenn es nicht die Ausformung einer psychiatrischen Erkrankung im finalen Stadium war, sondern schlicht und einfach die Wahrheit? Da war das Buch in der Library of Congress von Karoline Zanardi – die ihre Großmutter gewesen sein mußte. Und da war Widerhofer.

Dr. Widerhofer hatte gesagt, Marie Zanardi hätte sich um ein genetisches Gutachten bemüht, und man hatte es ihr verweigert, so daß sie sich in die Vorstellung gesteigert hatte, sie werde verfolgt. Vielleicht war dieser Verfolgungswahn eine Begleiterscheinung ihrer psychischen Erkrankung gewesen. Vielleicht aber auch nicht.

Ich reinigte mich von den Schuldgefühlen, den Fragen, den Zweifeln durch eine lange heiße Dusche, ließ hemmungslos Wasserreserven auf mich herunterprasseln, benutzte Theresas gesamtes duftendes Schönheitsprogramm. Endlich verstand ich, warum Magnus das tägliche Duschen der deutschen Mittelschicht als seelische Reinigung gedeutet hatte, als die täglich selbstinszenierte Taufe gläubiger Atheisten. So wuschen sie sich unbewußt die Schuld ab, die Magnus ihnen täglich beim Zeitunglesen zuwies.

Der Brillant, den ich mir zum 30. Geburtstag hatte piercen lassen, strahlte im Wasser. Magnus hatte sicher recht mit seinen Statistiken über Infektionsgefahren, aber er hatte doch sowieso immer recht, hatte ein Zahlengehirn, eine Wissenslandschaft in seinem Kopf kartografiert. Was konnte man dem entgegensetzen außer Phantasie? Und eben diese Phantasie hatte zusammen mit Theresa und einer Flasche Rotwein auf mich eingeredet, mein Nabel sei der Mittelpunkt meines Körpers, und als solcher verdiene er eine besondere Kennzeichnung, ähnlich der Fahnen, die man in die Pole der Erdkugel gesteckt hatte. Magnus war nicht der Mann gewesen, meinen Mittelpunkt zu entdecken, und andere, denen ich es zutrauen würde, waren verheiratet.

Ich setzte mich im Schlafanzug an den Laptop. Anstelle von Robbie Williams in Boxershorts, den Theresa als Hintergrundbild installiert hatte, erschien das Porträt einer Frau. Die langen Haare über der Brust gebündelt. In einer Mischung aus Abendrobe und Nachthemd. Und gleich darauf blinkte eine Nachricht auf dem Bildschirm:

Ist das Bild nicht erotisch? Hatte der Kaiser über seinem Schreibtisch hängen. Wenn du ins Internet willst, das Paßwort ist »Prinz«. Er hat mich übrigens vor der Oper zum Essen eingeladen. Der Prinz!

Während Theresa sich beim Essen mit dem Prinzen vergnügte, genehmigte ich mir wenigstens einen Piccolo aus der Minibar, bevor ich mich einsam durch den Datendschungel schlug mit nichts als einem Schlafanzug am Leib und dem natürlichen Menschenverstand im Kopf. Theresa sagt, das Internet gibt nur dann Geheimnisse preis, wenn man weiß, wonach man sucht. Ich suchte nach Widerhofer, nach Elisabeth, Sisi, Sissi, nach Leibarzt. In der Menge von Daten, die geliefert wurden, war nur eine interessant. Denn hier fand ich den Namen, der gefehlt hatte.

Gräfin Sztáray erzählte von der letzten Reise. Sie schilderte, wie sehr die Kaiserin Bad Nauheim gehaßt hätte, wie zudringlich und neugierig die Menschen dort gewesen wären ...... wie ihre Majestät die Kaiserin aufgeatmet hätte, als Professor Widerhofer, den der Kaiser zu ihr aus Wien geschickt hatte, endlich Dr. Kerzl über den Erfolg der Kur informierte und man Gott sei Dank zur Nacherholung nach Caux abreisen konnte.

Dr. Kerzl.

Ich jagte den Namen durch das Internet.

Kerzl.

Das war er, der Name, den Widerhofer am Telefon erwähnt hatte, Hofrat Dr. Kerzl, Leibarzt des Kaisers.

Ich griff zum Handy und wählte Theresas Nummer. Ich befürchtete schon, daß sie es nicht hörte oder abgeschaltet hatte, als sie sich endlich meldete. Ihrer Stimme nach hatte sie bereits einige Alkoholika zu sich genommen und war in der Stimmung, die ich nur als hochgradig sexuell aufreizend bezeichnen konnte. Sie kicherte mir ins Ohr in einer Stimmlage, die sonst nur ein Geiger von Weltformat in dieser Höhe zustandebrachte.

»Theresa!« rief ich und konnte nicht verhindern, daß ein gouvernantenhafter Ton mitschwang. »Jetzt hör doch mal zu!«

»Was ist denn? Sitzt du einsam im Hotel und willst nachkommen? Aber wir haben nur zwei Karten für Gustav Mahler. Und ich werde nicht verzichten!«

»Nein, ich wollte dir nur sagen …«

Lachen am anderen Ende! Offensichtlich sagte der Prinz etwas zu ihr. Sie lachte wieder.

»Kerzl, so heißt der Arzt, der Marie Zanardi an Widerhofer überwiesen hat. Und das war auch der Name des Leibarztes des Kaisers. Was sagst du dazu? Das kann doch kein Zufall sein. Zwei Nachkommen ehemaliger Leibärzte, die zu Marie Zanardi Kontakt hatten. Dazu das DNA-Gutachten, mit dem sie ihre Herkunft beweisen wollte, und das Buch in der Library of Congress.«

»Natürlich, sag ich doch, daß das kein Zufall ist, das ist ein Hammer.« Plötzlich sprach Theresa in Fragmenten, die gequält klangen wie von der Zunge abgehackte Wortstücke.

»Theresa, hörst du mich?«

»Ja …« Es krachte und schepperte.

Das Gespräch war weg. Verdammt!

Die Spur führte nach Wien. Doch warum war Marie Zanardi dann in Frankfurt umgebracht worden? Die Richtung war falsch. Mein Herz begann zu hämmern. Nicht heftig, nicht dumpf, es setzte lediglich schlagkräftige Akzente, die mich der Wahrheit näher brachten. Die Spur führte aus Wien heraus, nach Frankfurt, nach Bad Nauheim. Und ich fragte mich, ob ich sie wirklich verfolgen sollte. Wollte ich wirklich wissen, warum man Marie Zanardi erschossen hatte, der es so wichtig gewesen war, meinen Vater aufzusuchen?

An der Rezeption bat ich Julian Hunday um das Wiener Telefonbuch. Es gab nur einen einzigen Kerzl in Wien, der einen Doktortitel hatte. In der Wipplingerstraße.

Ich ging dieselbe Strecke wie am Morgen. Und stand endlich vor dem Messingschild am Hauseingang. Ich hatte automatisch angenommen, Dr. Kerzl sei ein Mediziner. Doch ich hatte mich geirrt. Er war nicht Arzt, sondern Inhaber der Rechtsanwaltskanzlei Kerzl & Partner – Immobilien- und Baurecht, Medien- und Informationsrecht, Erb- und Familienrecht. Und die Kanzlei lag genau neben dem Gebäude, in dem Dr. Widerhofer seine Praxis hatte.

18

Dienstag morgen

Ich war in der Erwartung eingeschlafen, aufzuwachen, wenn Theresa zurückkam, hier einfiel, alkoholisiert und in angeregter Stimmung. Aufgeregt, angeregt, noch immer erregt. Mit dunklen Ringen unter den Augen, in ihrem roten Kleid, die Schuhe in der Hand. Sie würde erzählen, wo sie gegessen hatten, wie Gustav Mahler gewesen war, was der Prinz gesprochen hatte, sie würde die ersten Hochrechnungen für ihre Chancen bei ihm veröffentlichen.

Doch Theresa kam nicht.

Immer wieder schrak ich hoch, irritiert und nervös durch das leere Bett neben mir.

Unter der Dusche morgens war ich endgültig beunruhigt. Verdammt, wo steckte sie bloß? Warum meldete sie sich nicht?

Um mir dann wieder zu sagen, daß meine Naivität zum Himmel schrie. Offensichtlich war ich die letzte Vertreterin des romantischen Zeitalters, das vor 200 Jahren zum letzten Mal eine Blüte erlebt hatte. Sie konnte schließlich übernachten, wo sie wollte.

Das Badezimmer war klein. Eine dieser weißkarierten

Duschzellen, in denen man sich eingesperrt und gleichzeitig ungeschützt fühlt. Ich ließ die Tür nicht aus den Augen. Erwartete jeden Moment, daß Theresa auftauchte. Ich bedauerte, welch erbärmlich langweiliges Leben ich führte. Die ewige Witwe. In einer Welt voller Männer. Nicht einmal als ich das Wasser heiß drehte, wurde mir richtig warm. Noch nie etwas von einem One-night-stand gehört, Franka? Nein? Kein Wunder!

Sie tauchte auch nicht auf, als ich frühstückte.

Ich wählte die Nummer ihres Handys. Doch da war nur die blecherne Stimme der Mailbox. Ich sprach ihr die Nachricht darauf, daß ich sie auf jeden Fall bei der Auktion treffen wollte. In einer Stunde. Sie rief nicht zurück. Ich ging zur Rezeption, um eine Nachricht zu hinterlassen.

»Sehr wohl«, sagte Julian Hunday.

Eine halbe Stunde, bevor die Auktion begann, traf ich im Dorotheum ein. Im Foyer drängte sich das Volk. Wenn man diese Leute als Volk bezeichnen konnte in ihren Anzügen, maßgeschneiderten Kostümen und strengen Hosenanzügen. Offensichtlich eine eingeschworene Gemeinschaft. Mein grüner Wolljanker wirkte dazwischen wie Unkraut. Die Jacke war konzipiert für einen Biergartenbesuch; in dieser Umgebung war ich eindeutig underdressed.

Ich drängte mich durch die Menge, hielt Ausschau nach Theresa, konnte sie jedoch nicht entdecken. Überall im Foyer lagen Prospekte und Ankündigungen weiterer Auktionen. Ich blätterte darin, um mich abzulenken. Rahmen, Kunst des 20. Jahrhunderts, moderne Graphik, Briefmarken, Jagd- und Sportwaffen. Ein Gewehr nach dem anderen – Jagdstutzen, Bockflinte, Winchester. Die Namen lasen sich wie das Repertoire eines Westerns. Und am Ende eine Pistole der Marke Luger, Modell 90, Kaliber 9 mm Para, Nr. 65261, 1 Magazin, Spannabzug. Ob es dieser Waffentyp war, mit dem Marie Zanardi in den Mund geschossen worden war? Rufpreis 50 Euro. Gebraucht.

Jemand tippte mir von hinten auf die Schulter. Conrad Padowetz. Er hatte einen Katalog in der Hand.

»Wo ist Theresa?« fragte er.

Wenn er es nicht wußte, wer dann?

»Ich dachte, sie kommt mit dir zusammen.«

»Nein. Wir wollten uns hier treffen.«

Es war mir unangenehm, ihn zu fragen, wann er sich heute morgen von ihr verabschiedet hatte, daher meinte ich nur betont gleichgültig: »Sie wird wohl noch kommen.«

Eine Frau um die Fünfzig, gebleichtes Haar, gebräuntes Gesicht, schwere Goldohrringe bis fast auf die Schultern, in einem hellbeigen Hosenanzug, ein überdimensioniertes braunes Wolltuch um den Oberkörper geschlungen wie eine Unfalldecke, kam auf ihn zu, küßte ihn andeutungsweise auf beide Wangen und säuselte auf wienerisch etwas im Stil von *Nice to see you*. Dann verschwand sie wieder, ohne mich wahrzunehmen.

»Ich muß in den Saal. Möchtest du mich begleiten? Jetzt gibt es vorne noch gute Plätze.«

»Nein, ich warte lieber auf Theresa.«

»In fünfzehn Minuten beginnt die Auktion.« Er reichte mir ein Heft. »Ich sollte Theresa den Katalog besorgen.«

Er blickte mich nicht wirklich an, sondern drehte sich um und ging Richtung Saal. Wo war seine galante Aufmerksamkeit geblieben? Vielleicht hatte er einfach heute morgen noch nicht die Zeit gehabt, die Maske der Höflichkeit überzustülpen. Offensichtlich war diese doch nicht genetisch verankert.

Das Foyer leerte sich. Die Leute strömten in den Saal. Nur Theresa erschien nicht. Dabei war sie total wild auf diese Veranstaltung gewesen. Wenn ich das Schauspiel nicht verpassen wollte, dann mußte ich mir jetzt einen Platz suchen. Ich kam nicht weiter als bis zur letzten Stuhlreihe. Doch an der Decke hingen Bildschirme, auf denen man das Geschehen verfolgen konnte.

Conrad saß ganz vorne auf einem Podest neben zwei anderen Männern. Einer von ihnen, Typ Hofrat kurz vor der Pension, Mittelgewicht und grauhaarig mit Restbeständen schwarzer Wellen, trat an das Rednerpult. Augenblicklich kehrte Ruhe ein. Das Schauspiel begann. Theresa war nirgendwo zu sehen. Wahrscheinlich schlief sie sich gerade aus.

»Willkommen bei der jährlichen Kaiserhausauktion im Wiener Dorotheum«, begann er. »Sie hatten ja bereits ausreichend Zeit, sich die Memorabilien in der Ausstellung anzusehen. Außerdem weise ich auf die Kataloge hin, die an den Eingängen verkauft werden.«

Ich drehte mich zur Seite. Ein junges Mädchen in einem häßlichen roten Rock wie aus der Zeit des kalten Krieges, einer weißen Bluse und einem rotweißen Tuch stand auf der rechten Seite der Tür vor einem Stapel von Heften. Der Katalog kostete 50 Euro.

»Im Zentrum des Interesses steht das Toplos der Auktion, das Reise-Necessaire von Kaiser Franz Joseph. Diese voluminöse Ledertasche war ständiger Begleiter seiner Majestät auf vielen Reisen, bei Jagdaufenthalten im Salzkammergut und Ungarn oder den regelmäßig stattfindenden Manövern. Die silbernen Toiletten- und Reiseartikel sind in spezialgefertigten Lederbehältern und Futteralen verwahrt und waren nach den speziellen Wünschen des Kaisers zusammengestellt.«

Er redete und redete, verliebt in alle Details, die die Intimsphäre des Kaisers betrafen, den Bereich seiner persönlichen Hygiene.

»Neben Hand- und Standspiegeln gehören dazu Becher, Teller, Kerzenleuchter, Seifenbehälter und Flakons, außerdem Bartbürsten, Knopfzieher, Badethermometer sowie Nagelscheren und -feilen. Sämtliche Silberteile zieren die feingravierten Initialen »FJI« und die österreichische Kaiserkrone. Die ebenfalls zum Necessaire gehörende Reiseuhr stammt von der Londoner Firma J. B. Girerd. Die Tasche selbst aus dunkelgrünem Saffianleder wurde von der Firma M. Würzl und Söhne, Wien-Karlsbad, gefertigt. Schätzwert achtzehntausend Euro.« Er blickte kurz auf.

»Das nächste Prunkstück der Versteigerung ist der Handschuhkasten der Kaiserin Elisabeth mit zwei Paar weißen Handschuhen und dem Zeichen des Delphins unter der Krone. Der Handschuhkarton mit braunem Lederbezug steht auf vier kleinen Klauenfüßchen und ist mit vergoldeten floralen Messing- und Bronzemontierungen, Maskarons, Kartuschen mit Monogramm, Kaiserkrone sowie Delphinenbügeln verziert. Die Innenseite des Kastens wurde mit königsblauer Seide ausgeschlagen. Bei den Handschuhen handelt es sich um ein Paar weiße Glacélederhandschuhe und ein Paar feine Baumwollhandschuhe …«

Und so ging es weiter. Was würde ich anfangen mit Handschuhen einer Kaiserin? Bei einem Schätzpreis von 4000 Euro konnte ich ja wohl kaum damit im Winter herumlaufen. Vermutlich würden sie im Laufe der Zeit auf dem Dachboden landen und nur heruntergeholt werden, um Gästen gezeigt zu werden. Und ich könnte sie Sabrina vererben. Sie behielten vermutlich ihren Wert.

Dann begann die Versteigerung, und ich hatte Mühe, ihren Verlauf zu verfolgen, geschweige denn zu verstehen. Das Ganze war undurchsichtig wie die Vorgänge an der Börse oder Black Jack. Ich war nie in einem Kasino gewesen, aber genauso stellte ich mir die Atmosphäre an den Spieltischen vor. Dieselbe Erwartung und Spannung. Und alles vollzog sich auffällig geordnet und mit leisen Gesten. Theresa hätte es viel Vergnügen bereitet. Doch vermutlich war es gut, daß sie nicht erschien. Sie hätte sonst das Bett der Kaiserin ersteigert, dessen Aufsatz eine durchbrochen gearbeitete Krone zeigte und das inklusive Nachtkästchen 10000 Euro kosten sollte. Ein Preis, der sogar mir für ein kaiserliches Bett günstig schien.

Hinter mir drängte sich ein Mann mit Sonnenbrille, in einem dunklen Anzug und schwarzem T-Shirt darunter in den Saal. Nervös trat er von einem Fuß auf den anderen. Er erinnerte mich an die jungen Männer, die in Sizilien den Corso auf- und abschlenderten. Das Rasierwasser kam mir bekannt vor.

Das Interesse an den Gegenständen aus dem Kaiserhaus war groß. Ich hatte nichts anderes erwartet. Die Gebote überschlugen sich. Ein silberner Teelöffel erzielte das Endergebnis von 1500 Euro. Nicht gerade ein Schnäppchen. Das Gebot ging ausgerechnet an die Amerikanerin aus meinem Hotel. Sie stieß einen hohen Laut aus. Ihre Hand lag auf ihrem Herz, während sie immer wiederholte: »O god! O my God!« Die Leute im Saal klatschten.

Ich blätterte im Katalog, überschlug die sogenannten Memorabilien, bis mein Blick auf eine Seite fiel, auf der Schmuck abgebildet war. Schmuck, der mir bekannt vorkam. Eine lange Kette, an deren Ende eine Uhr hing. Daneben Ringe, Armbänder. Ich begann den Eintrag zu lesen.

»Im neunzehnten Jahrhundert war es Mode, aus Haaren von besonders geliebten Menschen Schmuckstücke zur Erinnerung herzustellen. Bei den abgebildeten Stücken handelt es sich um Erinnerungsstücke, die die Kaiserin Elisabeth bei ihrer Kammerfriseuse Feifalik in Auftrag gab, um sie ihren Hofdamen sowie anderen Vertrauten wie etwa ihrem griechischen Vorleser zu schenken.«

Das Armband von Marie Zanardi.

Eine echte Memorabilie. Natürlich hätte Marie Zanardi versucht, eines dieser Schmuckstücke zu ersteigern. Was würde sie mehr mit ihrer Urgroßmutter verbinden? Rufpreis 400 bis 500 Euro.

Verdammt, mein Gehirn lief langsam über. Der Speicher war bis zur vollen Kapazität ausgelastet. Wo blieb Theresa?

Ich drängte mich durch die Tür ins Foyer, vorbei an dem Typen mit der Sonnenbrille. Sie hatte wirklich Zeit genug gehabt, sich von ihrem nächtlichen Abenteuer zu erholen. Wir waren schließlich nach Wien gefahren, um alles über Marie Zanardi zu erfahren. Das hatte sie offenbar völlig vergessen. Ich wählte ihre Nummer, doch es kam keine Verbindung zustande. Der Typ mit der Sonnenbrille ging an mir vorbei. Er trat vor die Tür, überquerte die Straße, das Handy am Ohr. Offenbar konnte man hier im Gebäude keine Verbindung bekommen. Ich folgte ihm auf den roten Teppich vor dem Dorotheum und wählte erneut die Nummer.

Endlich. Die Verbindung wurde aufgebaut. Der Signalton ertönte.

Doch Theresa hatte das Handy zwar eingeschaltet, aber es war das Besetztzeichen, das ich hörte.

Genau so hatte ich es mir gedacht. Hatte man ein Handy, konnte man es nicht gebrauchen. Entweder bekam man keine Verbindung, oder der andere hatte es abgeschaltet, oder es war besetzt, oder das Guthaben oder die Batterie war genau in dem Moment zu Ende, wenn man den anderen endlich erreichte. In diesem Moment sah ich sie.

Endlich!

Sie lief am anderen Ende der Gasse von der Hofburg her auf das Dorotheum zu. Ihre schwarze weite Hose flatterte wie eine Wetterfahne. Darüber trug sie einen dunkelroten Pullover. Die Haare hatte sie mit einem gleichfarbigen Tuch hochgebunden. Und sie hatte eine Sonnenbrille auf wie immer nach einer durchzechten Nacht, wenn unter ihren Augen Schattenringe aufzogen, die sie zu verdecken suchte.

Ich hob die Hand, winkte ihr zu. Sie sah mich nicht. War völlig konzentriert auf das Gespräch, das sie führte. Sie sah nicht nach links, nicht nach rechts, als sie die Straße überquerte. Ich wollte sie rufen, als ich den Motor hörte und den dunklen BMW sah. Er kam von hinten direkt auf Theresa zu, deren Augen hinter der Sonnenbrille lagen, die ihre Umgebung in Dunkelheit versetzte.

Es war schwer, in diesem Moment die Gefahr zu erkennen. Doch der BMW wurde nicht langsamer, stoppte nicht. Er gab Gas, als hätte er freie Fahrt. Er war schnell, zu schnell.

»Beweg dich!« Ich weiß nicht, ob ich das wirklich laut schrie.

Theresa bemerkte die Gefahr zu spät, doch früh genug, daß sie ihr noch bewußt wurde. Sie riß die Arme hoch in einer instinktiven, naiven Abwehrhaltung, das Handy flog mit ihrer Stimme durch die Luft, dann drehte sie sich einmal um die eigene Achse, so daß ihre Arme mit der Basttasche in der Hand unnatürlich zur Seite schwangen. Das Handy landete am Straßenrand.

Gleich darauf sah ich sie durch die Luft fliegen. Nein, sie flog nicht, sie schwebte. Sie war federleicht, als die Kühlerhaube ihr in den Rücken fuhr, sie hochhob, und sie kurz grazil in der Luft schwebte. Bis sie abrupt aus der Luft stürzte und auf die Straße knallte. Mit quietschenden Reifen raste der BMW an mir vorbei. Mein Blick folgte ihm, ich spürte den Luftzug, hörte, wie der Motor hochgedreht wurde, roch die verbrannte Luft aus dem Auspuff. Ein Mann saß am Steuer, die Sonnenbrille starr auf die Fahrbahn gerichtet. Er verschwand. Das Motorgeräusch wurde schwächer in dem Maße, wie mein Herz lauter hämmerte.

Theresa!

Sie war verschwunden.

Wo sie eben noch gegangen war, das Handy am Ohr, stand eine Gruppe von Frauen mit Einkaufstüten über der Schulter.

Meine Beine begannen zu zittern. Hinter mir kamen Leute die Treppe heruntergelaufen. Ich wußte, ich mußte Theresa suchen, und rannte auf die Straße, auf die Frauen zu, die dicht gedrängt im Kreis standen und auf die Fahrbahn starrten. Je näher ich kam, desto langsamer wurde ich. Eine von ihnen, mit blonden kurzgeschnittenen Haaren, die Sonnenbrille hochgeschoben, hatte die Hand auf ihre Brust gelegt, und ihr Mund bewegte sich, sagte etwas zu mir, als ich bei ihr ankam. Ich drängte mich zwischen die Gruppe. Ich musterte jedes der Gesichter vor mir. Eine von diesen Frauen mußte Theresa sein. Ich hielt Ausschau nach dem roten Tuch. Doch alles, was ich sah, war ihre Basttasche, die an derselben Stelle gelandet war wie ihr Handy. Die künstlichen Blumen wuchsen aus dem Gitter des Gullys hervor. Das Telefon war offenbar in den Tiefen der Wiener Kanalisation verschwunden.

Theresa aber lag in derselben gekrümmten Haltung, mit der sie durch die Luft geflogen war, in einer Pfütze.

Ich kniete mich neben sie, rief ihren Namen, nahm sie vorsichtig an den Schultern, drehte ihr Gesicht zu mir. Die Augen waren weit geöffnet. Sie starrte mich überrascht und konzentriert an, als ich sagte: »Ist dir etwas passiert? Der war wohl betrunken.«

Es dauerte, bis ich begriff, daß keine Antwort kam, und daß auch nie wieder eine kommen würde.

Das konnte nicht sein! Niemals würde ich erlauben, daß jemand Theresa etwas antat.

Jemand stellte mir Fragen, die ich nicht beantworten konnte, ja nicht einmal hörte, ich spürte die Fragezeichen nachhallen.

Ich zitterte.

Ein leerer Bildschirm breitete sich aus. Punkte wirbelten durcheinander. Gerade war Theresa noch darübergelaufen, nun war sie verschwunden. Dann kam ein Bild zustande, das Auto fuhr auf mich zu, ich schwebte in der Luft. Plötzlich brach es ab, ich stand allein auf der Straße. Ruhe, entsetzlicher Stillstand, ein abrupter Abbruch von Bewegung. Das Gefühl, gelähmt zu sein, als sei dieser Unfall mir zugestoßen. Ich stand still inmitten von Stimmen um mich herum, die auf mich einsprachen.

Wieder die Leinwand.

Wieder das Auto.

Theresa knallte auf den harten Asphalt.

Ich stellte es mir vor, das Rückgrat, die Säule aus Wirbeln, in der Mitte gebrochen.

Ich konnte erst wieder einen klaren Gedanken fassen, als Conrad kam und mich in den Arm nahm. Er war mir fremd, doch der einzige Mensch hier, der Theresa gekannt hatte. Er hatte sie als letztes gesprochen, mit ihr gelacht, sie geküßt, sie vermutlich geliebt. Ich fühlte plötzlich eine ungeheure Wut auf ihn hochsteigen.

»Das war kein Unfall«, sagte ich und machte mich los, »das war Absicht!«

19

Dienstag nachmittag

Im Zentrum der Aufmerksamkeit stand ich. Alle starrten mich an. Die Neugierde hatte die Menschen aus den Cafés, Geschäften, Wohnungen, Büros getrieben. Ich folgte dem Polizisten zum Auto, einem grauhaarigen Mann um die Sechzig, der mich mit »Gnädige Frau« ansprach und Helmut Wachter hieß.

»Ein schrecklicher Unfall«, hörte ich Conrad sagen.

»Kein Unfall«, beharrte ich. Es war alles, was ich hervorbrachte, und das einzige, was ich zu sagen hatte.

»Wie kommen Sie darauf?« Helmut Wachter stellte mir die Frage in gedehntem Wienerisch, dessen Kunst offenbar darin bestand, die Lippen so wenig wie möglich zu bewegen.

»Ich weiß es.«

»Die Damen hier behaupten etwas anderes«, er deutete auf die Gruppe Touristinnen, die noch immer mit ihren Einkaufstüten auf der Straße standen und ebenso aufgeregt wie wortreich den Vorgang schilderten.

»Der Schock«, erläuterte Conrad. »Eine sehr gute Freundin.«

Als Antwort öffnete Helmut Wachter die Autotür. »Sie können sich in den Wagen setzen.«

Eine sehr gute Freundin. Wie kalt das klang. Theresa war keine sehr gute Freundin, sondern … einfach Theresa. Sie war in das Haus im Hinterhof des Hotels gegenüber eingezogen, als ich drei war. Dort hatte sich seit den siebziger Jahren eine Kolonie von Sizilianern eingemietet. Später, als ich Theresa in das Dorf begleitete, in dem ihre Eltern aufgewachsen waren, als ich die kleinen Höfe sah, von schmalen Häusern eingeschlossen, hatte ich verstanden, warum es genau dieser Hinterhof sein mußte. Nur hier konnte die Oase entstehen, die für das Überleben in Deutschland nötig war.

Er beugte sich zu mir hinunter: »Alle Zeugen sagen dasselbe. Daß Ihre Freundin auf der Straße gelaufen ist, telefoniert hat, nicht auf den Verkehr achtete. Das Auto, ein dunkler BMW, fuhr eindeutig zu schnell für diese Straße. Hier ist nur dreißig erlaubt, aber der Trafikant von gegenüber sagt, der BMW hatte mindestens siebzig Stundenkilometer drauf. Eine Kombination aus Unaufmerksamkeit und überhöhter Geschwindigkeit. Ein Unfall.«

Ich schüttelte den Kopf. »Nein, nein, nein«, ich konnte nicht aufhören damit. Es war das einzige Wort, das ich noch zwischen den Zähnen, die aufeinanderschlugen, hervorbrachte.

»Wir sollten sie ins Krankenhaus bringen. Sie steht unter Schock«, meinte er, und Conrad antwortete: »Das wird wohl das beste sein.«

Und du? hätte ich ihn am liebsten gefragt. Stehst du nicht unter Schock? Du warst es doch, der sie zuletzt lebend gesehen hat, geküßt hat, über sie gelacht hat. Ich dachte, du hast sie geliebt? Aber geliebt war wohl das falsche Wort, außer man meinte damit den im Instantverfahren vollzogenen sexuellen Akt.

In Zeitlupe nahm ich wahr, wie der Polizist einem Sanitäter winkte, der am Krankenwagen stand.

Verdammt, Franka, reiß dich zusammen. Du darfst jetzt

nicht schlappmachen. Du mußt jetzt für Theresa denken, für sie handeln. Sie kann nicht mehr.

»Es geht schon«, preßte ich durch meine Lippen. »Es geht wieder. Ist schon in Ordnung. Vielleicht war es wirklich ein Unfall.«

»Soll ich Ihnen etwas zur Beruhigung geben?« Der Sanitäter setzte sich neben mich, legte seine Hand auf meine Schulter und sprach direkt in mein Ohr, als sei ich alt und schwerhörig.

»Nein«, ich schüttelte den Kopf. »Ich komme schon klar.«

Er nickte beruhigend. Vermutlich handelte er nach der Regel zehn des Pflegehandbuches für Schockpatienten. Den Patienten Ruhe vermitteln und Verständnis.

In diesem Moment hielt neben uns ein Motorrad. Der Fahrer stieg langsam ab, zog geübt mit dem Fuß, der in einem hohen schwarzen Lederstiefel steckte, den Motorradständer zurück und hob das Motorrad nach hinten, bis es Halt fand. Dann ging die Hand nach oben, und plötzlich quoll eine Fülle blonden Haares unter dem Helm hervor. Die junge Frau, die aussah, als sei sie einem Katalog für Motorradkleidung entlaufen, streckte Helmut Wachter die Hand entgegen: »Was ist los?«

»Hallo, Fanny, ich dachte, du hättest heute frei.«

»Habe ich ja auch, ich bin zufällig hier vorbeigekommen und wollte sehen, was passiert ist.«

»Ein Unfall.«

»Kein Unfall!« Ich konnte mich einfach nicht beherrschen.

Die Motorradfahrerin sah mich neugierig an. Helmut Wachter fuhr ungerührt fort: »Eine Frau ist überfahren worden. Leider Fahrerflucht. Wir suchen nach einem dunkelgrauen BMW.«

»Kennzeichen?«

»Nichts. Ging wohl zu schnell.«

Sie nickte, dann kam sie auf mich zu und gab mir die Hand. »Fanny Semek. Sie sind eine Zeugin?«

Ich spürte, wie diese Fanny Semek gewillt war, mir zuzuhören. In dem Moment, als ich wiederholte: »Es war kein Unfall. Das war Absicht. Es war Mord. Sie war meine beste Freundin«, sagte sie einfach: »Das werden wir herausfinden«, und dann: »Was Sie jetzt brauchen, das ist ein Break.« Sie zog eine Schachtel Roth-Händle hervor.

»Rauchen Sie?«

Ich schüttelte den Kopf.

»Schade«, meinte sie knapp, »in so einem Moment ein wahrer Segen.« Schon streckte Conrad ihr ein Feuerzeug entgegen. Fanny Semek nahm einen tiefen Zug, strich die blonden Haare nach hinten und verknotete sie geübt zu einem Pferdeschwanz. Diese Geste erinnerte mich an Theresa. Ich brach in Tränen aus.

»Wenn Sie schon nicht rauchen und nicht ins Krankenhaus wollen, sollten Sie wenigstens einen Schnaps trinken«, hörte ich Fanny Semek sagen. »Lassen Sie uns dort drüben in das Café gehen.«

Ich nickte.

»Wie heißen Sie?«

»Friedland. Franka.«

»Wir haben das Protokoll noch nicht fertig«, wandte Helmut Wachter ein.

»Scheiß aufs Protokoll. Sie wird sowieso nur sagen, daß es kein Unfall war. Kannst du damit etwas anfangen? Wenn du ihr sowieso nicht glaubst?«

Gendarm Wachter zuckte mit den Schultern und Fanny Semek wandte sich Conrad zu: »Und wer bitte schön sind Sie, wenn ich fragen darf?«

»Padowetz, Dr. Conrad Padowetz. Ich bin ein guter Bekannter von Frau Dr. Friedland.«

»Sie bleiben hier und geben zu Protokoll, was Sie wissen.«

»Ich habe den Unfall nicht gesehen, ich war im Dorotheum bei der Auktion. Aber ich habe die Tote gekannt.«

»Dann geben Sie doch einfach das zu Protokoll.«

Es gefiel mir, wie sie mit ihm sprach. Jedes Wort kratzte ein Stück von seiner Patina ab. Es geschah ihm recht. Er hatte die Tote nicht gekannt. Nicht nur, weil ich es ihm gerne verboten hätte, sie so zu nennen, denn es war Theresa, die gerade in den Kleidersack eingesperrt wurde, sondern auch, weil er sie wirklich nicht gekannt hatte. Er hatte sie berührt, das war alles.

Fanny Semek reichte mir die Hand, um mir beim Aussteigen zu helfen. »Kommen Sie, in Wien gibt es an jeder Ecke ein Kaffeehaus, wo Sie einen Schnaps bekommen.«

»Meinst du, daß sie den in ihrem Zustand verträgt?« Gendarm Wachter sah mich mißtrauisch an.

»Das sehe ich auf den ersten Blick, wer einen verträgt und wer nicht, das weißt du doch.«

Sie nahm mich um die Schulter und führte mich weg, über die Straße und in ein Kaffeehaus, in dem sich an der Wand entlang eine hohe Lederbank schlängelte. Wir nahmen am hintersten Ende Platz. Ich fühlte mich noch immer wie erstarrt und folgte ihr einfach. Genau das brauchte ich offensichtlich. Keine Fragen, keine Erinnerungen, keine Verteidigung.

Der Schnaps brannte in der Kehle. Ich mußte husten, und der Husten trieb mir erneut die Tränen in die Augen. Ich wischte sie nicht weg, sondern ließ sie das Gesicht herunterlaufen, bis sie irgendwann aufhörten.

Die ganze Zeit saß die Frau daneben. Halb zu mir, halb Richtung Café gewandt, beobachtete sie stumm die Leute, die hier saßen, Zeitung lasen, Kaffee tranken und zum größten Teil schwiegen.

Bis sie irgendwann plötzlich fragte: »Immer noch kein Unfall?«

Ich schüttelte den Kopf.

»Weshalb?«

»Ich weiß nicht ... da gibt es so vieles ... wie das Auto um die

Ecke fuhr. Theresa ging zwar direkt auf der Straße, aber er hätte jederzeit ausweichen können. Sie war schon fast am Dorotheum angekommen. Er hätte sie sehen müssen, er hätte stoppen oder ausweichen können. Aber er hat Gas gegeben, noch einmal richtig Gas gegeben.«

»Aber das ist es nicht allein?«

Ich schüttelte den Kopf. Meine Kehle war völlig ausgetrocknet. »Kann ich ein Wasser haben?«

Sie rief dem Kellner, der hinter der Theke ein Bier zapfte, zu: »Eine große Flasche Wasser.«

Er antwortete: »Sofort!«

Ich wartete und schüttete dann das erste Glas hinunter.

»Okay, was noch?« Fanny Semek war nicht ungeduldig, das spürte ich, sondern höchst konzentriert.

»Ich hatte schon in Frankfurt das Gefühl, daß sie, daß ich … daß wir vielleicht beobachtet wurden.«

»Haben Sie das der Polizei gemeldet?«

»Nein, es ist das erste Mal, daß mir diese Idee kommt.«

»Ich habe keine Ahnung, wovon Sie sprechen. Können Sie die Geschichte vom Anfang bis zum Ende erzählen?«

Ich trank das zweite Glas Wasser. »Also, da war diese Frau aus Wien, die zu meinem Vater wollte, Marie Zanardi, sie arbeitete hier …«

»Zanardi, sagten Sie Marie Zanardi?«

»Ja …«

»Woher kannten Sie sie?«

»Ich kannte sie nicht, ich habe sie nur kurz gesprochen, sie wollte wie gesagt zu meinem Vater, und als ich sie das nächste Mal sah, lag sie bereits in der Gerichtsmedizin. Und Theresa und ich, also wir sind nach Wien gekommen, um herauszufinden, was sie in Frankfurt oder besser in Bad Nauheim wollte.«

»Das ist mein Fall«, sagte Fanny Semek, »Verstehen Sie, mein Fall!«

»Wie meinen Sie das?«

»Wir wurden vor einer Woche von der Kripo in Frankfurt benachrichtigt, daß sie eine Frau aus Wien gefunden haben, die erschossen wurde. Wir wurden gebeten, Informationen über sie zu liefern. Reine Routine. Doch dann stellte sich bei der Obduktion heraus, daß nicht nur die Tatsache, daß drei Schüsse abgegeben wurden, sondern auch die Wahl der Waffen ungewöhnlich war.«

Ich starrte sie an. Bis zu diesem Zeitpunkt war ich trotz allem noch der Meinung gewesen, Theresa und ich hätten uns alles nur ausgedacht, wir hätten ein Spiel gespielt.

»Sie müssen mir alles sagen, was Sie wissen.«

»In Ordnung. Wo soll ich anfangen?«

»An dem Tag, als Sie Marie Zanardi zum erstenmal begegnet sind.«

Ich erzählte ihr alles. Ich weiß nicht, ob sie die Geschichte über die Kaiserin und meine Theorie, es handele sich hierbei um eine Art Anastasiafall, wirklich ernst nahm. Aber sie hörte zu, stellte nur ab und zu eine Frage. Ich beendete meine Erzählung mit dem Moment, als ich aus dem Dorotheum trat. Den Rest wollte ich mir ersparen, wollte Theresas Tod nicht dadurch zur Realität werden lassen, daß ich ihn immer und immer wieder in Worte faßte.

Wir schwiegen. Ich weiß nicht, den wievielten Kaffee Fanny Semek schon getrunken hatte, aber die Flasche Wasser war leer.

Nach einer Weile seufzte sie schließlich: »Okay. Wann haben Sie Ihre Freundin zuletzt gesehen?«

»Gestern morgen, aber wir haben noch zweimal telefoniert.«

»Hat sie da irgend etwas Besonderes erzählt?«

»Sie war mit Conrad zum Essen ausgegangen und in ausgesprochen guter Laune. Und wenn Sie sie gekannt hätten, wüßten Sie, was das …« Ich brach ab.

»Und was meinen Sie, haben die beiden nach dem Essen unternommen?«

»Sie wollten in ein Konzert zu den Philharmonikern.«

Sie pfiff anerkennend. »Da kommt nicht jeder Sterbliche hin. Hatten Sie schon vorher Karten über das Reisebüro gebucht?«

»Nein. Conrad hatte welche.«

»Conrad?«

»Padowetz.«

»Ein bekannter Name hier in Wien. Dann wundert es mich nicht, daß er Karten für die Philharmoniker hat. Die sind auf Jahre hinaus ausverkauft. Wenn jemand stirbt, werden die Abonnements weitervererbt. Nicht einmal meine Enkel werden die Chance haben, ihr Orchester zu hören.«

»Sie übertreiben!«

»Nein, wirklich. Und weiter? Sie haben sie dann auch nicht heute morgen zum Frühstück getroffen?«

»Nein. Wir hatten zusammen ein Zimmer im Hotel Excelsior, und sie kam heute nacht nicht zurück. Ich nehme an, sie hat bei Conrad übernachtet.«

Sie zog die Augenbrauen hoch.

»Na ja, sie war total begeistert von ihm, und ihr Liebesleben war, wenn Sie es genau wissen wollen …«

»Will ich.«

»Sie hatte immer neue Affären mit immer jüngeren Männern.«

»Sie haben sie gemocht.«

»Sie war meine beste Freundin.«

»Es tut mir sehr leid!«

»Glauben Sie mir jetzt, daß es kein Unfall war!«

»Glauben, das ist so eine Sache. Aber ich verstehe, daß Sie nicht davon überzeugt sind. Wir werden der Sache auf jeden Fall nachgehen!«

»Danke!«

»Soll ich Sie jetzt irgendwohin bringen?«

»Ich weiß nicht. Ins Hotel ...«

»Nein, da können Sie heute nicht alleine bleiben. Vielleicht sollten wir einfach einige Sachen von Ihnen holen, und Sie ziehen in ein anderes Hotel um!«

»Ja, das wäre gut.«

»Wollen Sie jemanden anrufen? Ihren Freund, ihre Eltern?«

»Nein! Auf keinen Fall!« Niemand! Ich wollte niemanden sprechen. Morgen wäre immer noch Zeit oder übermorgen.

Wir standen auf. Fanny Semek bezahlte, und wir verließen das Café. »Wollen Sie mit dem Taxi fahren, oder trauen Sie sich eine Fahrt auf dem Motorrad zu?«

Ich wollte auf keinen Fall alleine bleiben. Sie hatte etwas an sich, das mich stabilisierte, das mir half, Haltung zu bewahren.

»Das Motorrad ist in Ordnung!«

Ich folgte ihr. Sie zog einen Helm aus einer der Seitentaschen. Die Straße war leer, bis auf zwei Streifenwagen, die noch den Unfallort und Spuren sicherten.

Fanny Semek ging auf die Kollegen zu und sprach kurz mit ihnen. Dann kam sie zu mir. Ihr Gesicht verschwand unter dem Helm, sie schwang sich aufs Motorrad und gab mir zu verstehen, ich sollte aufsteigen.

Wir rasten durch die engen Gassen der Innenstadt, so daß ich nur damit beschäftigt war, mich festzuhalten. Die Fahrt tat mir gut. Es war eine Art der Fortbewegung, die meiner Gefühlslage entsprach. Ich wollte die Trauer, die Angst, die erneut auf mich einstürmten, als ich aus dem Café auf die Straße trat, übertönen. Dabei half mir der Lärm der Maschine und der Fahrtwind. Immer, wenn der Motor laut aufheulte, kam es mir so vor, als sei es eigentlich ich.

20

Dienstag abend

An der Rezeption sagte Julian Hunday: »Ich soll Ihnen von Frau Corrado ausrichten, daß Sie sich auf der Auktion treffen.« Ich stürzte zur Toilette und übergab mich. So schuf ich Platz für andere Gefühle: Wut und Aggression.

Eiskaltes Wasser lief über meine Handgelenke, als ich ernsthaft überlegte, mir eine Waffe zuzulegen. Es kam jetzt darauf an, daß ich durchhielt. Erst wenn ich wußte, warum Theresa hatte sterben müssen, war Zeit, zu trauern. Als ich zurückkam, stand Fanny Semek an der Rezeption, im Gespräch mit Julian Hunday.

»Ich habe Ihnen in einem anderen Hotel ein Zimmer reserviert. Wir holen jetzt Ihre Sachen, und das Zimmer lasse ich vorsichtshalber verschließen, bis wir wissen, was passiert ist.«

Ich nickte.

Zusammen gingen wir den Flur nach hinten. Sie schloß die Tür auf, schaltete das Licht an. Ich betrat hinter ihr das Zimmer. Theresas Parfüm hing in der Luft wie ein intensiver Rest ihrer Lebensenergie.

Fanny Semek ging auf das Fenster zu und zog den Vorhang beiseite. »Hier brauchen wir erst einmal frische Luft.«

»Nein!« reagierte ich aggressiv. »Lassen Sie das!«

»Wie Sie wollen! Welches sind Ihre Sachen?«

Das Zimmer war ein einziges Chaos. Theresa war erschienen, nachdem aufgeräumt, geputzt, die Betten gemacht worden waren. Jetzt lag ein Schuh mitten im Raum, der zweite ragte unter dem Bett hervor. Das Kleid, ein roter Fleck auf der weißen Bettwäsche.

»Ich weiß nicht«, meine Stimme schwankte.

»Setzen Sie sich.« Fanny Semek kam mit den beiden Koffern aus dem Flur. »Welcher ist Ihrer?«

»Der schwarze.« Sie legte ihn auf den Boden.

»Okay.« Sie öffnete die linke Schranktür. Die Farben von Theresas Kleidern und Röcken taten mir in den Augen weh.

»Rechts, meine Sachen sind rechts.«

»Okay.« Sie begann, Unterwäsche, Socken, die drei Pullis und die beiden Jeans in den Koffer zu legen.

»Schuhe?«

»Habe ich an.«

»Sachen im Bad?«

»Der blaue Waschbeutel. Adidas. Und die graue Zahnbürste.«

Sie ging ins Bad und kam nach wenigen Augenblicken zurück.

»Das Wichtigste haben wir.«

Neben Theresas Bett lag das Buch über die Kaiserin. Ich stand auf und stopfte es in den Rucksack.

»Sonst habe ich alles.«

Fanny Semek ging hinaus auf den Flur. Ich folgte ihr, drehte mich nur noch einmal kurz um.

Das war also das Ende unseres Urlaubs. Ein halbes Bett, ein halbes Zimmer. Ein rotes Kleid, spitze Schuhe, Schminkflekken auf dem Nachttisch, die Silberkette im Zahnputzglas, Ringe im Aschenbecher.

Auf dem Schreibtisch gegenüber dem Doppelbett stand der Laptop. Zahlreiche Zigarettenkippen krümmten sich auf der Untertasse in einem Rest Kaffee wie versengte Maden. Der Bildschirm war aufgeklappt, der Stecker in der Steckdose. Ich sah das Modem leuchten und erinnerte mich plötzlich, daß ich alle Anschlüsse herausgezogen hatte.

»Mein Laptop, den brauche ich. Dort ist meine ganze Forschungsarbeit gespeichert.«

»Keine Sorge. Wir nehmen ihn mit.«

Fanny Semek zog die Stecker heraus und verstaute das Gerät in der Laptoptasche.

Dann verließen wir endgültig den Raum. »Ich werde Sie jetzt in ein Taxi setzen. Das Hotel liegt auf der anderen Seite der Donau. Nicht weit von meiner Wohnung. Sie können mich jederzeit anrufen. Ich schaue auf jeden Fall noch einmal bei Ihnen vorbei. Wenn Sie wollen, hole ich Ihnen außerdem ein Schlafmittel aus der Apotheke.«

»Ja, danke.«

»Dann los.«

Der Taxifahrer war gesprächiger als seine Kollegen und gutgelaunt.

»Wo soll die Reise hingehen?«

Fanny Semek zog ihren Ausweis hervor. »Bringen Sie die Dame ins Hotel Cascade in der Unteren Augartenstraße.«

»Sehr wohl.«

»Haben Sie Geld?« wandte sie sich an mich.

Ich nickte.

»Okay, dann bis gleich!«

Sie schlug die Tür des Mercedes zu und hob die Hand, als der Taxifahrer auf der Fahrbahn wendete.

Wir fuhren nur einige Minuten, als er schon neugierig fragte: »Ärger?«

»Meine Freundin … sie wurde überfahren.«

»In welchem Spital liegt sie?«

»Im gerichtsmedizinischen.«

Graue Augen starrten durch den Rückspiegel, flankiert von den Fotos zweier hübscher schwarzhaariger Mädchen.

»Ihre Töchter?«

»Ja, zehn und fünfzehn.«

»Hübsch!« sagte ich, um das Gespräch ins Harmlose zu wenden.

»War das der Unfall am Dorotheum?« Wieder hingen seine Augen im Rückspiegel.

»Sie haben davon gehört?«

»Ja, die Polizei hat bei uns durchgegeben, daß wir nach einem dunklen BMW mit ausländischem Kennzeichen Ausschau halten sollen.«

Offenbar hatte eine der Frauen auf das Nummernschild geachtet. Ich sollte ihr einen Blumenstrauß kaufen.

Der Taxifahrer fixierte mich immer noch im Rückspiegel. »Sie haben den Unfall gesehen?«

»Es war kein Unfall.«

»Kein Unfall?«

Ich hätte besser geschwiegen, denn nun hatte er seine Augen endgültig im Spiegel vergessen. Er bog blind an einer gelben Ampel links ab. Ohne die Geschwindigkeit zu reduzieren, raste er über die Brücke, die über die Donau führte. Das Wasser sah aus wie schwarze Wellpappe.

Ich startete die zweite Versuchsreihe Konversation: »Leben Sie gerne in Wien?«

»Meine Familie hat schon immer hier gelebt.«

Ich nickte, als sei meine Frage damit beantwortet.

Das Taxi hielt vor einem schlichten Gebäude im Nachkriegsstil. Gegen die Häuser im Zentrum Wiens war es geradezu puristisch. Vorstadt, doch offensichtlich frisch saniert. Der Anstrich leuchtete gelb zwischen angerußten Nachbarhäusern hervor.

»Da sind wir.«

Ich stieg aus. Er öffnete den Kofferraum und stellte das Gepäck auf die Straße. Ich wollte gerade den Koffer hochheben, als er sagte: »Ich helfe Ihnen.«

Er zog ihn hinter sich her, den Laptop über die Schulter gehängt. An der Rezeption stellte er die Sachen ab.

»Das ist Frau …«, er wandte sich zu mir.

»Friedland.«

Die Frau an der Rezeption nickte: »Ich weiß Bescheid.« Sie holte den Schlüssel hervor. »Zimmer einhundertelf, im ersten Stock. Es kommt gleich jemand wegen des Gepäcks.«

Ich wandte mich dem Taxifahrer zu und reichte ihm die Hand. »Danke. Was bekommen Sie?«

»Dreizehn sechzig.«

Ich gab ihm 15 Euro.

Das Zimmer war größer als das im anderen Hotel und heller. Man hatte hier mehr auf Ausstrahlung geachtet als darauf, daß es nur praktisch war. Auf dem Nachttisch lag ein Stapel Bücher, und auf dem Fernseher leuchtete die Aufschrift »Guten Tag Frau Friedland. Wir begrüßen Sie herzlich im Hotel Cascade und wünschen Ihnen einen angenehmen Aufenthalt.«

Diese Hoffnung konnten sie nicht erfüllen, und wenn sie noch so viele Pralinen auf das Kissen legten.

Ich hatte gerade meine Schuhe ausgezogen, als es an der Tür klopfte und Fanny Semek hereinkam.

»Alles okay?«

»Ja, danke.«

»Das ist gut. Hier, die Schlaftabletten.« Sie reichte mir ein Päckchen. »Für alle Fälle.«

Unschlüssig stand sie in der Tür.

»Ich komme schon klar, machen Sie sich keine Sorgen.«

»Ich schaue morgen früh wieder vorbei. Hier, meine Nummer!« An der Tür drehte sie sich noch einmal um. »Und ich sage Bescheid, daß sie die Heizung höherdrehen. Wenn Sie dann noch frieren, rufen Sie mich an. Ich bringe Ihnen sogar eine Wärmflasche. Wie gesagt, ich wohne ganz in der Nähe. Servus. Und schlafen Sie gut!«

Dann war sie verschwunden. Und ich war allein.

Ich setzte mich aufs Bett.

Wie konnte sie annehmen, ich würde jetzt schlafen.

Nicht einmal, wenn ich das ganze Päckchen Schlaftabletten in mich hineinfraß, könnte ich jetzt ein Auge zutun. Mit diesem Tag war ich noch nicht fertig. Er hatte mein Leben mit Gewalt unterbrochen. Ich würde ihn zur Rechenschaft ziehen, bis nichts mehr übrigblieb, keine Minute, keine Sekunde.

Theresa hatte sich geweigert, die Packpapierrolle mit auf die Reise zu nehmen, und sich vor der Abreise das Programm Mind Map zugelegt. Wir hatten vereinbart, daß jeder die Informationen, die er hatte, dort eintrug. So wären wir immer beide auf dem neuesten Stand. Ich startete den Laptop und das Programm. Auf den ersten Blick hatte sie nichts Wesentliches ergänzt bis auf die Rechtsanwaltskanzlei Kerzl. Als ich den Namen mit der Maus ansteuerte, erschien eine ausgestreckte Hand. Ich klickte zweimal darauf.

URL unbekannt.

Ich fuhr mit dem Mauszeiger über den Bildschirm. Immer wieder diese Hand. Verdammt! Ich hatte in diesem Zimmer keinen Zugang zum Internet. Wenn Theresa aber Verbindungen angelegt hatte, dann nicht ohne Grund. Ich rief bei der Rezeption an, doch man informierte mich, daß es keine Zimmer gab, die über einen Anschluß verfügten. Fast war ich schon soweit, Fanny Semek anzurufen. Doch dann fiel mir ein, wie

Theresa mir die Vorzüge des Handys angepriesen hatte. Ich wühlte in meinem Rucksack nach der Bedienungsanleitung. Sie sagte mir zunächst nichts. Ich versuchte mich davon zu überzeugen, daß die Sache Zeit hatte bis zum Morgen, doch es gelang mir nicht. Ich starrte auf die Anweisungen und versuchte sie in mein Gehirn zu brennen. Ich hatte einmal einen Schädel gesehen, den man nach einem Bruch der Schädeldecke versucht hatte, mit Eisenbändern zu stabilisieren. Mein Kopf war gelähmt, als hätte man ihn in Ketten gelegt. Es war acht Uhr abends. Der Tag hatte nur noch vier Stunden, aber der Raum im Internet war unendlich wie meine Geduld. So mußte er sich angefühlt haben, der Wahn Marie Zanardis.

Um zehn Uhr verfluchte ich Theresa, um elf Uhr war ich ihr dankbar, daß sie ihre Talente nicht vergraben, sondern in einen teuren Laptop angelegt und mich überzeugt hatte, das teuerste, modernste Handy zu kaufen. Das mit der Infrarotschnittstelle. Ich hatte es zunächst für ein integriertes Sonnenstudio gehalten, doch jetzt verstand ich, daß es sich um eine neue Spezies unsichtbarer Datenübertragung handelte. Ich wählte auf dem Handy die Einstellung Infrarot, legte es vor die entsprechende Diode des Notebooks und hielt mich dann genau an die zehn Gebote im Handbuch.

Kurz vor Mitternacht hatte ich es geschafft. Ein Pfeifen und Summen ertönte, es knirschte, als öffnete sich ein rostiges Gartentor. Erneut klickte ich im Mind Map auf Dr. Kerzl. Die Weltkugel drehte sich. Und was auf dem Bildschirm erschien, fuhr mir unter die Haut. Ich könnte mich nicht aufgeregter fühlen, wenn ich einen Schädel gefunden hätte, der die fehlende Verbindung in der Entwicklungsgeschichte darstellte. Was ich hier hatte, war ein Missing Link in meiner Familiengeschichte, eine Verknüpfung zwischen Marie Zanardi und meiner Familie.

Bad Nauheim, August 1898.

Hochverehrter Herr College Dr. Kerzl!

Zwar hat Ihre Majestät Kaiserin Elisabeth in der Cur erhebliche Fortschritte gemacht, doch eine wesentliche Besserung wurde nicht herbeigeführt. Ihre Majestät geruhten Stahlbäder mit 25 Grad, Dauer 10 Minuten u. einer leichten Abgießung mit Stahlwasser auf die Dauer von ½–1 Minute zu nehmen; Jedoch bestehen neben der bedeutenden Anämie noch Erscheinungen im Verdauungssystem. Außer diesen allgemeinen Erscheinungen fand man bei Ihrer Majestät Ödeme der beiden unteren Extremitäten aus Gründen mangelnder Ernährung u. eine sehr schwache Herzthätigkeit. Puls Früh 42, Abends 48, fadenförmig, kaum fühlbar. Durch das veränderte Regime (Diät) u. durch Wechsel des Aufenthaltes, hat sich vieles gebessert, doch die Vergrößerung des linken Herzens, die Schlaffheit der Herzmuskulatur ist noch größtenteils geblieben; Eine weitere Cur ist daher, Hochgeehrter Herr College, anzuraten. Leider ist sie nicht dazu zu bringen, ihre Gewohnheiten, insbesondere das Turnen zu unterlassen. Sie besucht täglich das Medico-mechanische Zander-Institut, um dort im Apparatensaal ihre täglichen Übungen zu machen. Ihr Erscheinen erregt hier großes Aufsehen. Und ich selbst bin der Auffassung, daß das Turnen an diesen Apparaten mehr Unheil als Nutzen in der Welt anstiftet.

Die Art der Ernährung Ihrer Majestät und die Tatsache, daß Ihre Majestät einen großen Theil der Nahrung, als Milch, flüssig einnimmt, lassen die Befürchtung eintreten, daß sich der körperliche Zustand weiter verschlechtern wird. Ich halte es für angeraten, daß Sie noch einmal überlegen, ob nicht die seelische Behandlung, wie sie bereits in Wien begonnen wurde, fortzuführen sei. Soweit ich etwas von der Angelegenheit einsehe, ist eine Heilung auf diesem Weg zu finden. Ich habe diesbezüglich mit Dr. Widerhofer korrespondiert, der im übrigen derselben

Meinung ist. Und Ihre Majestät zeigt erstaunliche Einsicht in ihren Zustand, was einer Gesundung förderlich ist.

Hochachtungsvoll ergebenst um Ihre Meinung bittend.

Dr. Schott

Ich starrte auf diesen Brief. Woher hatte Theresa ihn? Mich überfiel die Art von Erschöpfung, die nur äußerlich ist, sich nur auf den Knochen ablagert, aber nicht nach innen dringt. Mein erstes Gefühl war, daß ich nichts damit zu tun haben wollte. Mein zweites, daß ich das Spiel, das Theresa begonnen hatte, zu Ende spielen mußte. Ich notierte mir den Namen der Internetseite und wechselte in das Mind Map. Mein Blick ging über das Schaubild und entdeckte schließlich einen neuen Zweig Hofstaat. Ich klickte zweimal darauf, und plötzlich war ich auf einer anderen Seite. Theresa hatte nicht genügend Zeit gehabt, Ihre ganze Professionalität auszuleben. Der Text auf dem Bildschirm war, was die Gestaltung – also Seitenaufteilung, Schriftart, Farben, Bildsprache, Navigation – betraf, unterstes Niveau, und mit dem Inhalt konnte ich nichts anfangen. Es war ein Chaos von Namen, kaum zu entziffern. Ich vergrößerte das Bild, bis ich die Überschrift lesen konnte.

Hofstaat Ihrer Majestät der Kaiserin und Königin Elisabeth.

Darunter folgte eine Aufgliederung, deren Sinn ich erst nicht verstand, weil diese Liste heute keinen mehr hatte.

Oberhofmeister … Seine Excellenz Franz Graf v. Bellegarde, R . d. eis. K. I. Gr. Off. D. usw. usw. … Oberhofmeisterin Ihre Erlaucht Maria Theresia Gräfin v. Harrach usw. usw.

K. u. K. Hofdamen Frau Maria Gräfin Festetics v. Tolna, St. Kr. n. d. bayer. …. Irma Gräfin Sztáray v. Sztára u. Nagy-Mihály …. Dann folgten Kammerdienerinnen, Kammermädchen, Garderobiere. Ein Name, der mir bekannt vorkam, war der der Kammerfriseuse Fanny Feifalik. Ich hatte ihn schon einmal gehört, konnte mich jedoch nicht erinnern, wo.

Ich blätterte weiter. Am Hof hatte ein strenges Reglement geherrscht. Nichts wurde dem Zufall überlassen. Jeder hatte die Rolle zu spielen, die ihm zugewiesen wurde. Da gab es den Großen Zutritt, was immer das heißen mochte, der sich gliederte in Herren und Frauen und diese wiederum in Palastdamen, Fürstinnen, Gemahlinnen von k. und k. Geheimen Räthen sowie deren Witwen, Gemahlinnen von k. und k. Kämmerern sowie deren Witwen. Anschließend folgte eine Liste der Hofstäbe am Kaiserhof. Namen, Namen, Namen, Ämter, Funktionen, Titel, Saaldiener, Türsteher, Hofansager und schließlich die Leibärzte Widerhofer Hermann, Kerzl Joseph und zwei weitere, deren Namen ich nicht kannte. Dann folgten die Ärzte mit untergeordneter Funktion und schließlich eine Liste mit Kurärzten, in der ich auch den Namen Dr. Schott, Bad Nauheim fand.

Eine Liste mit den Leuten, die direkt oder indirekt zum Hofstaat des Kaisers beziehungsweise der Kaiserin gehört hatten. Was wollte Theresa damit beweisen? Und wo hatte sie die Liste gefunden? Es mußte eine Verbindung geben. Soweit ich etwas davon verstand, handelte es sich um eine Bilddatei. Ich hätte Theresas Sachen besser untersuchen sollen.

Ich begann die Liste erneut durchzulesen. Schließlich stieß ich unter der Rubrik Kleiner Zutritt auf den Namen, den ich gesucht hatte: *Karoline Gräfin Zanardi Landi.*

Ich verließ das Internet, schaltete den Computer ab und nahm vier der Schlaftabletten, die Fanny Semek besorgt hatte. Dann legte ich mich auf die Bettdecke, ohne mich auszuziehen, die Beine angewinkelt, gekrümmt wie ein Fötus. Ohne meine Kleider wäre ich mir schutzlos vorgekommen. Es dauerte eine Weile, bis die Tabletten wirkten, und in dieser Zeit arbeitete mein Gehirn unaufhörlich.

Ausgeschlossen, daß Marie Zanardi nur unser Haus hatte sehen wollen. Daß sie sich an meinen Vater gewandt hatte, bedeutete nicht nur eine sentimentale Geste der Erinnerung. Ich war davon überzeugt, daß für sie ihre Abstammung real gewesen war, daß sie davon überzeugt war, tatsächlich eine Urenkelin der Kaiserin Elisabeth zu sein. Schließlich hatte sie sich zuerst an einen Notar gewandt und nicht an einen Arzt. Sie wollte juristischen Rat, nicht psychiatrischen Beistand. Und kurz bevor die Wirkung der Schlaftabletten einsetzte, in einer Art plötzlicher Betäubung, war mein Kopf ganz klar. Wenn der Mörder Theresa gefunden hatte, wüßte er auch, wo er mich finden konnte.

21

Mittwoch vormittag

Es geht nichts über eine solide chemische Mischung. Ich schlief tief und fest wie abgeschaltet. Doch die brutale Klarheit, mit der die Gedanken zurückkehrten, als ich gegen zehn Uhr schließlich aufwachte, war vergleichbar mit der Überzeugungskraft von Psalmen im Stil von *Als es Morgen ward, da erhob sich ein Donnern und Blitzen und der Ton einer sehr starken Posaune.* Das Licht, das zum Fenster hereinkam, war wie ein Halogenscheinwerfer direkt in meine Augen gerichtet, mein Kopf dröhnte von der Wirkung der Schlaftabletten, und das Telefon klingelte.

Ich hob den Hörer ab.

»Sind Sie wach?« Fanny Semek!

»Gibt es etwas Neues?«

»Keine Spur. Alles sieht nach einem Unfall aus. Ich versuche hier alle zu überzeugen, daß wir der Sache nachgehen müssen wegen der Verbindung zu Marie Zanardi. Aber ich komme nicht weiter. Wie soll aber auch der Überfall in Frankfurt mit einem Autounfall in Wien zusammenhängen?«

»Es war kein Unfall!«

»Das sagen Sie«, und nach einer kurzen Pause, »vielleicht noch ich, und das war es dann auch schon. Aber wir suchen nach dem BMW. Außer daß es kein österreichisches Kennzeichen ist, wissen wir nichts über die Autonummer. Aber Fahrerflucht bleibt es immer noch.«

»Wie beruhigend!«

Sie seufzte. »Ich kann hier erst am späten Nachmittag weg. Kommen Sie zurecht?«

»Ja, danke, kein Problem.«

»Was werden Sie machen?«

»Im Hotelzimmer bleiben und mich mit Arbeit ablenken.«

»Das ist eine gute Idee. Ich hoffe, Sie halten sich daran.«

»Aber ja, was soll ich denn sonst tun? Auf die Straße traue ich mich noch nicht.«

»Sie sollten nach Hause fahren.«

»Mein Flug geht erst übermorgen.«

Sie seufzte noch einmal. »Bis später.«

»In Ordnung.«

Ich hatte ihr den Brief und die Liste verschwiegen. Nicht, daß ich der Polizei nicht vertraute. Doch warum sollte ich es ihnen erzählen, wenn sie mir noch nicht einmal das glaubten, was ich gesehen hatte. Ich konnte unmöglich nach Hause fahren und Theresas Schicksal einer Behörde überlassen.

Ich loggte mich erneut ins Internet ein und rief noch einmal die Homepage auf, die Theresa eingerichtet hatte. Wie gestern fragte ich mich, woher sie diese Bilddateien hatte. Wieder klingelte das Telefon. Die Rezeption informierte mich, ein Dr. Padowetz sei hier, der mich sprechen wollte.

Ich überlegte, nach unten zu gehen, doch noch wagte ich es nicht, das Zimmer zu verlassen, geschweige denn die Straße zu betreten. Die einzigen Strecken, die ich im Moment zurücklegen wollte, waren die auf der Datenautobahn.

»Er kann hochkommen«, sagte ich und warf einen Blick durch das Zimmer. Doch ich hatte noch keine Gelegenheit gehabt, Chaos zu verursachen.

Conrad stand im Zimmer. Er war überflüssig und spürte es. Auf dem einzigen Sessel im Zimmer saß ich. Ich ließ ihn stehen.

»Geht es dir gut?« Sein Blick fiel auf den Computer. Meiner auch. Der Bildschirmschoner zeigte das Bild der Kaiserin mit den offenen Haaren.

»Ja. Es geht mir gut«

»Ich habe Isabella angerufen.«

»Es war nur ein Unfall«, sagte ich. »Ich komme schon klar.«

»Das ist gut.«

Mir fiel etwas ein.

»Woher weißt du, wo ich wohne?«

»Wieso?«

»Woher weißt du, daß ich hier wohne?«

»Ich habe versucht, dich in dem anderen Hotel zu erreichen. Mir wurde gesagt, daß du umgezogen bist.«

Wie schwiegen gemeinsam, dann räusperte er sich und fragte: »Möchtest du darüber reden?«

»Nein.«

»Du solltest hier raus. Dich ablenken! Etwas unternehmen! Wir könnten in die Hofburg, sonst fährst du weg und hast nichts gesehen!«

Nichts gesehen? Er scherzte wohl. Ich hatte alles gesehen. Ich mußte mich beherrschen, um nicht zu brüllen: Fuck your damned Hofburg. Steck sie dir zusammen mit dem gesamten Kaiserhaus sonst wohin!

»Ich bin noch nicht soweit.«

Der Satz war immer gut, egal, ob es sich um ein psychisches Trauma oder einen sexuellen Höhepunkt handelte.

»Hast du etwas gegessen?«

»Ich habe keinen Hunger.«
»Du mußt etwas essen.«
»Ja, irgendwann.«
»Ich kann dir ein Frühstück aufs Zimmer bestellen.«
»Jetzt, um zwölf?«
»Oder eine Pizza?«
»Nein, danke.«
Sein Blick fiel auf den Computer. »Was machst du da?«
»Ich arbeite. Es lenkt mich ab.«
»Du solltest die Polizei ihre Arbeit machen lassen.«
»Ja, du hast recht.«
»Es war ein Unfall.«
Warum konnte ich das Schweigen nicht aushalten?
»Worüber habt ihr gesprochen?« begann ich.
»Wer?«
»Theresa und du?«
Er zuckte mit den Schultern. »Über alles mögliche. Die Arbeit, unsere Hobbys, Freunde, Familie. Es war ein netter Abend.«
»Und dann?«
»Sind wir ins Konzert.«
»Und danach?«
»In eine Bar und haben etwas getrunken.«
»Und dann?« Ich ging zum direkten Angriff über. »Hast du mit ihr geschlafen?«
»Nein! Wir haben uns getrennt.«
»Ihr habt euch getrennt?«
»Ja.«
»Wo?«
»Am Schottenring.«
»Aber wo ist Theresa dann hingegangen?«
»Das weiß ich nicht.«
»Du hast sie nicht nach Hause gebracht?«

»Nein, denn sie ist in der Bar geblieben.«

»Wieso?«

»Weil sie es wollte. Da war so ein junger Kellner, mit dem hat sie sich gut verstanden.«

Theresa hatte die Nacht nicht mit Conrad verbracht, sondern mit einem ihrer Instant-Lover?

»Dann war sie die ganze Nacht bei diesem Kellner?«

»Offensichtlich.«

»Hat sie dir von Marie Zanardi erzählt?«

Er stand auf. »Von wem?«

»Ach nichts.«

»Wenn du nichts unternehmen möchtest, gehe ich jetzt. Aber ich laß dir meine Telefonnummer hier.«

»Okay.«

Er schrieb sie auf das Briefpapier des Hotels.

»Ich würde gerne heute abend mit dir essen gehen. Ich habe Isabella versprochen, mich um dich zu kümmern, bis ich dich sicher ins Flugzeug gesetzt habe.«

Ich war bereit, alles zu versprechen, nur damit ich ihn los wurde.

»Es ist alles in Ordnung. Ich fliege wie geplant übermorgen.«

»Okay.«

Er kam zu mir und umarmte mich. Seine Arme hielten mich fester als nötig. Wollte er damit zeigen, daß er mit mir fühlte? Es gelang ihm nicht. Ich hatte vielmehr das Gefühl, eine meiner Rippen sprang bereits aus dem Brustkorb. Sein Mund näherte sich meiner Wange. Ich machte einen Schritt zurück. Er ließ mich los und ging.

Endlich war ich allein. Ich wählte die Nummer von Dr. Veit. Sein Handy war abgeschaltet. Ich hinterließ keine Nachricht.

Noch zwei Tage, bis ich zurückflog. Hatte jemand bereits

Theresas Eltern in Sizilien benachrichtigt, ihre Klagen angehört? Und Ihre Freunde? Die Firma, für die sie arbeitete? Wer würde ihre Aufträge übernehmen? Wer ihre Wohnung ausräumen und kündigen? Ihre Angelegenheiten ordnen? Ich wäre dazu erst in der Lage, wenn ich wußte, warum sie hatte sterben müssen. Alles zog sich in mir zusammen, mein Oberkörper schmerzte. Er war ohne Narkose mit einer Säge geöffnet worden. Man hatte lebenswichtige Teile entnommen: ein Stück von meinem Herzen, den rechten Lungenflügel. Und wieder setzte die Säge an, wurde in meinen Ohren laut; es klingelte schrill, bis ich begriff, daß es mein Handy war. Schweißgebadet stand ich auf und drückte auf Empfang. Vielleicht rief Dr. Veit zurück. Er würde mich fragen, ob es mir gutging. *Sie hören sich so seltsam an!* würde er sagen *Ist etwas passiert?* Und ich würde antworten *Ja* ... Doch statt seiner tiefergelegten Stimme, ideal, um Patienten zu beruhigen, und damit im Berufsalltag sinnlos an Tote verschwendet, erklang eine weibliche Stimme aus Blech.

Sie haben eine neue Sprachnachricht.

Was wollte sie von mir?

Wenn Sie die Nachricht hören wollen, drücken Sie die Taste eins.

Die Stimme eines automatisierten Senders, der mir Befehle gab. Ich drückte die Taste eins.

Erste neue Sprachnachricht.

Und dann eine Stimme aus dem Off. Hell. Theresa! Lebendig. Aufgeregt!

Meine erste Grenzerfahrung.

»Hej, Franka. Mit wem telefonierst du gerade? Mit deinem Gerichtsmediziner? Er sei dir gegönnt. Ich gebe zu, ich habe dich heute nacht versetzt. Tut mir leid, daß du einsam warst. Der Prinz hat sich als Flop herausgestellt. Ich sage dir, mit Vorsicht zu genießen. Aber ich habe etwas gefunden. Geh ins Internet. Ich habe eine Website für Marie Zanardi entworfen. Bin übrigens gerade auf dem Weg zur Auktion und gleich da.«

Plötzlich ein Quietschen. Im ersten Moment dachte ich an eine Funkstörung, doch dann ein zweites scharfes Geräusch, Krachen, Quietschen wie von Bremsen, ein Auto gab Vollgas, ein kurzer Ton und die Roboterstimme *Drücken Sie die Taste sieben, wenn Sie die Nachricht löschen wollen.*

Automatisch ging mein Zeigefinger zur Sieben, doch im letzten Moment hielt ich inne. Es war das letzte, was Theresa in ihrem Leben gesagt hatte.

Conrad Padowetz hatte gelogen. Theresa war heute nacht bei ihm gewesen. Wie hatte ich nur so dumm sein können, ihm zu glauben. Ein Kellner, wenn Theresa einen Prinzen hatte haben können!

Aber warum sollte er lügen? Wenn es ihm peinlich war, hätte er auf meine Frage, ob er mit Theresa geschlafen hatte, einfach nein sagen können. Ich hätte es ihm nicht geglaubt, aber es verstanden. Aber zu behaupten, sie sei mit einem Kellner losgezogen, war eine gezielte Schutzbehauptung. Er wollte verhindern, daß ich dachte, Theresa hätte die Nacht mit ihm verbracht. Wer war eigentlich dieser Conrad Padowetz oder von Padowetz? Isabellas Cousin. Ein Notar. Diese Stadt schien zu wimmeln von Juristen und ehemaligen Leibärzten. Wieder einmal wälzte ich das virtuelle Telefonbuch. Alles, was ich fand, war Conrads Privatadresse und die dazugehörige Telefonnummer. Sie war nicht identisch mit der, die er mir gegeben hatte.

Wie konnte ich erfahren, wo er seine Kanzlei hatte? Sollte ich Isabella anrufen? Seine Eltern? Soweit ich mich erinnerte, war sein Vater gestorben. Aber all dies hätte Fragen bedeutet, die ich nicht hören, geschweige denn beantworten wollte. Die Anwaltskammer fiel mir ein. Auch in Österreich mußte es so etwas geben.

Eine Frauenstimme forderte mich auf zu warten. Minuten vergingen, indem dem Anrufer bewußt gemacht wurde, was es bedeutete, wenn eine Angelegenheit ihren juristischen Gang ging. Man mußte nur etwas von Statistik verstehen. Wenn man 20 Minuten warten mußte, um die Nummer des Anwaltes zu erfahren, dem man seine Angelegenheit anvertrauen wollte, wie viele Jahre würde sich dann der Rechtsstreit hinschleppen? Endlich meldete sich ein junger Mann mit dem langen Titel eines Anwärters für die juristische Beamtenlaufbahn. Ich erzählte, daß ich ein Vermögen geerbt hatte, das zum größten Teil aus antiken Möbeln und Kunstgegenständen bestand, die ich versteigern lassen wollte, denn meine Wohnung war zu klein. *Sie verstehen, um alles zu behalten.* Und ich hätte von einem Dr. Padowetz gehört, der sich auf diese Fälle spezialisiert hätte. Doch leider könnte ich nun seine Kanzlei nicht im Telefonbuch finden.

Eine Minute später hatte ich die Adresse. Er arbeitete in der Kanzlei Kerzl & Partner.

22

Mittwoch nachmittag

Die Geschichte entwickelte sich horrormäßig, überall brachen historische Tentakel hervor. Marie Zanardi bildete sich ein, die Urenkelin der Kaiserin Elisabeth zu sein. Sie suchte Dr. Kerzl auf, Notar und Nachkomme des Leibarztes der Kaiserin, der sie zu dem Psychiater und Neurologen Dr. Widerhofer schickte, ebenfalls Nachkomme eines Leibarztes. Marie Zanardi stellte Nachforschungen zu ihrer Urgroßmutter an. Sie wollte ein genetisches Gutachten erreichen. Wozu? Um offiziell anerkannt zu werden? Oder wollte sie nur den Beweis, daß sie nicht verrückt war, sondern mit der Suche nach ihrer Identität richtig lag? Bei ihren Recherchen stieß sie auf Dr. Schott, Kurarzt in Bad Nauheim. Mein Urgroßvater war sein Assistent gewesen. Was aber hatte Conrad mit der Sache zu tun?

Ich ging erneut ins Internet und rief Marie Zanardis Website auf. Da es sich um eine Bilddatei handelte, hatte ich keine Möglichkeit, direkt nach dem Namen Padowetz zu suchen. Ich kopierte die Datei in WORD, so daß ich sie besser lesen konnte. Es war ein Dokument im JPEG-Format, das mich an etwas erinnerte. Ich holte das Handbuch zu dem Handy heraus. Mein Gedächtnis hatte mich nicht getäuscht: Es war durchaus möglich, daß Theresa diese Liste irgendwo mit ihrem Handy, diesem Wunderwerk kommunikativer Technik, fotografiert hatte. Doch ich hatte keine Möglichkeit, es zu überprüfen, denn ich sah noch immer, wie das Handy durch das Gitter des Gullys gefallen war und nun wahrscheinlich in der Wiener Kanalisation schwamm. Ich hatte nicht das Gefühl, daß die Polizei in den Abwässern der Stadt herumwaten würde, um das Telefon zu finden. Ich war auf mich selbst angewiesen und las einen Namen nach dem anderen, bis ich am Ende auf einen Beamten im Auswärtigen Amt stieß. Padowetz! Zufall? Zwei Menschen waren im Sog dieser Zufälle gestorben.

Was sollte ich jetzt tun? Ich konnte nicht in Marie Zanardis Büro, nicht in ihre Wohnung. Doch an irgendeinem Punkt mußte ich ansetzen.

Wer wußte von der angeblichen Abstammung Marie Zanardis? Widerhofer! Er hatte mir als erster davon erzählt. Bei unserem Telefongespräch war er ziemlich offen gewesen, jetzt weigerte er sich, mit mir zu sprechen. Jemand anderer, der Marie Zanardi gut gekannt hatte, war dieses Mädchen in der Bibliothek, Fräulein Jenner. Ich hatte nicht das Gefühl, daß sie in die Geschichte verwickelt war. Sie war jung. Zu jung! Ihre Generation tanzte nicht mehr Wiener Walzer, sondern Salsa.

Ich kramte im Rucksack nach der Telefonnummer. Es dauerte, bis sie sich meldete, ich hatte die Hoffnung schon aufgeben wollen.

»Jenner, Abteilung Historische Bestände Österreichische Nationalbibliothek, mit wem spreche ich bitte?«

»Dr. Friedland, ich war vorgestern bei Ihnen wegen Marie Zanardi. Erinnern Sie sich an mich?«

»Natürlich.«

»Ich muß Sie dringend sprechen. Können wir uns treffen?«

»Dafür bin ich nicht zuständig.«

Eiskalte Ablehnung schlug mir entgegen.

»Ich habe Ihnen nicht die Wahrheit gesagt. Ich komme nicht von einer anderen Bibliothek, ich habe mich auch nicht wegen eines Projektes an Marie Zanardi gewandt. Das Gegenteil ist der Fall. Sie hat mich aufgesucht.«

»Hier sind Sie völlig falsch.«

Ich sprach schneller, bevor sie auf die Idee kam, einfach aufzulegen. »Und dann wurde sie ermordet. Verstehen Sie? Sie stand bei mir vor der Haustür, und ich habe sie weggeschickt ... Danach wurde sie erschossen. Ich habe sie in der Gerichtsmedizin gesehen. Drei Schüsse in Mund, Nase, Ohr.«

»Da wenden Sie sich bitte an die Kollegen in der Ausleihe.« Täuschte ich mich, oder war aus ihrer Stimme Unsicherheit herauszuhören?

»Aber ich muß Sie sprechen!«

Die Antwort darauf war entschieden, als wollte sie durch die Betonung weitere Informationen übermitteln, die sie nicht aussprechen konnte.

»Der Lesesaal ist bis Viertel vor vier geöffnet!«

Plötzlich verstand ich: »Ist jemand bei Ihnen im Büro?«

»Sie haben richtig verstanden!«

»Dann rufen Sie mich bitte an!«

»Ja, ebenfalls noch einen schönen Tag.«

Sie hatte aufgelegt. Im Moment konnte ich nichts weiter tun, nur warten und hoffen, daß sie zurückrief.

Ich ging unter die Dusche, wusch mir die Haare, putzte die Zähne. Das Handy lag die ganze Zeit daneben. Die Sachen, die ich gestern getragen hatte, verpackte ich in einer Plastiktüte und warf sie in den Papierkorb. Ich könnte es nicht ertragen, sie anzuziehen. Fräulein Jenner meldete sich nicht.

Der Saal wurde Viertel vor vier geschlossen. War das ein Hinweis gewesen, daß ich sie vor der Bibliothek treffen sollte?

Ich schaute auf die Uhr. Halb vier. Zu spät. Ich hatte sie verpaßt. Doch gerade als ich versuchte, einen Alternativplan zu entwickeln, rief sie tatsächlich an. »Hören Sie«, sie klang atemlos, »wir können uns in einer Stunde im Tanzstudio treffen. Gußhausstraße. In der Cafeteria. Warten Sie dort auf mich!«

In der Cafeteria des Studios roch es nach Schweiß und Koffein. Ich versuchte vergeblich, nach uraltem chinesischem Wissen mit grünem Tee dagegen anzukämpfen. Doch kurz bevor ich mitten in diesem Hochdruckgebiet körperlicher Leistungskraft Gefahr lief, ein seelisches Tiefdruckgebiet zu entwickeln, erschien Fräulein Jenner, eine Cola light in der Hand. Die schwarze Outdoorhose hing auf den schmalen Hüften, die sich unbewußt im Rhythmus des Salsa wiegten. Nur der Kordelzug schien ihr empfindliches, schmales Becken zu stabilisieren. Wieder legte ein kurzes T-Shirt das Piercing in ihrem Bauchnabel frei. Niemand konnte meines jemals sehen, wenn ich es ständig unter dicken Wollpullovern versteckte. Und wie um alles in der Welt sollte dann jemand meinen Mittelpunkt entdekken?

Sie drehte sich um und hängte die Jeansjacke über den Stuhl. Wo die Hüfte in den Lendenbereich überging, schlängelten sich spiegelbildlich angeordnet zwei Kobras nach oben in einem Braun, das sich deutlich von der Haut abhob, aber nur eine dunklere Stufe desselben Farbtons war. Die Köpfe der beiden Schlangen waren einander zugewandt. Die langen Zungen streckten sich entgegen, fast berührten sie sich, nur getrennt durch die Linie, hinter der sich die Wirbelsäule abzeichnete. Es war die erotischste Tätowierung, die ich je gesehen hatte. Ich beneidete sie darum und würde mir an ihrer Stelle unbedingt das Copyright sichern.

Sie zündete sich sofort eine Zigarette an und sagte: »Ich kann Ihnen nicht helfen.«

»Bitte.«

Durch einen Strohhalm zog sie die Cola light gierig hoch, als hole sie tief Luft.

»Ich weiß nichts.«

»Vielleicht ist es Ihnen nur nicht bewußt. Ich stelle Ihnen ein paar Fragen, und Sie versuchen, sie so gut es geht zu beantworten. Was für ein Mensch war Marie Zanardi?«

»Am Anfang war sie sehr engagiert. Wie man sich eine Amerikanerin vorstellt, viel Energie, viele Ideen. Sie interessierte sich wahnsinnig für österreichische Geschichte, fand es toll, mit alten Büchern zu arbeiten, war aber, was die neuen Medien betraf, absolut up to date. Und sie machte dauernd Vorschläge für Ausstellungen, Lesungen, Veranstaltungen. Zum Beispiel wollte sie unbedingt in Zusammenarbeit mit Genf eine Ausstellung organisieren mit Originaldokumenten zur Ermordung der Kaiserin Elisabeth. Ich fand es super, daß ich mit ihr englisch reden konnte. Ich habe ihr den Tanzclub empfohlen, nachdem sie sagte, daß sie Wiener Walzer lernen wollte. Sie war eine zeitlang täglich hier.«

»Und in der letzten Zeit nicht mehr?«

»Nein, sie war ständig krank geschrieben. War nervös, unruhig, hat wahnsinnig abgenommen.«

»Was, dachten Sie, war der Grund?«

Sie zuckte mit den Schultern. »Vielleicht, weil Dr. Auen sie los sein wollte. Sie hat sie geradezu gemobbt. Dr. Auen ist nicht der Typ für modernes Kulturmanagement. Marie sagte immer, daß es der nur darum ginge, die Bücher vor den Lesern zu schützen, daß Bibliotheksbesucher für Dr. Auen Parasiten wären.«

»Und Sie können sich nicht erinnern, daß es einen Auslöser für die Veränderung gab? Irgendein Ereignis, das damit zusammenfiel? Vielleicht ein Mann?«

»Ein Mann? Nein, das glaube ich nicht. Sie war Jungfrau aus Überzeugung.«

»Sie hatte nie eine Beziehung zu einem Mann?«

»Platonische Jungfrau. Das war es, was sie sagte. Sie sei eine platonische Jungfrau. Sex sei Sport. Anstrengend, entspannend, und wenn man ihn richtig beherrsche, setze er sogar Glückshormone frei. Aber das bedeute noch lange nicht, daß sie bereit wäre, dafür ihre Seele zu verkaufen. Ihre Urgroßmutter, Großmutter, ihre Mutter, alle Frauen in ihrer Familie hätten immer umgekehrt gehandelt. Daraus hätte sie gelernt.«

»Wie meinte sie das?«

»Sie ist ohne Vater aufgewachsen, hatte keine Geschwister. Familiengesetz, sagte sie. Seit vier Generationen nur Frauen, nur Einzelkinder, nur Töchter. Sie hätte keine Lust, diese Tradition fortzusetzen. Obwohl sie ja eigentlich total auf Traditionen stand. Deswegen auch dieser Verein.«

»Welcher Verein? Ich dachte, sie kam hier ins Studio.«

»Kein Sportverein, so ein historischer Club.«

»Wie heißt er?«

»Keine Ahnung.«

»Waren Sie jemals in ihrer Wohnung?«

»Ja, vor ein paar Wochen. Da habe ich sie nach Hause gebracht, weil sie einen Schwächeanfall hatte. Total vollgestopft mit Antiquitäten. Wahnsinn! Ich konnte mich nicht entscheiden, ob es mir gefiel oder nicht. Ich mag alte Möbel. Aber nicht so! Überall alte Bilder, Bücher, Schmuck, Geschirr. Und dazu ihre Kleider.«

»Ja, sie sah aus, als kaufe sie ständig auf dem Flohmarkt ein.«

»Dachte ich zunächst auch. Doch sie hatte die Sachen auf Auktionen ersteigert.«

»Auf Auktionen?« Ich wurde hellhörig.

»Ja.«

»Aber das kostet doch sicher ein Vermögen!«

»Manche Sachen waren wohl wirklich wertvoll. Deswegen ja auch die Schlösser.«

»Welche Schlösser?«

»An der Tür. Mindestens drei und innen Sicherheitsketten. Als ob sie unter Verfolgungswahn litt. Sie hatte sogar ihr Telefon abgemeldet. Benutzte nur noch ihr Handy. Wenn ich darüber nachdenke, glaube ich, sie war wirklich verrückt.«

Plötzlich begann sie zu weinen. Tränen liefen ihr Gesicht herunter, bildeten um das Piercing an der rechten Nasenwand einen kleinen Strudel. Sie wischte sie nicht weg, was mir gefiel. Als ob die Vernichtung von Tränen das Ansehen der Trauer beschädigte.

»Und Sie haben wirklich keine Ahnung, was das für ein Verein war? Vielleicht finden wir ihn über das Telefonbuch oder das Internet?«

»Ich weiß, wo sie sich getroffen haben. Ich habe Marie einmal dort abgesetzt.«

»Wo?«

»In der Nähe des Schottenrings. Muß ein elitärer Verein sein. Ich habe Marie gefragt, ob die Aufnahmegebühr so teuer wie bei einem Golfclub ist.«

»Und?«

»Sie sagte etwas Seltsames ... *es kostet dich nur deine Geburt* ... ja, genau so hat sie es formuliert.«

»Deine Geburt?«

»Dann hat sie gelacht. Daher dachte ich, das wäre ein Scherz.«

»Können Sie mir auf dem Stadtplan zeigen, wo Sie sie abgesetzt haben?«

»Ja, klar.«

Ich zog den Plan aus der Tasche. Sie faltete ihn auf und fand die Straße auf Anhieb. Es war dieselbe, in der Kerzl seine Kanzlei hatte. Das alles konnte kein Zusammenspiel von Zufällen mehr sein.

»Noch etwas: Als ich sie fragte, ob sie krank sei, meinte sie,

sie sei nur überarbeitet. Sie schreibe an einem Buch. Aber es würde nicht mehr lange dauern, dann hätte sie genügend Material beisammen.«

»Wie meinte sie das?«

»Das habe ich sie auch gefragt, doch sie hat abgelenkt und gesagt, die Welt würde die Wahrheit schon noch erfahren! Dafür würde sie sorgen, egal, was passiert.«

»Wo könnten das Material und das Buchmanuskript hingekommen sein? Meinen Sie, daß die Polizei es gefunden hat?«

»Keine Ahnung.«

»Kann man immer noch nicht wieder in ihr Büro?«

»Die Polizei hat es wieder freigegeben, aber Dr. Auen hält die Tür verschlossen.«

Wo könnte sie die Unterlagen versteckt haben? In einem Banksafe, im Schließfach, oder hatte sie sie vergraben? Wo würde ich meine Geheimnisse verstecken? Wo man sie nicht vermutet, wo sie nicht auffallen. Wenn ich eine Leiche zu verstecken hätte, würde ich sie auf einem Friedhof begraben. Und Marie Zanardi konnte das Material in der Bibliothek versteckt haben.

»Woran hat sie genau gearbeitet?«

»Sie leitete die Digitalisierung der Bestände im Prunksaal.«

»Und was heißt das?«

»Die Bücher werden verfilmt und digitalisiert, das heißt in ein elektronisches Datenformat gebracht.«

»Und dann kann der Normalsterbliche sie sich ausleihen?«

»Die Digitalisierung hat verschiedene Aspekte. Zum einen dient sie der Sicherung des Buchbestandes. Von jedem Werk werden ein Master und zwei Kopien erstellt. Eine Kopie bleibt hier in Wien, die andere wird nach Washington geschickt. Dafür beteiligt sich die Library of Congress an dem Projekt. Erst in zweiter Linie soll die Bereitstellung für ein Publikum erfolgen. Entweder in Form einer CD oder als Onlinedokumente.«

»Und wer macht das jetzt?«

»Niemand. Sie hatte nur zwei Mitarbeiter. Einen Techniker und mich. Die eigentliche Verfilmung hat sie selbst vorgenommen, mit der Unterstützung des Technikers. Man kann diese Bücher schließlich nicht einfach aus dem Haus geben. Und Marie hatte eine Zusatzausbildung als Restauratorin. Das liegt alles noch in ihrem Büro.«

Ich stand auf. »Okay, dann los!«

»Wohin?«

»Wir müssen nach diesem Material suchen.«

»Aber wie stellen Sie sich das vor?«

»Vielleicht finden wir etwas in ihrem Büro, im Computer zum Beispiel!«

»Wissen Sie, wieviel Material das ist? Seit 1998 hat sie dieses Projekt geleitet. Wo sollen wir anfangen zu suchen?«

»Ich denke, Sie wollen Bibliothekarin werden? Da sollten Sie sich schon einmal mit der Suche vertraut machen.«

»Ich möchte mit der Sache nichts zu tun haben.«

»Ich auch nicht«, sagte ich. »Ich auch nicht.«

»Das kann mich meinen Job kosten.«

»Meinen auch.«

»Und mein Tanzkurs?«

Sie gab sich schließlich geschlagen. Um unser Bündnis zu besiegeln, bot ich ihr das Du an. Sie hieß mit Vornamen Dorothea, genannt Dodo.

23

Mittwoch, Spätnachmittag

Es wurde bereits dunkel, als wir durch einen Nebeneingang die Augustinerbibliothek betraten.

»Bist du sicher, daß Dr. Auen nicht mehr da ist?«

»Sie hat eine Besprechung am Heldenplatz. Und um diese Uhrzeit ist kaum noch jemand hier.«

Wir standen vor Maries Büro.

»Okay, fangen wir an.« Ich drückte den Türgriff nach unten. Es war abgeschlossen wie erwartet. »Wie kommen wir hinein?«

»Ich habe keinen Schlüssel.«

»Wer hat einen?«

»Dr. Auen, der Direktor und der Pförtner.«

»Na also.«

»Wie meinst du das?«

»Der Pförtner hat den Schlüssel.«

»Ja und?«

»Wir holen ihn uns.«

Sie schwieg.

»Das ist dein Arbeitsplatz, du hast mit Marie zusammengearbeitet. Es muß doch irgendeinen verdammten Grund geben, weshalb du in dieses Büro mußt.«

»Spinnst du? Wenn die Auen das erfährt, dann kann ich meine Ausbildung hier vergessen.«

»Die erfährt es aber nur, wenn wir tatsächlich etwas finden, und dann haben wir geholfen, zwei Mordfälle aufzuklären. Dafür gibt es doch sicher auch in Österreich einen Kündigungsschutz.«

»Solche Fälle sind arbeitsrechtlich nicht geregelt.«

»Was könntest du aus diesem Büro brauchen? Etwas, das glaubhaft ist.«

»Den Scanner. Ich kann mir vorstellen, daß der Pförtner am wenigsten Verdacht schöpft, wenn es um Technik geht.«

»Na also.«

Sie ging die Treppe hinunter. Ich stand im Flur herum und wartete. Im nächsten Moment ging die Tür zum Treppenhaus auf, und ein Mann in einem grauen Anzug kam herein. Ich grüßte ihn sofort freundlich, um den Anschein zu erwecken, es hätte einen Grund, daß ich hier herumstand. Er schaute etwas mißtrauisch, aber ich überzeugte ihn offenbar, indem ich meinen Terminkalender hervorzog und mir wichtige Notizen machte. Er betrat das Büro von Dr. Auen gerade in dem Moment, als Dodo zurückkehrte, einen Schlüssel in der Hand. Ich schüttelte langsam den Kopf, legte den Finger auf den Mund und deutete erst auf das Büro von Dr. Auen, dann auf ihres. Sie wurde blaß und verstand. Ich folgte ihr in ihr Büro. Wir setzten uns, und ich hatte richtig vermutet. Einige Minuten später klopfte es, und der Mann streckte den Kopf zur Tür herein.

»Ach, du bist es noch! Servus. Ich gehe.«

»Ja, mach es gut, Ferdinand, ich mache auch gleich Schluß.«

Er wartete auf eine Erklärung, aber Dodo schwieg und beachtete ihn nicht. Sie blieb cool, wie es sich für ihre Generation gehörte.

Er verließ das Büro. Wir schauten uns an. In unseren Köpfen arbeitete es. Andere Leute trinken Alkohol, um sich Mut zu machen, wir beide brachen in hysterisches Kichern aus.

Dann stand ich auf. »Wenn wir es wirklich versuchen wollen, dann jetzt.«

»Ich will es nicht versuchen.«

»Die Entscheidung ist bereits gefallen. Du hast den Schlüssel.«

Sie erhob sich ebenfalls. Ich folgte ihr auf die andere Seite des Flurs. Sie schloß die Tür auf, und wir betraten Marie Zanardis Büro.

»Schließ ab«, sagte ich.

»Aber ist das nicht verdächtig, wenn jemand kommt?«

»Erstens kommt keiner, hast du selbst gesagt, und zweitens, wenn doch, dann kannst du sagen, es sei dir hier unheimlich, schließlich gehörte das Büro Marie Zanardi, einem staatlich anerkannten Mordopfer.« *Im Gegensatz zu Theresa*, fügte ich in Gedanken hinzu.

Sie drehte den Schlüssel um. Das Büro bestand fast nur aus Regalen, als würde die hohe Decke allein von ihnen getragen. Es war kaum ein Stück Wand zu sehen. Und die Regale waren voller Bücher, Zeitschriften, Aktenordner, Sammelkästen. In der Mitte des Raums ein großer Tisch, auf dem ein undefinierbares, offenbar hochkompliziertes technisches Gerät stand.

»Wo willst du anfangen?«

»Am Computer.«

Sie startete den PC. Es dauerte eine Weile, bis er hochfuhr. Offenbar war er auch verbeamtet und hatte sich schon auf den Ruhestand eingestellt, nachdem man einige Tage nichts mehr von ihm verlangt hatte.

Mein Blick fiel auf ein Foto auf dem Schreibtisch. Eine Denkmalenthüllung. Rechts unterhalb hinter dem weißen Tuch verdeckt Marie Zanardi, unverkennbar mit dem langen schwarzen Haar. Sie war in Weiß gekleidet. Ich nahm das Foto hoch und las die Unterschrift. *Mitteleuropa besinnt sich seiner gemeinsamen Vergangenheit. Wiedereinweihung des Kaiserin-Elisabeth-Denkmals in Triest.*

Dodo war dabei, sich auf dem Bildschirm durch die Fenster zu klicken, und erklärte nebenbei: »Per Steuerungsgerät ist es möglich, den Scannertisch flexibel einzusetzen. Vier Achsen lassen sich motorisch verstellen, zum Teil per Fernbedienung vom Computer aus. So können auch sehr große Vorlagen wie zum Beispiel Karten digitalisiert werden. Ein Laserstrahl positioniert die Buchwippe optimal in vertikaler und horizontaler Richtung. Zwischen Ansaugarm und Buchseite wird eine weiche Gaze gelegt, um den direkten Kontakt zwischen Pergament und Metall zu verhindern. Die Durchlässigkeit der Gaze ermöglicht es, daß der ansaugende Luftstrom die Buchseite festhält. So wird eine nahezu berührungsfreie Haltung des Buches ermöglicht. Das ist wichtig bei diesen wertvollen Vorlagen. Wir verwenden hier eine der schnellsten Scan-Kameras, die zur Zeit auf dem internationalen Markt erhältlich ist. Das Digital-Rückteil hat eine maximale Auflösung von 8000 x 9700 Pixel, daraus resultiert eine maximale Dateigröße von über 400 MB. Um die großen Datenmengen schnell bearbeiten zu können, wurde uns von Apple ein G3-Powermac mit 1 GB Arbeitsspeicher zur Verfügung gestellt. Marie konnte so die Scan-Ergebnisse sofort am Bildschirm prüfen. Ob alle Seiten vollständig waren und ob die Farben nachbearbeitet werden mußten.«

Ich spürte, wie begeistert Dodo von dieser Technik war. Vermutlich war ihr Enthusiasmus berechtigt, doch ich hatte keine Zeit für einen Crashkurs in Digitalisierung.

»Und dann?«

»Wenn die Vorlage vollständig gescannt war, hat Marie sie in der Datenbank aufgenommen. Anschließend wurden die Filme auf CD gebrannt. Ein Master fürs Archiv, eine Kopie für den Bestandsnachweis, und eine Kopie wurde nach Washington geschickt.«

»Kannst du feststellen, welches der letzte Eintrag war, den sie gemacht hat?«

»Das ist kein Problem. Zu jedem Buch muß ein Digitalisierungsprotokoll erstellt werden, das heißt, eine ausführliche Beschreibung der verwendeten Datenformate, der Datenmenge und aller zum Lesen erforderlichen Informationen mit Datum und Namen des Erfassers. Wir können uns die Bücher nach dem Datum auflisten lassen.«

»Dann los. Ich schaue mich solange hier um.«

Ich ging die Regale entlang. In den unteren Fächern standen Aktenordner. Ich zog einen heraus. Seitenweise Listen von Büchern und Signaturen.

»Hier«, sagte Dodo, »das letzte Protokoll hat sie direkt vor ihrem Urlaub erstellt.«

Ich trat an den Bildschirm. Eine Liste mit lateinischen Titeln und unverständlichen Zahlen, Chiffren. Wenn Marie Zanardi hier Dokumente versteckt hatte, müßte ich meine Lateinkenntnisse auffrischen und das Graecum nachholen.

»Und was passiert mit den Daten in Washington?«

»Nicht mehr viel. Marie hat den Büchern bereits hier die Signatur zugewiesen, sie mit englischen Schlagworten versehen, und dann werden sie dort direkt zugänglich gemacht. Die Amerikaner sind in diesem Bereich weiter. Die haben keine Scheu davor, Material, das bisher nur einem kleinen elitären Kreis zugänglich war, einer breiten Öffentlichkeit zur Verfügung zu stellen. Die sehen das lockerer. Zumindest solange es nicht die Politik oder das Militär betrifft. Marie hatte mir versprochen, mir einen Praktikumsplatz zu besorgen. Na ja, das kann ich wohl jetzt vergessen.«

»Vielleicht hat sie auf diese Weise Material nach Washington geschickt? Dann wäre es nicht mehr in Wien!«

»Wenn, und ich wiederhole, *wenn* sie überhaupt dieses geheimnisvolle Material hatte, dann wäre es denkbar, daß sie es in die USA geschickt hat. Sie hatte eine Zugangsberechtigung für den Server dort. Im Grunde hatte sie hier einen digitalen Arbeitsplatz und stand im ständigen Kontakt zu Washington.«

»Dann sollten wir uns auf Washington konzentrieren.«

»Aber wir haben es hier wie dort mit riesigen Datenbeständen zu tun.«

»Ist das nicht die Aufgabe einer Bibliothekarin? Dokumente erschließen und zugänglich machen? Sehen wir uns als erstes die Übertragungsprotokolle an.«

Am Fenster im untersten Regal fand ich drei Ordner, die beschriftet waren mit *Washington Library of Congress* und dem Bearbeitungszeitraum. Ich zog den aktuellsten hervor und öffnete ihn. Die Listen waren unverständlich wie die Aufzählung chemischer Wirkstoffe hochdosierter Medikamente.

»Das versteht doch niemand.«

Dodo zog den Ordner zu sich heran. »Schau mal, ob du die Ordner mit den Listen für Wien findest.«

Sie standen in demselben Regal. Ich zog sie hervor und legte sie auf den Schreibtisch.

»Die beiden Listen enthalten im wesentlichen dieselben Daten, die später im Katalog der Bibliothek erscheinen, Autor oder Herausgeber, Titel, Seitenzahl, Anzahl der Abbildungen. Dann erhält jeder Katalogeintrag noch die Zuordnung zu einem Sachgebiet, in diesem Fall zum Beispiel«, sie deutete auf einen der Titel, »Geographica, und der Bibliothekar vergibt außerdem Stichworte, unter dem das Werk später im Katalog zu finden ist.«

Ich verglich die Listen. Meine Augen waren gewohnt, feinste Unterschiede zu erkennen. Nicht nur im Knochenbau, nicht nur um die Jahresringe im Zahnzement zu unterscheiden.

»Die Signaturen sind verschieden!«

»Klar, in Washington haben die natürlich ein anderes System, außerdem wird dort auf Wien verwiesen, was umgekehrt nicht der Fall ist.«

»Noch etwas stimmt nicht überein. Die Größe der Dateien. Am dreiundzwanzigsten Februar wurde ein Master erstellt, aber die Datei, die nach Washington ging, ist wesentlich größer.«

»Du hast recht.«

»Ich frage mich, warum? Dabei kann es sich nicht nur um ein nettes Begleitschreiben handeln. Kannst du in die Datenbank der Library of Congress?«

»Kein Problem. Wie gesagt, dort werden die Daten sofort zugänglich gemacht.«

Sie rief den Internetexplorer auf.

»Brauchst du kein Paßwort?«

»Marie hat es fest eingegeben, weil sie keine Lust hatte, es jedesmal neu einzutippen. Will man die Datenbank allerdings bearbeiten, braucht man natürlich eine Zugangsberechtigung, die nur sie hatte.«

Wir befanden uns im Katalog der Library of Congress. Jetzt mußten wir zunächst nach den Werken schauen, bei denen eine größere Datenmenge in die USA geschickt worden war, als der Master in Wien hatte. Doch soweit kamen wir nicht. Es klopfte an der Tür. Es dauerte nur eine Sekunde, und ich tauchte ab.

»Ja«, rief Dodo.

»Hier Dr. Auen, bitte öffnen Sie.«

Offenbar kam Dodo der Aufforderung nach. Denn gleich darauf hörte ich Dr. Auens energische Stimme im Raum: »Fräulein Jenner, wie soll ich das verstehen? Hatte ich mich nicht deutlich ausgedrückt? Dieser Raum bleibt verschlossen, bis entschieden ist, was aus dem Projekt wird.«

»Eine dringende Anfrage aus Washington. Offenbar hat die letzte Übertragung nicht funktioniert. Ich dachte, ich könnte hier vielleicht etwas finden, aber ich blicke auf Maries Computer überhaupt nicht durch.«

»Das erwartet auch niemand von Ihnen. Warum haben Sie sich nicht an mich gewandt?«

»Sie waren nicht da.«

»Das hätte doch sicher bis morgen Zeit gehabt.«

Ich wartete auf eine Antwort, die ausblieb. Offenbar waren Dodo die Ideen ausgegangen.

»Schalten Sie sofort das Gerät ab, und halten Sie sich bitte an meine Anweisungen.«

Ich hörte, wie der Computer herunterfuhr und schließlich abgeschaltet wurde. Verdammt, was machte sie nur? Konnte sie mir nicht ein Zeichen geben, daß Dr. Auen verschwunden war?

Aber wenn sie nicht verschwunden war? Was, wenn sie noch in der Tür stand, wartete, bis Dodo den Raum verließ, dann hinter ihr abschloß und ich hier blieb? Für immer womöglich. Ich wußte nicht, was schlimmer war: wenn ich hier verhungerte und bei all dem Staub verdurstete, oder wenn ich Dr. Auen in die Hände fiel.

Die Entscheidung war leichter, als ich dachte. Denn bevor ich sie noch treffen konnte, war sie schon gefallen. Ich hörte, wie sich der Schlüssel im Schloß drehte. Vielleicht war es gut so. Hätte Dr. Auen mich entdeckt, hätte ich keine Chance mehr gehabt, so blieb mir zumindest noch die Hoffnung darauf, heil aus der Sache herauszukommen.

Zu behaupten, ich hätte es mir gemütlich gemacht, wäre übertrieben. Aber es war angenehm, daß ich keinen Zeitdruck mehr hatte. Jetzt konnte ich mich in aller Ruhe den Aktenordnern widmen. Ich schaute auf die Uhr an meinem Handy. Das Handy! Bevor tatsächlich Gefahr bestand, daß ich verhungerte, konnte ich immer noch telefonieren. Die letzten Anrufe waren gespeichert. Das einzige Problem war, ob der Akku durchhielt. Ohne Wasser hielt ich es drei Tage aus, ohne Nahrung einige Wochen, aber der Akku gab spätestens nach zwei Tagen auf, dann war seine Lebensenergie aufgebraucht.

Ich schaltete den Computer wieder an, rief den Internetexplorer auf und loggte mich auf dem Server der Library of Congress in die Datenbank für die digitalisierten Bestände ein. Ich landete in der Suchmaschine und tappte im dunkeln. Nicht nur, was das Internet betraf. Ich wagte nicht, das Licht anzuschalten. Mir blieb nur das Flackern des Bildschirms, um überhaupt etwas erkennen zu können. Ich drückte auf das Display meines Handys. Mit einer positiven Lebenseinstellung konnte man es als eine Art Taschenlampe verwenden. Ich beleuchtete die Listen im Aktenordner, bis ich eines der Bücher aus dem Datenbestand fand, das durch den Unterschied in der Dateigröße auffiel. Ich gab einen Teil des Titels ein. Es dauerte eine Weile, aber dann erschien der Buchdeckel einer mittelalterlichen Handschrift: eine Darstellung des Todes, wie man ihn sich vor 1000 Jahren vorgestellt hatte. Wie sah die Zukunft aus? Webcams in Grabstätten, damit man verfolgen konnte, wie die eigenen Vorfahren vor sich hinmoderten? Ich verglich die Signatur, den Namen des Autors, den Titel. Alles wie in dem Master in Wien. Ich blätterte von Seite zu Seite. Okay, vielleicht hatte Marie Zanardi das Material auf diesem Weg aus Wien herausgeschmuggelt, doch natürlich erschien es nicht öffentlich zugänglich in der Datenbank. Sie hatte es irgendwo zwischengelagert. Und nur sie konnte es finden.

Ich kannte weder Signatur noch Titel. Ich wußte nichts über den Inhalt. Welchem Sachgebiet hatte sie es zugeordnet? Über welche Stichworte könnte ich suchen? Ich notierte mir alle Informationen, die ich den Listen entnehmen konnte, wie das Dateiformat, die Größe der Datei, den Tag der Katalogisierung beziehungsweise das Datum der Übertragung. Jemand, der in Washington saß, könnte herausfinden, ob und welche Dateien Marie Zanardi geschickt hatte.

Plötzlich hörte ich Schritte vor der Tür. Ich steckte den Zettel in den Rucksack. Kurze, entschiedene Schritte auf einem frisch geputzten Flur. Das Kommando, das den Gefangenen abholt, um ihn dem Henker vorzuführen. Wieder tauchte ich hinter dem Schreibtisch ab. Zu spät merkte ich, daß der Bildschirm noch lief. Die Tür wurde aufgeschlossen.

»Sie müssen hier sein«, Dodos Stimme klang erstaunlich munter dafür, daß sie mich im Stich gelassen hatte.

»Lassen Sie sich nur Zeit.« Sie hatte den Pförtner dabei.

»Hier sind sie nicht. Ach, ich habe vergessen, den Computer auszumachen. Könnten Sie nicht schon einmal in meinem Büro schauen, ob Sie meine Schlüssel dort finden?«

Schritte entfernten sich auf dem Flur, und Dodo zischte.

»Verdammt, sieh zu, daß du hier rauskommst. Der Nebeneingang ist offen. Schnell!«

Ich erhob mich. Dodo stand an der Tür und hob warnend die Hand.

»Und, haben Sie sie gefunden?«

»Nein«, hörte ich die Stimme des Pförtners.

»Schauen Sie doch bitte in den Schubladen nach, ich bin hier ... los!«, zischte sie mir zu, »gleich fertig.«

Vorsichtshalber zog ich die Schuhe aus. Dann rannte ich los. Den Flur entlang, die Treppe hinunter. Niemand begegnete mir. Unbemerkt kam ich aus dem Gebäude und stand endlich auf dem Josefsplatz. Ich war wieder in Freiheit.

Dann plötzlich Blitzlichter, ein Raunen ging durch die Menge. Köpfe drehten sich in meine Richtung. Ich hatte das Gefühl, daß mich alle anstarrten. Und dann ein Scheinwerfer, genau auf mich gerichtet. Mein Kopf ging nach oben. Über den Platz war ein Seil gespannt. Auf diesem schwang ein Mann in einem silbernen Trikot. Ich setzte mich auf die Stufen am Haupteingang und schaute zu, wie er sich, die Arme ausgebreitet, an einer langen Stange festhielte, die in der Luft schwebte. Ein Lebenskünstler, der mit seinem Leben spielte. Wie Theresa.

In diesem Moment kam Dodo aus dem Gebäude. Meine Tränen begannen zu laufen. Sie versuchte mich zu trösten. Es gelang ihr erst, als sie versprach, in Washington nachzuforschen, was es mit den Dateien, die ich notiert hatte, auf sich hatte. Denn schließlich hatte jeder zum Tod Verurteilte einen letzten Wunsch frei.

24

Gründonnerstag, 10.00 Uhr

War es ein Zeichen, daß ich in dieser Nacht fest und traumlos schlief? War ich dem Tod so nahe gekommen, daß die Seele sich schon ein Stück entfernt hatte und meinen Körper gefühllos zurückließ? Ich hatte keine Zeit, mir darüber Gedanken zu machen. Ein neuer Tag, der nächste Schritt.

Als ich frühstückte, stand plötzlich Fanny Semek an meinem Tisch, mit einem Gesichtsausdruck, der schlechte Laune verhieß. Ich wünschte sehnlichst, sie würde den Helm, den sie unter dem Arm trug, wieder aufsetzen. Sie setzte sich, ohne daß ich sie dazu aufgefordert hatte.

»Wo, verdammt noch mal, waren Sie? Ich habe gestern immer wieder versucht, Sie zu erreichen!«

»Ich konnte es in meinem Zimmer nicht mehr aushalten.«

»Ich dachte, Sie brächten es nicht fertig, rauszugehen?«

Ich köpfte mit einem Schlag das Ei genau oberhalb des flüssigen Eigelbs. »So ändern sich die Zeiten.«

»Hören Sie auf damit. Ich glaube Ihnen sowieso nicht, wenn Sie mir etwas von einem Spaziergang erzählen. Sie waren Stunden unterwegs.«

»Ich war in der Bibliothek, habe gearbeitet. Gibt es etwas Neues?«

»Ja, der Fall Ihrer Freundin ist endgültig der Abteilung für Verkehrsunfälle zugeordnet worden.«

»Wieso?«

»Wieso? Wahrscheinlich weil es ein Unfall war, oder?«

»Sie haben zwei Leichen und lassen sich eine wegnehmen?«

»Hören Sie, Marie Zanardi wurde in Frankfurt ermordet, so daß die Zuständigkeit bei der dortigen Mordkommission liegt, zweitens und zum letztenmal: Es gibt bei Ihrer Freundin keinerlei Hinweise auf einen Mord. Sie fahren am besten nach Hause.«

»Ich verspreche Ihnen, morgen sind Sie mich los.«

Sie zog die Schachtel Roth-Händle hervor und zündete sich eine Zigarette an.

»Nun gut«, sie klang etwas versöhnlicher, »was sagen Sie dazu? Die Frankfurter Kripo sucht nach drei Mitarbeitern der Firma, auf deren Baustelle die Leiche gefunden wurde. Sie haben in demselben Hotel gewohnt wie Marie Zanardi und sind am Morgen nach dem Mord zurück nach Litauen, Lettland oder Estland.«

»Dann sind sie hinter dem Eisernen Vorhang verschwunden.«

»Den gibt es nicht mehr. Wenn sie Geld brauchen, kommen sie wieder.«

Die Hälfte der Zigarette verglühte im Aschenbecher. Fanny Semek zündete sich die nächste an. Die vorletzte in der Pakkung!

»Dr. Kerzl und dieser Widerhofer«, meine Stimme wies erste Anzeichen einer Rauchvergiftung auf, »haben beide in der Wipplingerstraße Büroräume beziehungsweise ihre Praxis. Und Conrad Padowetz arbeitet in der Kanzlei von Dr. Kerzl.«

»Der war mir doch gleich unsympathisch!«

»Und Theresa hat doch die Nacht bei ihm verbracht. Sie hat«, meine Stimme stockte, »sie hat versucht mit mir zu telefonieren, als der ... angebliche Unfall passierte. Sie hat auf meine Mailbox gesprochen. Genau in dem Moment, als ich versucht habe, sie anzurufen.«

»Verdammt!«

»Verdammt, ja genau! Erzählen Sie das Ihren Kollegen!«

»Besser nicht!«

»Wieso?«

»Weil der Polizeipräsident, nachdem ich die Sprache auf Dr. Kerzl brachte, persönlich interveniert hat.«

»War sein Urgroßvater zufällig Leibarzt?«

Ich hatte es als Scherz gemeint, aber Fanny Semek drückte die Zigarette aus, zerknüllte die Schachtel und zielte genau auf den Papierkorb.

»Genau so ist es. Sein Großvater Carl Jerzabek leitete die Ermittlungen in Wien im Fall des Attentats auf die Kaiserin Elisabeth in Genf am neunten September 1898.«

»Wie haben Sie das herausgefunden?«

»Das ist ein offenes Geheimnis. Er gibt damit an, seit ich ihn kenne.«

Alles war offenbar wirklich. Nichts hatte ich mir eingebildet. Ich fragte mich jetzt nur noch, welche Rolle mein Vater bei der Sache spielte.

»Und jetzt?«

Es dauerte eine Weile, bis Fanny antwortete. Sie holte aus ihrem Rucksack eine neue Schachtel Zigaretten und wickelte sie aus dem Zellophanpapier. »Am besten, Sie lenken sich bis zu Ihrer Abreise in der Stadt ab!«

»Ich könnte Conrad unter die Lupe nehmen.«

»Lassen Sie davon die Finger. Wenn Ihre Freundin tatsächlich die Nacht mit ihm verbracht hat, dann muß es einen

Grund geben, weshalb er lügt. Ich habe keine Lust, daß Ihnen dasselbe passiert wie ihr.«

»Ich auch nicht.«

»Vielleicht gehen Sie in die Kapuzinergruft und schauen sich die Sarkophage an, obwohl, das ist keine gute Idee ... Nein, gehen Sie in den Prater! Fahren Sie Riesenrad! Von oben sieht alles anders aus. Klein und nichtig!«

»Ich glaube, Marie Zanardi hat Dokumente nach Washington geschleust.«

»Ihr Büro wurde untersucht, ohne Ergebnis. Das einzige, was wir gefunden haben, war ein Aktenordner voller Zeitungsartikel über Adelige Wiens.«

»Was für Artikel?«

»Nichts Besonderes. Ein Artikel über die Hochzeit einer Ururenkelin der Kaiserin Elisabeth mit irgendeinem Reichsgrafen. Berichte über die Rückkehr der Kaiserin Zita. Ach ja, und ein Interview mit Frau Padowetz, der Mutter ihres Bekannten.«

»Na also!«

»Was heißt da ›na also‹? Nicht mehr als das übliche Blabla. Wissen Sie, in Österreich ist das nichts Außergewöhnliches, auch wenn der Adelstitel eigentlich 1919 juristisch abgeschafft wurde. Übrigens, viele Grüße von Kommissar Fischer.«

Sie hatte es geschafft, sich eine dritte Zigarette anzuzünden.

»Ron Fischer? Ich habe gerade ein Gutachten für ihn erstellt. Ein Schädel, der in einer Müllsortieranlage gefunden wurde.« Sie sollte wissen, daß mir anderswo Kompetenz zugesprochen wurde.

Sie stand auf. »Ich muß los. Passen Sie auf sich auf. Genießen Sie ab sofort Wien, und machen Sie sich einen schönen Tag!«

Wer nicht mehr weiterweiß, greift in Frankfurt zum Handy, besucht in Bad Nauheim die Trinkhalle, in München sonnt man sich eine Runde nackt im Englischen Garten, in Berlin geht man in eine Bar für Transvestiten. Der Wiener geht ins Kaffeehaus. Ich setzte mich gegenüber von Widerhofers Praxis an einen Tisch direkt am Fenster und bestellte meinen Tee.

Ich hatte gehofft, den Verein zu finden, von dem Dodo gesprochen hatte. Doch ich hatte keinen Erfolg. Es gab in dieser Straße alles mögliche, den Verlag Donauedition, ein Architekturbüro, eine Versicherung, eine Medienagentur Danuvius, die Kanzlei Kerzl & Partner und Widerhofers Praxis. Alles war in zwei benachbarten Gebäuden untergebracht. Meine Zeit in Wien lief ab, und ich hatte nichts erreicht, nur verloren. Im Zeitalter der Information bildet man sich nur ein, mehr zu wissen. Die Wahrheit jedoch ist, daß überflüssige Informationen unnötig Speicherplatz belegen, und man hat keine Kapazitäten mehr frei, Zusammenhänge herzustellen.

Alles, was ich nach einer Stunde Kaffeehaus erreicht hatte, war die Erkenntnis, daß der Tee in Wien nach Kaffee schmeckte und vermutlich Stoffe enthielt, die den obligatorischen Heißhunger auf Schokolade bewirkten sowie das unwiderstehliche Bedürfnis einen Meßbecher Sahne auszutrinken. Ich bestellte ein Stück Linzer Torte. Auf der Straße war nichts los, und als der Kuchen kam, stellte ich fest, daß er die Konsistenz mumifizierter Haut hatte. Ich überlegte, ob ich Dr. Veit anrufen sollte, um zu fragen, ob es etwas Neues gab. Vielleicht fehlte mir nur einfach eine männliche Stimme als Gegengewicht für meinen Hormonhaushalt.

Ich beschloß zu zahlen, ins Hotel zurückzukehren und mich dort zu übergeben, als Bewegung in die Sache kam. Conrad tauchte auf in Begleitung eines Mannes, den ich für Dr. Widerhofer hielt. Zumindest war es derselbe Brillenträger, der hinter dem Vorhang seines Sprechzimmers auf mich heruntergesehen hatte. Sie betraten zusammen das Haus gegenüber. Und als ich gerade den Tee und den Kuchen bezahlt hatte, fuhr ein silberner Mercedes vor. Zwei Männer stiegen aus. Der Südländer, der vor mir die Auktion verlassen hatte, und ein hochgewachsener älterer Mann, das dichte graue Haar ordentlich wie Akten auf der rechten Kopfhälfte geschichtet.

»Stimmt so«, rief ich dem Kellner zu und rannte mit der mumifizierten Torte im Magen über die Straße. Die Tür schlug direkt vor meiner Nase zu. Ohne zu überlegen, klingelte ich Sturm an verschiedenen Klingeln. Jemand öffnete, und ich kam gerade noch rechtzeitig zum Aufzug, um zu erkennen, daß der Lift im fünften Stock hielt, wo die Medienagentur Danuvius ihren Sitz hatte. Die Fahrt nach oben war zu kurz, um Pläne zu schmieden, doch wenn ich beruflich taktlos genug war, die Totenruhe nach Jahrhunderten zu stören, konnte ich auch in eine Versammlung Lebender platzen.

Ich stieg aus dem Fahrstuhl und befand mich auf einem Flur, dessen Größe und Gestaltung mich sprachlos gemacht hätte, hätte ich einen Gesprächspartner gehabt. Er schien größer zu sein, als das Gebäude von außen vermuten ließ, und war in der Form eines Kreuzes geschnitten. Links von mir erstreckte sich der Flur in einer Länge von zirka acht Metern. An jeder Seite befanden sich drei Türen. Zwei Meter rechts von mir kreuzte der Flur ein Querschiff, wie in einer Kirche, um sich dann auf der anderen Seite weitere acht Meter zu erstrecken.

Der Schnittpunkt zwischen Längs- und Querschiff war rund gestaltet. Er endete oben in einer Kuppel, die aus einem Flechtwerk kleiner bunter Glasscheiben bestand und von sechs Säulen gestützt wurde. Als hätte man versucht, hier eine geheime Kapelle zu verstecken. Ich ging zunächst nach links den Flur entlang. Messingschilder an den Türen zeigten die römischen Ziffern von I bis XI. Vielleicht verfolgte die Medienagentur ein neues, kreatives Konzept nach dem Vorbild mittelalterlicher Klöster.

Dann erst trat ich in das Rondell auf die gläserne Säule in der

Mitte zu, die mindestens zweieinhalb Meter hoch war. Hinter dem Glas wurden Ausstellungsstücke angestrahlt, wie man sie in Museen findet – Tafelsilber, Geschirr, Bücher, Briefe, Schmuck. Und besonders ein Teil fiel mir ins Auge: ein Armreif, wie er im Auktionskatalog abgebildet gewesen war – und bis ins Detail gestaltet wie der, den Marie Zanardi an dem Tag getragen hatte, als sie vor meiner Tür stand.

Es war besser, so schnell wie möglich zu verschwinden. Wenn sich Widerhofer und Co. auf diesem Stockwerk befanden, konnten sie mich jederzeit entdecken.

Ich ging zum Aufzug und holte ihn zurück. Eine Tür fiel zu. Ich drehte mich um, doch niemand war zu sehen, und ich hörte bereits, wie sich die Kabine des Fahrstuhls nach oben bewegte. Nur noch wenige Sekunden, und ich wäre hier raus. Plötzlich wünschte ich mir, heute schon zurückfliegen zu können. Ich wollte nicht länger darauf fixiert sein, wilden Spekulationen hinterherzujagen.

Die Aufzugtür öffnete sich. Ich machte einen Schritt nach vorne und trat ins Leere, fiel durch diese Leere, bis ich hart aufschlug. Mein Hinterkopf spaltete sich in zwei Teile.

Wäre ich in einem dunklen Kellerverlies wieder zu mir gekommen, auf modrigem Kellerboden liegend, an Händen und Füßen an der feuchten Wand angekettet wie der Graf von Monte Christo, hätte ich mich weniger gewundert. Statt dessen lag ich in einem hellen, freundlichen Büro, ausgestattet mit einem Computer, einem Telefon, kurz allen Hilfsmitteln, um Kontakt zur Außenwelt aufzunehmen.

Es dauerte eine Weile, bis ich begriff, daß es sich um das Sprechzimmer eines Arztes handelte. Ich erkannte zahlreiche Lehrbücher, auf dem Schreibtisch lag ein Blutdruckmeßgerät, an der Wand gegenüber war hinter einer Scheibe aus Milchglas ein Waschbecken zu erahnen.

Ich hob den Kopf, doch augenblicklich wurde mir schwindlig, und dröhnende Kopfschmerzen setzten ein, wie ich sie noch nie erlebt hatte. Sie drangen vom Hinterkopf in die vorderen, noch unzerstörten Gebiete meiner Stirnhöhle vor, erkämpften sich den Weg durch die Augenhöhlen, jagten die Speiseröhre hinab in den Magen. Mir war verdammt übel. Meine Hand griff nach hinten. Jemand hatte meinen Hinterkopf mit Pflaster verklebt. Vorsichtig legte ich den Kopf auf die Liege zurück und wartete, bis meine Augen damit aufhörten, alles schwarzzumalen.

Ich weiß nicht, wieviel Zeit vergangen war, als ich genügend Energie gesammelt hatte, um mit der Hand nach meinem Rucksack zu tasten. Ich konnte ihn nicht finden. Ich bewegte nur die Augen, um die Umgebung abzusuchen, aber ohne Erfolg. Man hatte meine Sachen weggenommen. Nichts war mir geblieben. Geld, Ausweis, das Flugticket, das Handy … alles weg! Ich richtete den Oberkörper auf. Er war schwer, so schwer, daß ich das Gefühl hatte, er würde mich nun mein Leben lang nach unten ziehen. Durch die Bewegung stieß mein Fuß an etwas, das zu Boden fiel. Im Zeitlupentempo drehte ich den Kopf nach unten, Richtung Boden. Wo mein Rucksack lag. Offenbar hatte ihn jemand zu meinen Füßen gelegt, wie man es bei Bestattungen macht, wenn man dem Verstorbenen etwas mit auf die Reise geben will.

Diese Aussicht machte mich lebendig. Plötzlich stand ich, nein, ich schwebte. Zumindest fanden meine Beine keinen Halt, ich mußte mich festhalten, um nicht umzukippen. Ich ignorierte den Schmerz im Kopf, die Knie gaben nach, meine Hand griff nach dem Rucksack, und wieder lag ich auf der Liege. Ich zog das Handy hervor und wählte Fanny Semeks Nummer. Doch es blieb dunkel. Kein Empfang. Keine Energie. Keine Hilfe. Heute morgen hatte der Balken noch angezeigt, daß die Hälfte der Energieleistung zur Verfügung stand.

Offenbar war es wie mit der Tankanzeige meines alten roten Volvos. Hunderte von Kilometer bewegte sich die Anzeige nicht, bis sie über Nacht auf Null rutschte.

Ich überlegte gerade, wo ich das Aufladegerät hatte, als die Tür aufging und der Mann eintrat, den ich für Widerhofer hielt. Er streckte mir die Hand entgegen. »Wie geht es Ihnen?«

»Danke gut!« antwortete ich automatisch.

»Dann wollen wir mal sehen.« Er hielt mir den Leuchtstab in die Augen. »Sie haben eine schwere Gehirnerschütterung und sollten die nächsten Tage im Bett bleiben. Wann fliegen Sie nach Frankfurt zurück?«

»Morgen.«

»Haben Sie jemanden, der sich hier um Sie kümmert?«

Doch bevor ich mich noch entscheiden konnte, fuhr er schon fort.

»Dr. Padowetz wartet draußen.«

»Was ist passiert?«

Er setzte sich an den Schreibtisch, nahm einen Kugelschreiber und legte eine Karteikarte vor sich hin.

»Sie hatten offenbar einen Kreislaufkollaps. Sie haben die Tür blockiert und damit den ganzen Aufzug.«

»Jemand hat versucht, mir den Schädel einzuschlagen.«

»Wie lange leiden Sie bereits unter Verfolgungswahn?«

Meine Hand faßte nach hinten. »Woher kommt sonst das Loch am Hinterkopf?«

»Das kann ich Ihnen sagen. Sie sind nach hinten gekippt, genau an die Kante des Türrahmens. Der ist aus Metall und ziemlich scharfkantig. Die Putzfrauen werden ihre Freude haben, wenn sie die Blutspur sehen. Trinken Sie das, das hilft gegen die Schmerzen.«

Er reichte mir einen kleinen Becher mit einer milchig weißen Flüssigkeit. Ich hätte alles getrunken, um die Kopfschmerzen loszuwerden.

»Aber bevor ich Sie Padowetz übergebe, sollten wir uns unterhalten. Sie lassen nicht locker, oder?« Er notierte etwas auf der Karte.

Ich zuckte mit den Schultern.

»Sie sollten sich nicht in die Sache hineinsteigern. Überlassen Sie es der Polizei, sich darum zu kümmern. Ich könnte mir vorstellen, daß der Kreislaufkollaps mit diesen ganzen Aufregungen zusammenhängt. Dr. Padowetz hat erzählt, daß Ihre Freundin einen Unfall hatte.« Er hob den Kopf. Der neugierige Blick wurde durch die dicken Brillengläser vergrößert.

»Ja, aber ich glaube ...«

»Haben Sie die letzten Tage andere Beschwerden bemerkt? Außer der Kreislaufschwäche? Übelkeit, Erbrechen, Schwindel, Schweißausbrüche, Schlafstörungen?«

»Nein!«

»Vielleicht gibt es auch eine andere, eine körperliche Ursache, doch ich tippe auf seelische Probleme. Gibt es Nervenleiden in Ihrer Familie?«

»Nein.«

»Wieviel Alkohol trinken Sie täglich?«

»Ich trinke keinen Alkohol.«

»Rauchen Sie?«

»Nein.«

»Haben Sie Probleme mit der Haut, Ihrer Verdauung? Andere nervöse Beschwerden? Angstzustände, Konzentrationsbeschwerden, Stimmungsschwankungen?«

»Hören Sie, was soll das, ich ...«

»Hatten Sie in letzter Zeit ein traumatisches Erlebnis?«

»Das wissen Sie doch genau.«

»Wie haben Sie reagiert? Aggressiv, mißtrauisch?«

»Wie würden Sie darauf reagieren, wenn Ihre beste Freundin umgebracht wird?«, brach es aus mir heraus. Das war ein Fehler. Dr. Widerhofer notierte sich alles, was ich von mir gab. Vermutlich machte er für die Stärke meiner Wut auf einer Gefühlsskala von null bis zehn das Kreuz bei der Neun.

»Soweit ich weiß, war es ein Unfall.«

»Was wissen Sie denn schon?« Meine Wut erreichte die Zehn! Sie hatte eine Kraft, eine Energie, die die Kopfschmerzen besser verschwinden ließ als jedes Medikament.

»Beruhigen Sie sich. Wir sind gleich fertig. Haben Sie Probleme in Ihrer Partnerschaft?«

Die Fragen laugten mich aus. »Ich habe derzeit keinen Partner.«

»Vielleicht ist das Ihr Problem. Wie ist Ihre Beziehung zu Ihrem Vater?«

»Wie hätten Sie es gerne?«

»Weiß er, warum Sie in Wien sind?«

Plötzlich wußte ich, was ich zu tun hatte. Ich mußte nur schweigen. Ich mußte es endlich einmal schaffen, im richtigen Moment mein gottverdammtes Maul zu halten.

»Hat er Sie geschickt?«

Ich schaute zur Seite, Richtung Fenster. Ich würde keinen Ton mehr sagen. Es fiel mir nicht schwer. Denn plötzlich fühlte ich mich völlig ruhig. Die Kopfschmerzen hatten sich in Luft aufgelöst. Mein Körper war mit Watte gefüllt. Mich überkam eine Gleichgültigkeit, wie man sie aus Filmen kennt, in denen künstlich geschaffene Geschöpfe in der Welt der Menschen und ihrer Gefühle herumirren. Unfähig zu begreifen, was das Wort *Gefühl* meint. Ich stand auf.

»Warten Sie«, hörte ich Widerhofer sagen, »ich helfe Ihnen. Dr. Padowetz wartet draußen auf Sie.«

Vor der Tür stand Conrad. Er sah wirklich besorgt aus. Allerdings ließ meine Sehkraft zu wünschen übrig. Nichts konnte ich mehr wirklich erkennen. Und vermutlich täuschte ich mich in dem Blick, den Conrad mit Widerhofer wechselte. Ein Blick, der zu sagen schien: Schaff sie mir vom Hals!

25

Gründonnerstag nachmittag

Conrad redete auf mich ein. Er habe mit Isabella telefoniert und beschlossen, mich zu seiner Mutter zu bringen, die sich um mich kümmern sollte. Ich sei zuviel allein gewesen. Als ich in der Eingangshalle des Hauses stand, in dem seine Mutter wohnte, hatte ich das Gefühl, meine Knochen hätten sich aufgelöst. Ich bestand nur noch aus Weichteilen. Das Schmerzmittel, das Dr. Widerhofer mir eingeflößt hatte, entfaltete seine volle Wirkungskraft. Ich brachte keinen Widerstand mehr auf.

Der Boden war aus hellgrauem Marmor. In der Mitte war ein Quadrat aus schwarzen Platten eingelassen. Links stand ein reich verzierter Holzschrank auf sogenannten Löwenfüßen, darauf eine weiße Marmorbüste, die Conrad ähnelte. Eine um die zwei Meter breite, helle Eichentreppe führte in den ersten Stock, vorbei an Porträts alter Leute in schweren Goldrahmen.

Wir hatten uns nie getroffen, aber Conrads Mutter umarmte mich, als hätte sie jahrelang unter unserer Trennung gelitten. Sie trug eines dieser Kostüme, die zeitlos wirken sollen, die aber einfach nur grau sind. Darunter einen weißen Rollkragenpullover. Die halblangen blonden Haare waren fest mit Haarspray eingesprüht. Ich stellte es mir unangenehm vor, den Klebstoff am Abend mit einer Drahtbürste herauszubürsten. Aber vielleicht war es eine alternative Methode zur Stromgewinnung.

»Meine Liebe«, begann sie, »wie schrecklich, was mit deiner Freundin passiert ist. Warum hast du mich denn nicht früher kontaktiert? Und was soll das, daß du in einem Hotel abgestiegen bist? Ich habe mit Isabella telefoniert und sie beruhigt, daß ich mich jetzt um dich kümmern werde. Du siehst blaß aus, meine Liebe.«

Sie führte mich in eine Art Wohnzimmer, wo ich in einem roten Plüschsofa versank. Ich weiß nicht, ob es die Benommenheit durch das Schmerzmittel oder das weiche Sofa war, das mich nachgiebig und schläfrig machte.

»Ich glaube, du solltest dich erst einmal hinlegen und ausruhen. Ich zeige dir dein Zimmer.«

Ich widersprach nicht und folgte ihr in den ersten Stock, vorbei an der langen Reihe Porträts, die mich anstarrten.

»Hier ist das Gästezimmer, nebenan dein eigenes Bad, und hier ist eine Klingel. Wenn du etwas brauchst, benutze sie bitte auch. Dafür ist sie da. Keine Scheu, meine Liebe. Wir sind wirklich froh, dich hierzuhaben.«

Inzwischen hatte ich genug von »Meine Liebe«.

Ich legte mich in das Bett mit der weißen Satinbettwäsche, die glänzte, als sei sie völlig neu. Vermutlich wurde sie nach jedem Besuch weggeworfen. Ich fiel sofort in tiefen Schlaf.

Als ich aufwachte, war es völlig still und dunkel.

Der Schmerz in meinem Hinterkopf hatte eine natürliche Form angenommen. Er kam mir vor wie die normale Begleiterscheinung einer mittelschweren Platzwunde. Ich fühlte mich noch immer benommen und verspürte eine leichte Übelkeit. Offenbar war die Bettwäsche hochprozentig parfümiert. Es wurde Zeit, daß ich hier rauskam. Es wurde Zeit, daß mein Kopf klar wurde.

Was war passiert?

Ich war auf der Büroetage dieser Agentur gewesen und dann offensichtlich zusammengeklappt. Und ich hatte mich in allem geirrt. Weder Widerhofer noch Conrad hatten offenbar mit dem Mord an Marie Zanardi etwas zu tun. Plötzlich wollte ich nur noch nach Hause. In die frisch renovierte Wohnung. Ein neues Leben anfangen. Ich brauchte dringend ein Telefon.

Ich ging hinaus auf den Flur und hatte keine Vorstellung, wie spät es war. Meinem Gefühl nach konnte es nicht später als sieben Uhr abends sein, doch genausogut hätte es auch schon nach Mitternacht sein können. Über dem Haus lag absolute Stille. Es war so groß, daß es alle Geräusche verschluckte, und lag in einem Viertel, in dem jedes Grundstück mindestens 2000 Quadratmeter maß. Weit und breit kein Nachbar. Vor dem Fenster im Treppenhaus war nur der Park, der bei schönem Wetter sicher ein Paradies war, jetzt aber vor Nässe tropfte und vor sich hin schimmelte. Modrig kroch an der Hauswand der Efeu nach oben. Ich ging die Treppe ins Erdgeschoß hinunter.

Ich tastete mich die Wand entlang und versuchte einen Lichtschalter zu finden, aber entweder gab es hier noch keine elektrische Versorgung, oder die Lichtschalter waren versteckt. Vom anderen Ende des Flurs, wo das Treppenhaus war, sah ich einen hellen Schimmer, dem ich folgte. Das Licht kam aus einem der Räume unten, gegenüber dem Hauseingang, zu dem eine breite weiße Tür mit einem schmalen Oberlicht führte. Ich ging direkt auf sie zu, vorbei an der Büste, und warf einen Blick in den Spiegel über ihm. Mein Gesicht war so weiß satiniert, als hätte die Bettwäsche abgefärbt. Meine Locken hatten sich verfilzt. Ich drehte mich über die Schulter und nahm den Hinterkopf in Augenschein. Jemand hatte ein Loch in die Haare geschnitten und über die kahle Stelle ein Pflaster geklebt.

Es sah grauenhaft aus. Wie das löchrige Gefieder einer Krähe. Ich fragte mich nur, was Widerhofer mit meinem Skalp anfing.

Ich ging auf die Tür zu und war schon fast dabei, sie zu öffnen, als ich Conrads Stimme hörte. Und darauf die seiner Mutter.

»Es muß Schluß sein!« hörte ich ihn sagen.

»Dann beende die Sache endlich!« erwiderte seine Mutter.

»Es sah alles so gut aus. Die Männer sind abgetaucht, die Polizei geht von einem Unfall aus, das hat mir Jerzabek versichert.«

»Mußtest du aber auch ausgerechnet mit dieser Theresa etwas anfangen?«

»Ich konnte doch nicht ahnen, daß sie so neugierig war und in meiner Wohnung herumschnüffelte.«

»Du vertraust den Frauen allzusehr, mein Lieber! Sie lieben dich, das macht dich zu vertrauensselig – wie deinen Vater! Meinst du, sie hat tatsächlich etwas gefunden?«

»Sie saß an meinem Schreibtisch und hatte die Mappe vor sich, als ich aus der Dusche kam. Aber sie hat nichts mitgenommen. Da bin ich sicher. Ihre Handtasche war so klein, da hätte nicht einmal ihr Gehirn hineingepaßt.«

Aber sie war groß genug für das Handy gewesen.

»Was ist mit dieser jungen Frau, der Schwägerin von Isabella?«

»Franka? Widerhofer hat ihr ein starkes Beruhigungsmittel gegeben. Das wird sie für heute außer Gefecht setzen.«

Ich atmete tief durch: *von wegen!*

»Ich werde mich um sie kümmern.« Frau Padowetz klang kalt wie ein Eisbein aus der Tiefkühltruhe. »Wir behalten sie hier, und morgen bringe ich sie pünktlich zum Flughafen.«

»Dann hole ich am besten ihr Gepäck aus dem Hotel.«

»Was weiß sie wirklich?«

»Nichts. Und es gibt auch nichts, was sie wissen kann. Wir haben Maries Unterlagen gefunden. Sie sind bereits auf den Weg in die Schweiz!«

»Und diese Briefe, nach denen ihr gesucht habt?«

»Darum kümmert sich Frankfurt.«

»Ihr hättet dieser Marie nicht vertrauen sollen. Ich habe es euch gleich gesagt. Sie war eine Lügnerin. Nichts als eine Lügnerin. Eine Frau, die Ruhm wollte, sonst nichts.«

»Wir haben ihr nicht vertraut. Sie hat uns vertraut, das war ihr Problem.«

Ich hatte mich nicht getäuscht. Theresa hatte bei Conrad übernachtet und war auf Material gestoßen, das Marie Zanardi betraf.

Plötzlich wurde mein rechter Arm nach hinten gerissen; ich spürte, wie er aus dem Schultergelenk sprang.

»Keinen Ton! Sonst schlage ich Ihnen die Zähne ein!«

Diese Stimme hatte ich schon einmal gehört, eine Stimme, die auf einen mächtigen Resonanzboden stieß. Nur wo?

Der Schmerz schoß durch das Schultergelenk, den Rücken hinunter. Ich unterdrückte gerade noch den Schrei. Ich hatte keine Lust, meine Zähne zu verlieren.

Der Mann hinter mir zog mich Richtung Eingangsportal. Ich mußte rückwärtsgehen, hatte nicht die Möglichkeit, ihm in die Augen zu sehen. Ich konzentrierte mich darauf, nicht zu stolpern. Er zischte immer wieder: »Keinen Ton!«

Wir waren an der Tür angekommen. Ich trug nichts als ein dünnes T-Shirt und Jeans. Die kalte Luft hatte die Wirkung einer Eispackung. Der Schmerz in der Schulter ließ kurz nach.

Erst als wir draußen waren und auf dem Kies standen, ließ der Mann mich los. Ich drehte mich sofort um. Ich hatte mich nicht geirrt. Es war der Mann von der Baustelle, der mich vertrieben hatte.

»Was wollen Sie von mir?«

Seine Hand griff nach meiner Schulter und riß mich nach hinten. Es hätte mich nicht gewundert, hätte es geknirscht und er hätte das Gelenk plötzlich in der Hand gehalten.

»Was ich von Ihnen wissen will? Was Sie gefunden haben!«

»Was soll ich denn gefunden haben? Ich weiß überhaupt nicht, wovon Sie sprechen!«

»Ich weiß, daß Sie in der Bibliothek etwas gesucht haben. Wo ist das Material, das diese Verrückte gesammelt hat? Es muß eine Kopie geben!«

»Welche Verrückte?«

»Fragen Sie nicht so verdammt viel. Sie wissen, wen ich meine!«

Ich konnte mir vorstellen, daß er von Marie Zanardi sprach, aber im Moment war die einzige Möglichkeit, die ich hatte, Zeit zu schinden, indem ich Gegenfragen stellte.

»Ich habe keine Ahnung! Ich bin hier, um Wien zu besichtigen. Ich bin eine ... einfach eine Touristin. Und ich habe keinen blassen Schimmer, was Sie von mir wollen.«

»Was ich von Ihnen will, werden Sie schon noch spüren. Von wegen Touristin! Denken Sie an Ihre Freundin!«

»Was wissen Sie darüber? Haben Sie den Unfall ...?«

»Ich? Nein! Solche Dinge erledige ich nicht selbst!«

Der Schmerz war unerträglich.

»Was ich von Ihnen will? Die Kopie. Ich habe Sie seit Frankfurt beobachtet, Sie und ihre Freundin, die so dumm war, sich mit Padowetz einzulassen. Ich weiß, wer Sie sind, wer Ihr Vater ist. Ich lasse Sie erst gehen, wenn Sie mir gezeigt haben, was diese durchgeknallte Marie gesammelt hat. Ich glaube nicht, daß Sie sich überhaupt vorstellen können, was für einen Wert es hat. Was dann mit Ihnen passiert, werden wir ja sehen. Ich jedoch werde auf meiner nächsten Baustelle in Prag sein, wenn Ihnen etwas passiert.«

Der Schmerz ließ etwas nach, ich konnte wieder freier atmen. »Natürlich kann ich mir das alles nicht vorstellen, weil ich nicht die leiseste Ahnung habe, wovon Sie reden.«

»Aber Sie sind in das Innere einer geschlossenen Gesellschaft eingedrungen, ohne anzuklopfen!«

Vielleicht konnte ich Zeit schinden, wenn ich auf ihn einging? »Ich gebe ja zu, ich weiß, daß Marie Zanardi recherchiert hat. Sie sagen mir, wonach Sie suchen, und ich überlege, wo wir es finden können. So viel verstehe ich immerhin von der Sache, daß ich weiß, daß Marie Zanardi dachte, die Urenkelin der Kaiserin Elisabeth zu sein …«

Er lachte kurz auf. »In der Tat, das dachte sie, und darum meinte sie auch, sie hätte ein Recht, alles zu wissen und alles zu verstehen. Sie war so verdammt überheblich, daß sie sich einbildete, sie könnte die Geschichte umschreiben.«

»Aber gibt es überhaupt etwas Neues, was sie erfahren konnte? Diese Kaiserin wurde doch schon bis ins letzte Detail ausgeleuchtet. Was also sollte es sein, das aufregend Neue?«

»Das aufregend Neue?« fragte er mit ironischem Unterton. »Was denken Sie denn, warum bis jetzt nur ein Bruchteil der Wahrheit bekannt wurde? Glauben Sie wirklich, eine halbe Wahrheit ist überhaupt die Wahrheit?«

»Wovon um Himmels willen sprechen Sie?«

»Davon, daß ich nicht weiß, was dieses Material enthält, aber daß eine Menge wichtiger Leute daran interessiert ist, daß die Öffentlichkeit es nicht zu sehen bekommt oder erst dann, wenn die Herren es wollen.«

»Welche Herren?«

»Die Herren, die den Markt Habsburg beherrschen, die die Kontrolle haben über alles, was es an Material und Dokumenten über die Habsburger und besonders die Kaiserin gibt. Denn mit der Marke Sisi ist Geld zu verdienen. Oder sind Sie etwa so naiv zu glauben, das, was in den Geschichtsbüchern steht, sei die Wahrheit?«

»In der Regel schon, ich bin selbst Wissenschaftlerin.«

Er lachte. »Es gibt kaum einen Fall der Kriminalgeschichte, bei dem von offizieller Seite so viel vertuscht und verschleiert wurde wie beim Tode der Kaiserin. Was passiert ist? Das, was in solchen Fällen immer passiert. Material verschwindet, Beweise werden beseitigt, und einer muß büßen. Im Fall der Kaiserin dieser verrückte arme Tropf Luigi Lucheni, der angeheuert wurde, um die Kaiserin zu ermorden.«

»Von wem wurde er angeheuert?«

»Wer will schon eine verrückte Kaiserin? Immer wieder Dementis in den Zeitungen bringen zu müssen, nein, sie ist nicht verrückt, sie ist zur Erholung. So jemand ist untragbar, noch dazu in einer Zeit, in der die Monarchie sowieso kurz vor ihrem Ende stand.«

»Ziemlich stark, was Sie hier behaupten.«

»Jeder weiß, daß Lucheni ein Geständnis ablegte.«

»Und wo soll es sein, dieses Geständnis?«

»In der Schweiz. Wie alles. Es gibt eine Akte in der Schweiz, Nr. 13138 A. Nur ist die geschlossen. Bis ins Jahr 2030.«

»Wer entscheidet das?«

»Sie wollen Namen? Bitte! Conrad Padowetz zum Beispiel, der Ihre Freundin eine Nacht lang gevögelt hat.«

»Aber was sollte er für einen Grund haben? Das Ganze ist mehr als hundert Jahre her!«

»Was meinen Sie denn, was das bedeuten würde, käme das an die Öffentlichkeit?«

»Meinen Sie, der Skandal würde die Welt erschüttern? Ehrlich gesagt, ich glaube nicht, daß das heute noch jemanden groß interessiert. Das ist doch alles längst verjährt. Wen will man auch belangen? Es sind doch alle tot.«

»Ich sehe, daß Sie nichts verstehen. Was glauben Sie denn, was Padowetz tut? Er leitet die Medienagentur, die mit diesen Informationen handelt. Wissen Sie, welche gigantischen Geschäfte damit gemacht werden? Vierzig Millionen Euro verdient Österreich jedes Jahr mit seiner Geschichtsschreibung, mit dem Mythos Habsburg. Meinen Sie nicht, daß es sich lohnt, sich dafür die Vermarktungsrechte zu sichern, daß man genau überlegen muß, wann man mit welchen Informationen an die Öffentlichkeit geht? Jedes neue Foto, jeder neue Satz, jedes noch so winzige Detail ist eine Sensation und kann millionenfach verwertet, vermarktet werden. Zuerst Gerüchte über neue Originaldokumente. Damit heizt man den Markt an. Dann ein Vorabdruck in Teilauszügen. Und immer so weiter. Wie damals die Gedichte, aufbewahrt im Schweizer Bundesarchiv in Bern.

Ich werde das Material an die Presse verkaufen. Das ist nicht strafbar, und verdienen kann ich damit mehr, als Sie sich vorstellen können. Hier geht es um Rechte, verstehen Sie, um die Rechte daran, die Vergangenheit so zu präsentieren, daß sie weiter und weiter Geld bringt – aber diesmal in *meine* Tasche.«

»Aber Sie sind mitverantwortlich für den Tod an zwei Menschen!«

Er entgegnete nichts mehr, sondern stieß mich vor sich her den Kiesweg entlang. Zu einem schwarzen Jeep. Wie ein Leichenwagen. Er gab das Signal auf seinem Schlüssel, und ein Summen zeigte an, daß die Zentralverriegelung sich löste. Eine Minute später saß ich hinten. Bevor ich noch reagieren konnte, schlug er die Tür zu. Automatisch suchten meine Hände nach dem Türöffner, aber sie fanden ihn nicht. Licht fiel nur durch die Frontscheibe des Wagens. Genügend Licht, um festzustellen, daß ich in einem Zwinger saß. Hinter mir, rechts und links verdunkelte Scheiben, vor mir ein Hundegitter.

26

Gründonnerstag abend

Selbstmitleid ist nur etwas für Leute, die keine Probleme haben. Denn damit kann man keinen Blumentopf gewinnen, geschweige denn sein Leben retten. Menschen, die bereits knietief im Sumpf stecken, haben für Trägheit und Resignation keine Kapazitäten frei. Als Magnus abgereist war, hatte ich Zeit und Platz, um dieses Gefühl auszuleben. Ich konnte mich tagelang ins Bett legen und heulen. Ich konnte es mir leisten, niemanden in meine Nähe kommen zu lassen außer den Pizzaservice.

Jetzt sah die Sache anders aus. Ich konnte nicht lange überlegen, wie ich in diesen Käfig geraten war oder was ich falsch gemacht hatte. Statt dessen waren meine Gedanken nur darauf gerichtet, wie ich es schaffen konnte, dieses Auto zu verlassen, bevor Feifalik zurückkam.

Es war saukalt, und es stank nach Hundehaaren. Auf dem Grundstück herrschte Ruhe, diese trügerische Ruhe, wie man sie vom Zelten kennt, bevor ein Gewitter losbricht. Pullover und Jacke lagen oben im Zimmer. Ich trug lediglich ein Kurzarm-T-Shirt über der Jeans. Und die einzige Lichtquelle war ein kleines rotes Licht an der Innenleuchte, das in kurzen Abständen aufleuchtete.

Ich rüttelte an dem Hundegitter. Gab es nicht immer wieder Berichte über Menschen, die in Notsituationen überirdische Fähigkeiten und Kräfte entwickelten? Aber in so einer Notlage war ich offenbar nicht, oder ich versagte ganz einfach. Denn ich schaffte es nicht, das Gitter aus der Verankerung zu reißen.

Es ist gut, wenn man zu grundlegenden Lebenssituationen einen theoretischen Unterbau besitzt. Meine Mutter hatte mir angesichts von Alpträumen immer wieder erklärt, daß Angst als schützendes Alarmsystem auf Bedrohungen hinweist und hilft, sich in Gefahrensituationen richtig zu verhalten. Diese Erklärungen hatten mir damals nicht die Angst genommen, wenn ich schweißgebadet aus Alpträumen erwachte, und sie halfen mir auch jetzt nicht weiter. Außerdem tat mein rechtes Schultergelenk verdammt weh. Wenn ich mit der linken Hand daran faßte, fühlte ich eine Erhebung, die sich anfühlte wie ein verrutschtes Schulterpolster, das beim Waschen aus der Form gegangen ist, nur viel schmerzhafter.

Ich versuchte, meine anatomischen Kenntnisse der Mechanik dieses Gelenkes anzuwenden und das Schulterpolster wieder an die richtige Stelle zu befördern. Ich ließ den Arm nach unten hängen, beugte das Ellbogengelenk um 90 Grad und begann den Arm nach außen zu drehen. Dann biß ich die Zähne zusammen, hob den Arm am Ellbogen in die Waagerechte und führte dabei die Hand langsam zum gegenüberliegenden Schultergelenk. Nichts rastete ein, nur der Schmerz. Anschließend legte ich erst einmal den Kopf zurück, um mich zu erholen.

Gab es hier irgend etwas, das mir heraushelfen konnte? Nicht nur aus dem Auto, sondern auch aus diesem gottverdammten Wien!

Ich tastete mit den Händen die Umgebung ab. Das Auto war

verdammt dreckig. Sand, Kies. Alles feucht, Hundehaare blieben an den Händen kleben. Und dieser Geruch nach Lehm und Moder. Damit kannte ich mich aus, mit dieser Aura frisch aufgegrabener Erde.

Meine Finger stießen auf etwas aus Kunststoff, ich dachte zunächst, es sei eine Plane. Als ich es hochhob und abtastete, identifizierte ich es als eine dieser gelben Öljacken, wie man sie am Meer trägt. Ich zog sie über. Sie war überdimensional groß. Doch sie hielt die feuchte Kälte ab. Erneut machten meine Hände sich auf die Suche nach etwas Brauchbarem. Gummistiefel. Ein Zollstock. Ein Bauhelm. Arbeitshandschuhe. Ein Werkzeugkoffer.

Durch die Frontscheibe sah ich auf den Eingangsbereich der Villa, die im Dunkeln lag. Es war wie eine Kinoleinwand hinter Gittern. Jemand fuhr auf dem Kiesweg am Wagen vorbei. Es hörte sich nicht wie ein Auto an. Der Kies knirschte laut, als das Fahrzeug hielt. Dann hörte ich Schritte und sah einen Schatten auf die Haustür zugehen. Ich kroch bis vor an das Hundegitter. Die Bewegungsmelder sprangen an. Die Gestalt wurde angestrahlt. Sie zog den Helm ab. Langes Haar fiel über die Schultern. Die Vorstellung begann. Als ob sie jede Strähne mit einem gelben Leuchtstift nachgezogen hätte, leuchteten Fanny Semeks Haare in der Dunkelheit.

Ich begann automatisch zu winken, was sinnlos war. Selbst wenn sie geahnt hätte, daß jemand in diesem Wagen saß, hätte sie diesen Jemand auf die Distanz von 50 Metern nicht erkennen können. Dann trat ich gegen die Wand des Autos. Es machte einen ohrenbetäubenden Lärm, doch offenbar nur in meiner Einbildung. Fanny Semek reagierte nicht. Die Eingangstür öffnete sich. Sie verschwand im Innern. Ich entwikkelte eine ungeheure Wut. Seltsamerweise nicht auf Feifalik, Conrad oder seine Mutter, sondern auf Fanny Semek. Verdammt, wieso konnte sie nicht ahnen, daß ich hier gefangen saß? Auf einmal hatte ich panische Angst, sie könnte verschworen sein mit diesen Leuten, die nach den seltsamen Erklärungen Feifaliks etwas umtrieb, das ich als militanten Umweltschutz für die Vergangenheit einstufte, und die Wien zu ihrem Hoheitsgebiet für Geschichtsschreibung erklärt hatten.

Schließlich begannen meine Gedanken sich nur noch darum zu drehen, wie ich auf mich aufmerksam machen konnte, wenn sie wieder aus dem Haus kam. Meine Hände unterzogen erneut die wenigen Gegenstände einer Prüfung. Ich zog den Zollstock auf die volle Länge von zwei Metern aus, was mit der linken Hand nicht einfach war.

Dann trat Fanny Semek wieder zur Haustür heraus. In Begleitung von Frau Padowetz. Sie verabschiedeten sich freundlich, gleich würden sie sich umarmen. Der Helm wurde übergezogen. Dann stieg sie auf das Motorrad.

Ich schob den Zollstock mit dem linken Arm durch das Hundegitter und versuchte, damit gegen die Frontscheibe zu schlagen. Ein sinnloses Unternehmen. Nicht nur, weil kaum eine Chance bestand, daß sie das leise Ticken gegen die Scheibe unter dem Motorengeräusch des Motorrads hören konnte, sondern weil der Maßstab bei 80 cm einknickte, nach unten fiel und sich im Lenkrad verhakte. In wenigen Augenblicken würde Fanny Semek verschwunden sein, und Feifalik käme wieder. Ich versuchte, den Zollstock zu befreien. Wenn Fanny Semek wieder hier vorbeikam, mußte ich Zeichen geben. Ich wühlte nach Streichhölzern, einem Feuerzeug. Im Notfall würde ich dieses Auto abfackeln. Es war das erste Mal, daß ich bedauerte, Nichtraucherin zu sein.

Fanny Semek fuhr an mir vorbei. Wütend stieß ich mit dem Zollstock gegen den Rückspiegel. Plötzlich setzte ein ohrenbetäubender Lärm ein. Als wäre ich mit Kopfhörern an einer Sirene angeschlossen. Ich versuchte zu begreifen, was passiert war. Vermutlich war die Alarmanlage des Hauses losgegangen.

Dann erst bemerkte ich, daß offenbar die Warnblinkanlage angesprungen war.

Fanny Semek stoppte. Ich winkte, aber durch die Scheibe konnte sie mich nicht erkennen. Ich hantierte weiter mit dem Zollstock und klopfte gegen die Seitenscheiben. Sie stieg ab, zog den Helm ab und legte das Gesicht gegen das vordere Seitenfenster. Ob sie mich erkannte? Der Lärm war so ohrenbetäubend, daß ich nicht verstehen konnte, was sie rief, und auch sie mich nicht hörte. Sie ging zurück zum Haus. Auf halber Strecke stoppte sie. Zog das Handy hervor und telefonierte.

Dann ging sie weiter. Wieder sprangen die Bewegungsmelder an. Es begann der zweite Akt. Nur hatten die restlichen Schauspieler ihren Einsatz vergessen. Niemand öffnete. Ich war inzwischen schon völlig taub von dem Lärm und setzte den Bauhelm auf, um wenigstens die wichtigsten Bereiche meines Gehirns vor den einstürmenden Dezibel zu schützen. Entweder hatten die Padowetz zusammen mit Feifalik die Flucht ergriffen oder sich im Innern des Hauses verbarrikadiert. Und was war mit dem vielgerühmten Ehrbegriff des Adels? Angeblich hatte man sich doch früher, um seine Reputation zu retten, angesichts einer ausweglosen Situation anstandshalber eine Kugel in die Schläfe gejagt.

Das Heulen der Alarmanlage; Fanny Semek, die Sturm klingelte; die Villa, die sich den Aufregungen stumm widersetzte: eine absurde Situation. Schließlich drehte Fanny Semek sich um und ging energisch zum Wagen zurück. Dann stellte sie sich vor die Fahrertür, faßte nach hinten und zog unter der Motorradjacke etwas hervor. Automatisch duckte ich mich, als der erste Schuß losging und dann ein zweiter. Nicht einmal, als plötzliche Stille einsetzte, richtete ich mich auf. In dieser Haltung würde ich den Rest meines Lebens bleiben. Mehr verlangte ich nicht. Höchstens noch, daß man meine Ohren mit heißem Wachs verschloß, damit ich nie mehr etwas hören müßte. Denn meine Ohren hatten das Heulen der Alarmanlage verschluckt, um es nie wieder loszuwerden. Ich richtete mich erst wieder auf, als Minuten später zwei Polizeiwagen und der Krankenwagen durch die Toreinfahrt bogen. Gefolgt von einem schwarzen Mercedes, aus dem ein Mann im maßgeschneiderten Anzug ausstieg. Im gleichen Moment ging die Haustür auf, und Conrad erschien in Begleitung seiner Mutter und Feifalik.

Der Herr ging geradewegs auf sie zu, reichte ihnen die Hand, und erst dann wandte er sich Fanny Semek zu.

Ich hörte nicht, was er zu ihr sagte. Erst als die Kommissarin mich zehn Minuten später befreit hatte und ich in Öljacke und mit dem Bauhelm auf dem Kopf im Krankenwagen saß, erzählte sie mir, was er gesagt hatte: »Mein Name ist Dr. Kerzl. Juniorchef der Kanzlei Kerzl & Partner. Ich vertrete die Familie Padowetz wie auch Herrn Feifalik juristisch in dieser Angelegenheit.«

27

Karfreitag morgen

Ich verbrachte die Nacht im Krankenhaus, wo man meinen Arm einrenkte und ruhigstellte. Fanny Semek kümmerte sich zum zweitenmal um mein Gepäck und saß neben mir, als das Taxi mich zum Flughafen brachte. Mit dem Arm in der Schlinge und dem gepflasterten Hinterkopf starrten die Leute mich an, als wir in der Lounge Platz nahmen.

Sie erzählte mir, ich hätte es Widerhofer zu verdanken, daß sie zu Padowetz gefahren war. Nachdem ich wieder einmal verschwunden war – und das nächste Mal würde sie mich in Sicherheitsverwahrung nehmen! –, hatte sie ihn aufgesucht. Er hatte sich kooperativ gezeigt.

»Welches nächste Mal?« fragte ich »Mit mir können Sie in Zukunft nicht mehr rechnen. Da müssen Sie schon alleine zurechtkommen.«

Ich fühlte mich befreit, obwohl der Fall nicht wirklich gelöst war. Die mutmaßlichen Mörder Marie Zanardis, Leiharbeiter und angeheuerte Killer in Personalunion, waren untergetaucht. Padowetz & Co. schwiegen beharrlich, während ihr Anwalt Dr. Kerzl junior lange und ausführlich sprach. Aber ich hatte nicht lockergelassen und von Feifalik genügend Informationen erhalten. Jetzt konnte die Polizei in Wien nicht mehr sagen, der Fall ginge sie nichts an.

»Ich bezweifle, daß wir je herausfinden werden, wie weit sie alle Schuld tragen an Marie Zanardis Tod«, meinte Fanny Semek. »Leider verschanzt Widerhofer sich ebenfalls hinter seinem Anwalt.«

»Aber sie tragen die ganze Schuld! Die ganze Verantwortung. Sie haben veranlaßt, daß sie erschossen wurde.«

»Die Frage ist nur, ob man es ihnen beweisen kann. Dafür bräuchten wir das geheimnisvolle Material. Und der Anwalt bestreitet, daß es überhaupt existiert.«

»Aber Feifalik sprach davon, es sei in der Schweiz.«

»Jetzt behauptet er etwas anderes, und solange wir es nicht haben, können wir nichts machen.«

»Er hat mir die Schulter ausgekugelt und mich in sein Auto eingeschlossen.«

»Zeigen Sie ihn an wegen Körperverletzung und Freiheitsberaubung. Und er bekommt eine Anzeige, vielleicht eine Geldstrafe, Bewährung. Mehr nicht. Und wer fragt danach? Er hat Freunde in ganz Wien und Österreich.«

»Und diese Medienagentur?«

»Alles unauffällig. Sie wurde 1989 gegründet, beschäftigt circa dreißig Werbefachleute und ist sehr erfolgreich in Wien, vor allem im Bereich Kulturmanagement. Sie organisiert und sponsert Veranstaltungen, hat Patenschaften für mehrere Gebäude, die unter Denkmalsschutz stehen, spendet für Archive, Museen, Universitäten, Bibliotheken.«

»Schon wieder die Verbindung zu Marie Zanardi.«

»Aber alles legal!«

»Und was ist damit, daß man mich niedergeschlagen hat?«

»Padowetz streitet es ab. Widerhofer bleibt bei der Version vom Kreislaufkollaps infolge starker psychischer Belastung.«

»Und Theresa? Ich habe genau gehört, wie er mit seiner Mutter darüber sprach, daß Theresa etwas gefunden hatte.«

»Ich glaube dasselbe, was Sie glauben. Nur der Wagen, mit dem Ihre Freundin überfahren wurde, ist spurlos verschwunden. Aber darum geht es nicht. Solange diese Leute schweigen, kommen wir nicht weiter. Sie alle beherrschen das Gesetz der Omerta meisterhaft. Und wer es bricht ...«

»Meinen Sie, so wie in der Mafia?«

»Die Mafia? Nein. Eher ein geschlossener Club. Er nennt sich ›Doppeladler‹ und wurde laut Homepage mit der Abdankung des Kaisers 1918 von ehemaligen Angehörigen des Hofstaates gegründet. Jeder weiß, daß es ihn gibt, aber kein normaler Mensch hat Zutritt dazu. Nicht nur die Inder leben in einem strengen Kastensystem. Wir auch. Und was das Absurde daran ist, wir merken es normalerweise nicht. Wir sind so naiv zu glauben, daß unsere Gesellschaft demokratisch ist.«

»Sind Sie ein Fan von Verschwörungstheorien?«

Sie lachte. »Nein, aber es ist bekannt, daß es solche Gruppierungen gibt, daß sie regelmäßig Treffen veranstalten, wo sich die wichtigsten Vertreter eines Landes treffen, die Spitzenleute aus Wirtschaft, Wissenschaft, Medien und Militär. Und alle sind zur Geheimhaltung verpflichtet.«

»Und Sie meinen, der Verein, von dem Dodo sprach, ist so etwas?«

»Sie erklären mir doch die ganze Zeit, daß Padowetz und Co. ihre Finger im Spiel haben. Das ist nicht einfach ein Golfclub. Da stehen noch andere Interessen dahinter, nicht nur Geld.«

»Welche?«

Sie holte eine Mappe heraus, die einen Stapel kopierter Zeitungsartikel enthielt. »Kerzl und Padowetz sind bei vielen wichtigen Ereignissen national und international eingeladen. Dabei geht es immer um die Position Österreichs in Europa. Österreich will innerhalb der EU eine eigene Fraktion mit den ehemaligen Kronländern der Donaumonarchie wie Ungarn, Tschechoslowakei, Polen gründen. Selbstverständlich unter dem Vorsitz Wiens. Sie geben viermal im Jahr eine eigene Zeitschrift heraus, in der übrigens Marie Zanardi einen Artikel über das Projekt an der Bibliothek veröffentlicht hat.«

»Ich glaube das nicht!«

»Wieso nicht? Das Ganze ist ein Verein von Monarchisten. Und nicht jeder kann Mitglied werden, nur wer das richtige Stammbuch besitzt.«

Unglaubliche Rachegelüste breiteten sich in mir aus. Sie flossen durch meinen Körper, meine Adern, einmal mitten durch das Herz und wieder zurück. Ich fragte mich, wie lange sie brauchen würden, um zu versickern oder was ich dagegen tun konnte.

»Ich muß telefonieren, aber dieses verdammte Handy funktioniert nicht, obwohl ich es vorhin im Krankenhaus an das Ladegerät angeschlossen habe!«

Fanny Semek nahm es entgegen, wog es in der Hand und untersuchte es dann auf der Rückseite.

»Da nützt das Aufladen nichts, wenn der Akku fehlt.«

»Wieso fehlt der Akku?«

»Ich würde sagen, den hat jemand entfernt.«

»Natürlich! Die wollten nicht, daß ich telefoniere, nachdem sie mich niedergeschlagen und zu Widerhofer in die Praxis geschleppt hatten. Sehen Sie jetzt, daß alles einen Sinn ergibt?«

»Ich weiß, daß es diese Zusammenhänge gibt. Ich weiß es, Sie wissen es, der Anwalt weiß es, ich vermute, sogar unser Polizeipräsident Jerzabek weiß es. Aber die Frage ist, ob man uns die Chance gibt, es aufzudecken.«

»Aber hier geht es um die Wahrheit!«

»Verschonen Sie mich mit der Wahrheit! Hier geht es nicht um die Wahrheit, hier geht es um Politik! Aber wenn Sie telefonieren müssen, dann nehmen Sie mein Telefon.«

Ich hörte, wie mein Flug aufgerufen wurde, und ergriff schnell ihr Handy. Es dauerte, bis ich Dodo erreichte. Sie war völlig außer Atem, und im Hintergrund hörte ich Salsaklänge. Nachdem ich meinen Namen gesagt hatte, rief sie: »Moment, hier ist es zu laut!«

Die Salsaklänge wurden schwächer, bis sie völlig verklungen waren.

»Wo treibst du dich herum? Ich versuche schon seit Stunden, dich zu erreichen! Erst verwickelst du mich in diese ganze Sache, und dann stellst du dich tot!«

»Mein Handy wurde sabotiert!«

»Ja, klar, und übermorgen kommen die Außerirdischen. Leidest du jetzt auch schon unter Verfolgungswahn wie Marie?«

»Das kommt darauf an, wie du Wahn definierst!«

»Ich habe in den USA nachgeforscht. Du hattest recht!«

Wenn das Material gefunden war, hätten wir die Beweise!

»Super! Und worum handelt es sich?« rief ich aufgeregt.

»Stop! Du hattest recht damit, daß Marie zusätzliche Daten geschickt hat ...«

»Na also!«

»Aber ...«, unterbrach sie mich, »diese Daten sind unauffindbar.«

»Unauffindbar? Aber wieso?«

»Sie wurden korrekt übertragen ...«

»Aber?«

»Aber keiner weiß, wohin. Offenbar hat Marie das sehr geschickt gemacht. Es ist nicht mehr nachzuvollziehen. Sie stehen im Internet, aber niemand weiß Bescheid, wie man an sie rankommt.«

»Haben die dort keine Spezialisten?«

»Niemanden, der in der Lage ist, dieses Problem zu lösen.«

»Wenn man Killer anheuern kann, um Marie zu erschießen,

dann kann man auch Hacker engagieren, die die Daten finden.«

»Schon möglich, aber die in Washington können uns derzeit auch nicht weiterhelfen.«

Alle Passagiere der Maschine nach Frankfurt wurden zum letztenmal gebeten, sich zum Flugsteig zehn zu begeben.

Ich mußte los.

Als die Maschine über die Autobahn flog und Frankfurt unter mir lag, dachte ich plötzlich wieder an meine Wohnung und fragte mich, was die Handwerker wohl daraus gemacht hatten. Fast kam Vorfreude auf. Fast. Gleichzeitig war mir bewußt, daß mich alle nach Wien fragen würden, nach Theresa. Und die, die nichts von der Sache ahnten, würden wissen wollen, weshalb mein Arm in einer Schlinge lag und mein Hinterkopf rasiert war. Ich überlegte, wie ich es schaffen könnte, möglichst wenig zu erzählen. Ich hatte keine Lust, über das Ganze zu reden. Nicht mit meiner Mutter, die mich bedauern würde, und schon gar nicht mit meinem Vater. Isabella traute ich nicht über den Weg. Der einzige, der nicht fragen würde, war mein Bruder. Dabei … vielleicht hätte ich mit ihm sogar darüber reden können, wenn da nicht Isabella gewesen wäre.

Ich hatte meine Mutter mehrfach am Telefon gesprochen. Sie hatte sofort vorgeschlagen, ihre geplante Reise über Ostern abzusagen, um zu Hause zu sein, wenn ich kam.

Doch ich hatte abgelehnt, um sicherzugehen, daß ich erst einmal in Ruhe gelassen wurde.

Den Laptop über der gesunden Schulter, den rechten Arm in der Schlinge, hetzte ich über den Flughafen zur Gepäckausgabe, vorbei an all den vielen Menschen, die über Ostern verreisen wollten, vorbei an Schlangen vor den Schaltern, an den Läden. Ich hatte noch nie begriffen, weshalb man in Frankfurt zur Gepäckausgabe so weit laufen mußte. Der einzige Sinn war, dem Reisenden das Gefühl zu vermitteln, daß die Gepäckausgabe super funktionierte. Denn bis man es geschafft hatte, dort anzukommen, kreiste der Koffer schon auf dem Band. Man war voller Bewunderung, wie effektiv hier gearbeitet wurde, und vergaß darüber völlig, daß man 20 Minuten gebraucht hatte, um das Band überhaupt zu finden.

Ein Geschäftsmann half mir, das Gepäck auf einen Wagen zu laden, den ich mit einer Hand am Zoll vorbeischob. Ich hatte erst vorgehabt, mit der S-Bahn zu fahren, doch diese Idee verwarf ich sofort, als ich es nicht einmal schaffte, den Wagen gerade durch die automatische Tür zu schieben. Ein Schweißausbruch folgte dem nächsten, und ich beschloß, ein Taxi zu nehmen.

Endlich hatte ich es geschafft. Vor mir Gesichter, erwartungsvoll auf mich gerichtet. Ich mußte alle enttäuschen, auf mich hatten sie nicht gewartet, weil niemand hier mich erwartete.

Wie anders wäre es gewesen, zusammen mit Theresa anzukommen. Ich hätte die Gesichter nicht gesehen, hätte über sie hinweggeblickt, sie nicht wahrgenommen, sie wären lästig gewesen, weil sie uns im Weg standen. Jetzt aber ließen sie mich alle meine Einsamkeit spüren, und das würde nicht das letzte Mal sein. Trauer überfiel mich. Schon möglich, daß Theresa in Wien in der Gerichtsmedizin lag, aber noch war sie nicht tot. Noch nicht. Ihr Geist begleitete mich, lief neben mir, schob den Gepäckwagen, sie sprach die ganze Zeit, welch tolle Arbeit wir in Wien geleistet hatten. Die Leute starrten sie an.

»Warten Sie!« hörte ich in diesem Moment jemanden hinter mir sagen. »Lassen Sie mich den Wagen schieben.«

Ich drehte mich um.

Vor mir stand Dr. Veit. Unter der grünen Wachsjacke trug er ein blaues Hemd, die kräftige Farbe, in der Sabrina das Meer malt. Die vier obersten Knöpfe waren geöffnet. Ein Büschel heller Brusthaare war zu sehen. Nicht aufdringlich, aber ich erahnte den Rest.

Ich blieb stehen.

»Ron Fischer hat mir gesagt, wann Sie ankommen. Ich soll Sie abholen. Wie geht es Ihnen? Es tut mir schrecklich leid, was mit Ihrer Freundin passiert ist. Aber ich habe eine gute Nachricht. Ich glaube, wir haben Xenias Vater gefunden.«

Küß ihn, flüsterte Theresa. Wie immer hörte ich in Liebesangelegenheiten leider nicht auf sie.

TEIL DREI

Frankfurt – Bad Nauheim

28

Karfreitag nachmittag

Wir fuhren direkt in die Gerichtsmedizin. Herr Keller saß unverändert hinter der Scheibe und kaute an einem seiner Brote. Als er mich sah, stand er auf und verließ sogar seine Kabine.

»Großes Aufgebot«, sagte er. »Sind alle oben in Ihrem Büro.« Dann fiel sein Blick auf meinen Arm. »Was haben Sie denn gemacht?«

Ich nehme an, meine Geschichte hätte ihn sehr fasziniert und er hätte für den Rest des Jahres genügend Stoff, um seine Stammtischkollegen zu unterhalten. Ich konnte es mir direkt vorstellen. Aber Dr. Veit ließ uns keine Chance. Er legte den Arm um meine Schultern und schob mich Richtung Treppe.

»Würden Sie oben anrufen? Frau Spieker soll die Mappe mit den Untersuchungsergebnissen ins Labor bringen. Bevor wir mit Herrn Galitskij sprechen, möchte ich sie erst mit Frau Friedland durchgehen.«

»Sofort!« Diensteifrig kehrte er zurück an seinen Schreibtisch und griff zum Telefonhörer. Offenbar hatte Dr. Veit sich Tips für das Handling von Pförtnern bei Professor Jacobi geholt.

Es war ein seltsames Gefühl, zurückgekehrt zu sein in die Sachlichkeit des Labors. Es roch nach der Arbeit, von der ich etwas verstand. Und es war eine Umgebung, in die Theresa mich nie begleitet hatte. Sie hatte sich stets geweigert, mich im Labor zu besuchen. Ich hatte ihr deshalb vorgeworfen, den Tod zu negieren.

»Ich negiere den Tod nicht. In Sizilien besuche ich ihn regelmäßig. Ich nehme den Schlüssel und gehe in unsere Familiengruft, wo meine Großeltern liegen. Dort findet der Tod einen Ort, eine Heimat.«

Theresa hatte recht. Die Friedhöfe in Sizilien waren Miniaturausgaben der Dörfer und Städte der Insel. Die Familiengruft war Ersatz für die kleinen Höfe, in denen sich das tägliche Leben abspielte. Wie man die noch lebenden Verwandte besuchte, besuchte man auch die Toten in ihren Wohnstätten.

Auch jetzt blieb ihr Schatten vor der Tür stehen, während ich mich über den Tisch beugte, um die Ergebnisse der DNA-Analyse zu besprechen.

»Was sagen Sie?«

Die genetische Übereinstimmung war so groß, wie es nur möglich war. Xenia bekam ihre Identität zurück.

Ich nickte. »Eindeutig.«

Er atmete tief durch. »Dann sollten wir es hinter uns bringen.«

Wir gingen zusammen hoch ins Sekretariat. Die Luft in dem kleinen Raum war stickig, so viele Leute drängten sich hier.

Ron Fischer nickte mir zu. Frau Spieker machte sich an der Kaffeemaschine zu schaffen. Henri Stolarski lehnte am Fenster. Ansonsten waren noch zwei weitere Männer im Raum, die ich nicht kannte. Einer von ihnen saß auf einem Stuhl vor dem Schreibtisch. Er trug einen dunkelgrauen Anzug aus einem billigen Stoff, darunter ein weißes Hemd, bis nach oben geknöpft, dessen Kragen aussah, als würde er von Minute zu Minute schrumpfen, sich enger und enger zusammenziehen und ihm zusammen mit der schwarzen Krawatte die Luft abdrehen. Die spärlichen grauen Haare klebten auf der verschwitzten Kopfhaut. Das Gesicht eines Sechzigjährigen.

Ich spürte, wie Dr. Veit tief durchatmete und ihm dann entschlossen die Hand reichte. »Herr Galitskij?«

Der Mann stand rasch vom Stuhl auf und streckte ihm zitternd die Hand entgegen. Eine abgearbeitete Hand mit Ölspuren unter den Fingernägeln. Sie war nicht älter als fünfundvierzig. Ich spürte, wie er hoffte, daß es nicht seine Tochter war, deren Überreste man gefunden hatte. Und wie ihm erklären, daß da nur noch ein Schädel übrig war?

»Wir haben jetzt das Ergebnis.«

Herr Galitskij sah unsicher zu dem jüngeren Mann, der neben Stolarski am Fenster lehnte und offenbar der Dolmetscher war. Er sagte etwas auf russisch. Herr Galitskij nickte und setzte sich, ohne Dr. Veit aus den Augen zu lassen, der sich Zeit ließ, sich an den Schreibtisch setzte, die Mappe ausbreitete, als prüfe er erst jetzt die Ergebnisse zum erstenmal.

»Ich muß Ihnen leider mitteilen ...«, der Dolmetscher fiel ihm auf russisch ins Wort, »... daß nach den Ergebnissen, wie sie jetzt vorliegen, wobei ich Sie darauf hinweisen möchte, daß Sie natürlich jederzeit das Recht und die Möglichkeit haben, die Untersuchung auch bei Ihnen zu Hause durchführen zu lassen ...« Wieder wurde er von dem Dolmetscher unterbrochen.

»Die genetische Übereinstimmung liegt bei exakt fünfzig Prozent. Wir müssen also davon ausgehen«, der Dolmetscher übersetzte mit ungerührtem Gesichtsausdruck, »daß es sich bei dem Fund in der Tat um Ihre Tochter handelt.« Und Dr. Veit ließ sich diesmal nicht aus dem Konzept bringen, sondern stand auf, trat zu Herrn Galitskij und legte ihm die Hand auf die Schulter. »Es tut mir wirklich sehr leid.«

Herr Galitskij verstand auch ohne, daß der Dolmetscher zu Wort kam. Er nickte nur einmal und stand dann auf, als wollte er gehen. Als sei er mit dieser Nachricht entlassen. Als sei der Rest nun seine Privatangelegenheit.

Dr. Veit aber ließ seine Hand auf der Schulter liegen, bis Herr Galitskij sich wieder setzte. Einige Minuten sagte keiner ein Wort, bis Ron fragte: »Können Sie uns alles erzählen, was Sie wissen? Wie Ihre Tochter nach Deutschland gekommen ist? Wann Sie das letzte Mal etwas von ihr gehört haben? Ich verspreche Ihnen, wir werden alles tun, um herauszufinden, was mit ihr geschehen ist.«

Nie werde ich den Klang der russischen Sprache vergessen, die so geeignet scheint, zu erzählen. Herr Galitskij kam aus der Ukraine und arbeitete als Ingenieur in einer Stadt namens Zaporožje. Ich bildete mir ein, diesen Namen schon einmal gehört zu haben. Seine einzige Tochter hatte 1993 die Schule beendet und geplant, Sprachen – Deutsch und Französisch – zu studieren. Die Zeit vor dem Studienbeginn hatte sie genutzt, um in einem der großen Hotels in der Stadt Geld zu verdienen. Die Arbeit hatte ihr gefallen, sie hatte Kontakt zu Ausländern, insbesondere Deutschen, konnte ihre Sprachkenntnisse anwenden. Sie erzählte immer wieder, daß sie nach Deutschland eingeladen wurde. Sie bekam Angebote als Aupairmädchen, Haushaltshilfe, Altenpflegerin. Eine Frau war besonders hartnäckig und wollte sie unbedingt für den Rest des Sommers für ein Hotel anwerben. Es wäre dieselbe Arbeit wie in Zaporožje, nur verdiene sie das Fünffache in derselben Zeit bei freiem Wohnen und Essen. Und es wäre nur für vier Wochen, dann sei in Deutschland die Saison zu Ende, und sie würde mit den Taschen voller Geld heimkehren. Eine Woche später war sie nicht mehr von der Arbeit zurückgekehrt.

»Ging morgens um sechs Uhr aus dem Haus und kam abends nicht mehr zurück«, wiederholte der Dolmetscher, wartete, während Herr Galitskij weitersprach, und fuhr dann fort: »Da war es schon zu spät. In zwölf Stunden kann man um die halbe Welt reisen.«

Seitdem hatte er nichts mehr von seiner Tochter gehört. Herr Galitskij zog zitternd ein Foto aus der Brieftasche.

»Schenja«, sagte er.

Das Bild zeigte ein Mädchen, 15 oder 16 Jahre alt, braungebrannt, mit langen dunklen Haaren. Es stand angespannt, die Hände nach vorne ausgestreckt, auf einem Sprungbrett, kurz davor, ins Wasser zu springen.

Henri Stolarski fuhr Herrn Galitskij in sein Hotel zurück. Ron, Dr. Veit und ich blieben im Büro zurück. Bis Ron aufstand und sagte: »Ich möchte nicht wissen, was sie hier alles durchgemacht hat.«

»Ob sie in Frankfurt in einem Bordell gelandet ist?« fragte Dr. Veit.

»Hört sich ganz danach an. Laut Statistik werden pro Jahr in der Ukraine etwa dreitausend junge Frauen im Alter zwischen vierzehn und einundzwanzig Jahren mit falschen Versprechungen in den Westen gelockt. Ihnen werden die Papiere abgenommen, sie werden unter Druck gesetzt mit der Begründung, sie müßten die Reisekosten zurückzahlen. Abgesehen davon, daß die Frauen ohnehin – auch aufgrund ihrer Erfahrungen in den Herkunftsländern – keinerlei Unterstützung oder Hilfe von der Polizei erwarten, wird ihnen auch noch von Zuhältern eingeredet, daß sie – zumal mit gefälschten Papieren – eine Gefängnisstrafe zu erwarten hätten, wenn man sie erwischt. Falls die Frauen zu einer Aussage vor Gericht bereit sind, bedeutet das für sie ein extrem langwieriges Verfahren und bringt sowohl sie selbst als auch ihre Angehörigen oft in Lebensgefahr. In der Regel versuchen die Verteidiger, die Aussage der Frauen mit allen denkbaren Methoden unglaubwürdig zu machen. Oft entscheiden sich die Frauen deshalb zur Rückkehr, ohne vor Gericht auszusagen. Frankas Vermutung, sie könnte an dieser unbehandelten Sache am Ohr gestorben sein, ist durchaus realistisch. Ärztliche Versorgung erhalten diese illegalen Prostituierten auf keinen Fall.«

»Ganz davon abgesehen, daß sie geschlagen wurde«, ergänzte ich. »Aber ich verstehe nicht, daß sich das in der Ukraine nicht herumspricht.«

»Die Frauen ahnen oder wissen oft, daß sie sich auf Prostitution einlassen, wenn sie auf die Anzeigen oder Angebote der Händler oder Schlepper reagieren. Keine Vorstellung haben sie jedoch von ihren tatsächlichen Arbeitsbedingungen in Westeuropa und der Brutalität, mit der sie letztlich abhängig wie Sklavinnen gemacht werden.«

»Und wie geht es jetzt weiter?« fragte ich.

»Es wird uns nichts anderes übrigbleiben, als das ganze Bahnhofsviertel auseinanderzunehmen, um herauszufinden, ob jemand sich an sie erinnert. Nach all den Jahren fast aussichtslos.«

»Und die Spuren, die Sie sonst haben, die Spuren von Erdreich, die Buchstaben auf den Papierschnipseln?«

»Wir bräuchten wenigstens einen winzigen Hinweis, irgendeinen Anknüpfungspunkt, damit wir wissen, wo wir anfangen sollen.«

»Was passiert mit dem Schädel?«

»Ich nehme an, daß er in die Ukraine überführt wird. Allerdings weiß der Vater noch nicht, daß nur noch der Kopf seiner Tochter übrig ist.«

»Das ist auch besser so. Wir wissen doch, wie schrecklich es ist, wenn man nur noch Teile von Angehörigen begraben kann. Muß er es denn überhaupt erfahren?«

»Es wird sich wohl nicht vermeiden lassen«, sagte Dr. Veit.

Wir gingen zusammen zum Auto. Die Vorstellung, daß ich jetzt allein zurück in meine Wohnung mußte, ließ Panik aufkommen. Es war das erste Mal, daß ich das Gefühl hatte, über eine Sache zu sprechen, würde mir nicht weiterhelfen. Doch als Dr. Veit fragte, ob ich ihn in seine Wohnung begleiten wollte, um zu reden, sagte ich sofort ja. Alles sprach dagegen. Nicht nur, daß ich mich dem Schweigen verpflichtet hatte; er war schließlich verheiratet.

Dr. Veit wohnte in der Fürstenbergerstraße. Die Wohnung lag im ersten Stock in einem dieser Stadthäuser, die man in Frankfurt nicht vermutet, aber wie man sie findet, sobald man die Hauptverkehrsstraßen verläßt und in eine der Seitenstraßen mit den zahlreichen Kastanienbäumen einbiegt. Aufwendig sanierte Altbauwohnungen hinter repräsentativen Fassaden. Außen historisch, innen modern. Hier war kein Paternoster mehr aus dem vorletzten Jahrhundert in Betrieb, sondern eine Holztreppe aus heller Buche führte nach oben. Die weiße Wohnungstür erinnerte eher an schwedische Holzhäuser als an gutbürgerliche Stilelemente. Was wollte ich hier? Mit seiner Frau Kaffee trinken? Selbstgemalte Bilder seiner Tochter bewundern, ihre Begabung als Pianistin loben? Doch es war niemand zu Hause.

»Wo ist Ihre Tochter?« fragte ich.

»In Leipzig. Sie verbringt dort die Osterferien bei den Großeltern.«

»Und Ihre Frau?«

Verwundert schaute er mich an. »Auch in Leipzig, wo sonst?«

Sorry, konnte ich ja nicht wissen, hätte ich am liebsten gesagt, aber eigentlich wollte ich das Thema nicht vertiefen.

Die Wohnung gefiel mir. Sie war großzügig geschnitten mit breiten, zweiflügeligen Türen. Die Wände waren in einem maisgelben Farbton gewischt. Ich bildete mir ein, daß sie wunderbar mit den neuen Fliesen in meinem Badezimmer harmonieren würden. Daß er nur wenige Möbel besaß, irritierte mich auf der einen Seite, andererseits entsprach es völlig meiner neuen Sehnsucht nach Verknappung und Reduktion auf das Wesentliche.

»Noch sind wir nicht perfekt eingerichtet«, sagte Dr. Veit, als er sah, wie ich mich umschaute.

»Sie sind weiter als ich. Wenn ich nach Hause komme, erwartet mich vermutlich der Bauschutt der letzten Woche.«

»Noch ein Grund, daß Sie noch nicht nach Hause sollten.«

Er wußte nicht, wie nahe er der Sache kam.

»Möchten Sie etwas trinken? Bier, Wein, Tee, Kaffee?«

Ich folgte ihm in die Küche.

»Wenn Sie Apfelwein hätten?«

»Kein Problem.«

Er öffnete einen zweistöckigen roten Kühlschrank links an der Wand, holte eine Flasche heraus und stellte sie auf den Tisch in der Mitte des Raums. Ich nahm meinen Rucksack ab. Von einem der Regalbretter, auf denen ordentlich sortiert weißes Geschirr stand, holte er zwei Gläser. Statt einer Einbauküche gab es eine Art Collage von Küchengeräten, verbunden durch die Arbeitsplatte aus geleimter Buche, mit der Ikea neben den Billyregalen vermutlich die Hälfte seiner Gewinne machte. Sie führte die Wand gegenüber der Tür entlang und rechts unter dem Fenster weiter bis zur nächsten Ecke. Darunter standen auf einem Holzsockel fünf rote Bürocontainer in Reih und Glied, die einzelnen Schubladen sorgfältig beschriftet *Gewürze, Gabeln, Löffel, Messer normal, Messer groß, Kochlöffel.* Das Ganze hatte bis auf das Rot Ähnlichkeit mit einem Labor. Seine Frau hatte offenbar bei der Gestaltung nicht viel zu sagen gehabt. Vielleicht war er doch der autoritäre Typ, ganz so, wie ich es schon zu Beginn vermutet hatte, und da sagte er auch schon wie zur Bestätigung: »Setzen Sie sich, ich werde uns etwas kochen, solange Sie mir alles erzählen.«

Der Apfelwein war erfrischend sauer. Er schmeckte nach Frankfurt. Ich begann damit, wie ich erfahren hatte, daß Marie Zanardi der Überzeugung gewesen war, die Urenkelin Kaiserin Elisabeths zu sein, und endete damit, daß bisher noch niemand das Gegenteil bewiesen hatte. Während ich redete und den Apfelwein leerte, bewegte sich Dr. Veit in der Küche mit der Sicherheit von Menschen, die sich in ihrer Küche auskennen, weil sie es gewohnt sind zu kochen, und die auch noch die Ausstrahlung vermitteln, daß es ihnen Freude macht, Maiskolben in Alufolie zu wickeln, Unmengen frischer Champignons zu putzen, sie in Butter und Knoblauch zu dünsten, gleichzeitig Zucchinischeiben hauchdünn zu schneiden, zu panieren und zu braten, Weißbrot aufzubacken, eingelegte Tomaten in Olivenöl auf einer Platte anzurichten und einen Salat aus grünem Spinat mit Schafskäse zu mischen.

Wir waren zur gleichen Zeit fertig. Ich mit meinem Bericht, er mit dem Essen. Die Sache mit Theresa reduzierte ich auf den Satz: »Dann kam der Unfall.« Er fragte nicht nach.

»Jedenfalls macht es mich verrückt, daß Marie Zanardi keine Zeit mehr hatte, ihre Identität zu klären«, endete ich.

»Ich glaube auch nicht, daß man ihr je die Chance gegeben hätte, es zu tun. Es geht dabei ja nicht nur um die Identität. Ein positives Ergebnis hätte auch rechtliche Folgen mit sich gebracht, im äußersten Falle Erbansprüche. Nichteheliche Kinder sind beim Tode der Mutter schon immer ehelichen Kindern gleichgestellt. Dafür genügt, daß die Abstammung gerichtlich festgestellt wurde.«

»Ich würde zu gerne wissen, ob sie nicht sogar das Recht gehabt hätte, einzuklagen, daß das Gutachten erstellt wird. Aber ich glaube nicht, daß es ihr auf das Erbe ankam. Nur, daß sie die Identität erhielt, von der sie überzeugt war.«

Ich trank langsam, Schluck für Schluck, den Apfelwein leer, und in dem Maß, wie der Pegel des Getränks im Glas abnahm, formierte sich in meinem Kopf ein Gedanke.

»Ein Gentest wäre auch jetzt noch möglich.«

»Aber dazu müßten wir eine Vergleichsprobe haben. Und wo sollen wir die herbekommen? Eine Speichelprobe der Kaiserin wird nicht so einfach zu finden sein.«

Ein Bild kam in meiner Erinnerung zustande ...

»Und dann muß das erst vom Gericht beantragt werden«, sagte er.

»Gericht? Was interessiert mich das Gericht? Ich kann das Gutachten in meinem Labor machen. Es ist einfach, ihr zu helfen!«

»Sie ist tot, Sie können ihr nicht mehr helfen.«

»O doch! Es ist so einfach wie im Fall von Schenja Galitskij. Oder hat auch nur einer von euch geglaubt, daß wir tatsächlich Angehörige finden? Daß wir ihr einen Namen geben können? Ein Gesicht? Jeder Mensch hat ein Anrecht darauf, daß er einen Fingerabdruck hinterläßt im Leben, der Beweis, daß er hiergewesen ist, daß er ein Anliegen hatte. Wäre Marie Zanardis Material wieder aufgetaucht, hätten wir einen Beweis. Aber so möchte ich, daß wenigstens die Wahrheit auf ihrem Grabstein steht.«

»Und wenn sie nicht die Urenkelin war?«

»Dann sollte es heißen: ›Ihr Traum hat sich nicht erfüllt‹, oder so ähnlich.«

»Welchen Traum hatte Ihre Freundin?« fragte er plötzlich. Die Frage traf genau das Gefühl, aus dem heraus ich argumentiert hatte. Ich hatte nicht nur von Marie Zanardi gesprochen, sondern auch von Theresa. Plötzlich stand sie wieder neben mir, neben meinem Stuhl. Sie trank von meinem Apfelwein und griff mit ihren rotlackierten Fingern in den Rucola, nahm sich ein Blatt und legte den Kopf zurück.

»Theresa?« fragte ich »Theresa hatte nur einen Traum. So intensiv, wie es nur irgend ging, zu leben und das Leben ...« Ich brach ab. Meine Stimme weigerte sich, in normalem Ton zu sprechen. Sie hatte sich gegen mich verschworen, wurde zittrig und leiser. Auf einmal wollte ich keine Rücksicht mehr darauf nehmen müssen, daß Dr. Veit oder Henning, wie ich ihn kurz darauf nannte, Frau und Kind hatte. Vielmehr nahm ich dankbar das Stück Küchenrolle an, das er mir reichte, und gleich darauf die Schulter. Und dann nicht nur die Schulter. Denn gleich darauf akzeptierte ich auch den tröstenden Kuß, hatte nicht die Kraft, ihn zu beenden. Er setzte sich fest, wurde angetrieben vom Rest meines Körpers, sogar meine ausgekugelte Schulter setzte sich dafür ein, daß Henning mich umarmte. Sie zog sich schützend zurück in seine Armbeuge, wo sie Halt fand und so fest und lange ruhte, bis ich sie in seinem Bett endlich auf ein weiches Kissen legen konnte.

Es war reiner Zufall, daß ich Henning Veit begegnete, als mein Hormonhaushalt nach Trost und innerem Frieden schrie. Und damit lag ich voll auf der Linie der Amazonen, die keine Ehemänner hatten, sondern einmal im Jahr auszogen, um sich nach dem Zufallsprinzip mit den Männern eines benachbarten Stammes zu paaren.

29

Ostersonntag vormittag

Von weitem waren Kirchenglocken zu hören. Ich feierte das Fest der Auferstehung auf eigene Art, in dem ich liegenblieb im Bett einer mir unbekannten Ehefrau. Ich hatte das siebte Gebot gebrochen und die kriegerische Regel der Amazonen, den Beischlaf zu vollziehen und anschließend sofort in das eigene Lager zurückzukehren. Ich hingegen war noch immer nicht zu Hause gewesen.

Ich hörte Henning in der Küche. Gleich darauf ging die Tür auf. »Guten Morgen, in Leipzig scheint die Sonne, Frankfurt bewölkt, vierzehn Grad, mit ergiebigen Regenfällen ist zu rechnen! Das Frühstück ist fertig«, er kroch zurück ins Bett unter die gemeinsame Bettdecke, »kann aber warten.«

Gebannt starrte ich auf die Haare auf seiner Brust. Meine Hand wollte sich schon ausstrecken, um mir die Löckchen um den Finger zu wickeln. Ich konnte mich gerade noch beherrschen und lenkte mich mit der Realität ab.

»Wann kommt deine Frau zurück?«

»Meine Frau? Wie meinst du das?«

Er schob mein T-Shirt nach oben und umkreiste langsam

mit dem Finger das Piercing in meinem Bauchnabel. Er hatte nicht lange nach meinem Mittelpunkt suchen müssen, sondern steuerte vom ersten Moment an direkt darauf zu. Gleichzeitig küßte sein Mund sich den Arm hoch, an dessen Ende das ausgekugelte Schultergelenk war, das plötzlich wieder schmerzte, als hätte dieser Feifalik es erneut ausgerenkt.

Ich zog den Arm weg. Die Kirchenglocken gaben nicht auf. Das Ganze mußte ein Ende haben.

»Wann kommen sie zurück, deine Tochter und deine Frau?«

»Meine Frau?« Bartstoppel piekste sich den rechten Arm hoch. Es wirkte wie Akupunktur auf meine Schulter.

»Nie.«

»Wie kannst du das sagen?«

»Wieso? Wir sind geschieden, seit Jennifer drei ist.«

»Geschieden?«

»Ja, wußtest du das nicht?«

»Woher sollte ich das wissen? Und Jennifer?«

»Sie lebt bei mir.«

Ein göttliches Zeichen. Plötzlich hatte ich Lust aufzustehen und mir den Magen mit Ostereiern vollzuschlagen. Mein Leben nahm gerade eine unerwartete Wendung. Das machte mich hungrig. Doch Dr. Veit hatte sich offenbar vorgenommen, erneut eine Obduktion meiner weiblichen Organe vorzunehmen. Und er war gründlich in seiner Arbeit, wie ich wußte.

Henning röstete Toast, als ich zu Hause anrief. Gott sei Dank war Sabrina am Apparat. Sie war noch immer die einzige, mit der ich sprechen wollte. Ich versprach ihr, am Abend zu Hause zu sein.

»Weißt du«, sagte ich zu Henning, »es ging Marie Zanardi nicht darum, ihren Namen zu ändern oder ein Erbe anzutreten. Dann hätte sie zu einem anderen Rechtsanwalt als Kerzl gekonnt, wenn dieser sich weigerte, ihr zu helfen. Es war nicht die rechtliche Seite, die sie interessierte.«

»Sondern?«

»Sie wollte auch die Geschichte umschreiben. Das hat Feifalik gesagt, bevor er mich in dieses Auto schleppte.«

»Klingt ziemlich überheblich.«

Henning hatte vergessen, mir grünen Tee zu kochen. Er mußte noch viel über mich lernen. Für den Anfang gab ich mich mit dem Kaffee zufrieden, den er mir eingoß.

»Ich werde es machen.«

»Was?«

»Den DNA-Test.«

Die Kaffeekanne hing über meiner Tasse fest. »Wie willst du das machen? Per Jungfernzeugung?«

Ich holte meinen Rucksack, den ich neben den Kühlschrank gestellt hatte.

»Ich habe alles, was wir brauchen.«

Ich leerte den Inhalt des Rucksacks auf dem Tisch aus. In den letzten zwei Wochen hatte sich einiges angesammelt. Das Armband kam zuletzt. Es lag unter einem Brief, der, wie ich feststellte, von James-Mason war, die die Ausgrabungen der Amazonengräber leitete. Er trug den Poststempel Zaporožje in der Ukraine. Ich wagte ihn nicht zu öffnen, doch Henning nahm das Armband aus meinen Händen und fragte: »Was ist das?« Der Brief mußte warten.

»Die Vergleichsprobe.«

»Wie meinst du das?«

»Das«, ich hob es hoch, »ist ein Armband aus den Haaren der Kaiserin.«

»Verträgst du kein Koffein?«

»Nein, wirklich. Ich habe genau so eines im Katalog der Auktion gesehen.«

Mein Koffer stand im Flur. Ich holte den Katalog.

»Siehst du?« Die Abbildung entsprach haargenau dem Schmuckstück, das ich in der Hand hielt. Ich hielt ihm den Verschluß unter die Nase. »Der Delphin ist ihr Lieblingssymbol gewesen, der Delphin unter der Krone.«

»Aber das geht nur über die mitochondriale DNA, das heißt, der mütterliche Vererbungsweg muß gesichert sein.«

»Das weiß ich auch, das ist mein Spezialgebiet. Marie Zanardi war die letzte einer Reihe von Frauen, die alle von der Kaiserin Elisabeth abstammten.«

»Wenn sie überhaupt von ihr abstammt. Und du bräuchtest eine Genehmigung, um es vor Gericht zu verwenden.«

»Vor welchem Gericht? Das Stammbuch soll nicht umgeschrieben werden. Marie Zanardi soll nur Gewißheit erhalten.«

»Marie Zanardi ist tot.«

»Sie hat ein Recht darauf.« Ich argumentierte wie Magnus, als er mich verlassen hatte. Aber er hatte mich nicht verlassen, das war mir jetzt klar. Er hatte nur die Entscheidung getroffen, die er treffen mußte.

»Und wenn es dich beruhigt: Ich brauche es nicht für einen Rechtsstreit, sondern nur für den Grabstein.«

»Du wirst nicht bestimmen, was auf dem Grabstein steht«, antwortete er, und ich war ihm dankbar, daß er nicht die Geduld verlor. Bisher bestand er alle Prüfungen mit Bravour.

»Stimmt«, sagte ich ruhig, »nicht, was das Grab auf dem Zentralfriedhof betrifft, aber heutzutage gibt es andere Möglichkeiten der Erinnerung. Hast du schon einmal etwas von Internetfriedhöfen gehört? Dort soll es in Zukunft drei Monumente mehr geben. Für jede von ihnen ein Denkmal: Marie Zanardi, Schenja Galitzkij und«, ich schluckte, »Theresa Corrado.«

Henning stand auf und ging zu dem Regalbrett, auf dem die Pfeife lag.

»Machst du mit?« fragte ich.

Er nickte und zündete sich die Pfeife an.

»Aber das ist nicht alles. Ich habe noch eine Idee.«

Er hielt meinen Ausführungen stand. Aber schließlich überzeugte ich ihn davon, daß das Beste, was wir für Schenja Galitzkij tun konnten, war, ihr eine Zeitkapsel mit auf den Weg zu geben. Wir druckten den Bericht in einer Schriftgröße von sechs Punkt auf hochwertiges Papier, das wir sehr klein zusammenrollten und in Plastikfolie einwickelten. Anschließend steckten wir den Bericht in eine Kapsel aus Metall und schoben sie in den Schädel. Ich war beruhigt. Sollte er Jahrhunderte später Archäologen in die Hände fallen, würden sie Schenjas Geschichte erfahren, auch wenn von ihr nur der Schädel übriggeblieben war.

Die letzte Prüfung bestand Henning, als ich endlich den Brief öffnete, auf den ich so lange gewartet hatte, und ihm mitteilte, daß ich in vier Wochen nach Zaporožje in der Ukraine fliegen würde, wo die Amazonengräber auf mich warteten und ich Gelegenheit hätte, mit der Analyse der mitochondrialen DNA zu prüfen, ob die Frauen, die dort in den Gräbern lagen, zu ein und demselben Volk gehörten oder nicht. Es würde eine lange Zeit dauern, bis ich wieder zurückkehrte. Doch Henning meinte nur, dann wären seine Russischkenntnisse, die man ihm jahrelang eingetrichtert hatte, endlich von Nutzen.

30

Ostersonntag, 20.00 Uhr

Ich war wieder zu Hause. Meine Eltern waren in den Osterurlaub gefahren, Isabella und Vincent nahmen vor ihrer Abreise in die Schweiz am nächsten Tag auf einem Empfang in der Uniklinik teil. Sabrina würde den Abend bei mir verbringen. Langsam kam ich zur Ruhe. Nur eines hatte ich noch nicht erledigt. Ich hatte das Gespräch mit meinem Vater hinausgezögert und war jedem Versuch meiner Mutter, über Theresa zu sprechen, ausgewichen, indem ich zu Henning fuhr. Isabella hatte sich als erstaunlich solidarisch mir gegenüber erwiesen. Sie hatte Sabrina bei mir abgeliefert, sich noch einmal umgedreht und gesagt: »Es tut mir leid, ich hätte dir alles erzählen sollen.«

Meine Wohnung war renoviert, die Handwerker waren abgezogen. Ich hatte jedoch noch nicht die Möbel vom Dachboden geholt. Sabrina lag im Schlafzimmer auf der Matratze am Boden und schaute zum hundertstenmal Star Wars. Sie kannte alle Dialoge auswendig. Sie liebte es, den Ton abzuschalten und selbst zu synchronisieren.

Ich sagte ihr, daß ich in der Wohnung meiner Eltern etwas holen müßte. Ich weiß nicht, ob sie überhaupt hörte, was ich sagte. Sie murmelte nur vor sich hin: »Möge die Macht mit dir sein!«

Ich war nie allein im Arbeitszimmer meines Vaters gewesen, hatte nie an seinem Schreibtisch gesessen. Eine völlige neue Perspektive. Ich wußte nicht, wo ich anfangen sollte zu suchen. Mein Vater war ein korrekter, gut organisierter Mensch, einer, der sich keine Ratgeber über Zeitmanagement und Organisation kaufen mußte. Er hatte die Korrektheit im Blut. Die Bücher standen nach Fachgruppen und alphabetisch sortiert. Dazwischen gab es keine Zettel, Mappen oder Ordner. Ich wußte, daß er hier auch manchmal Krankenkarten von Patienten aufbewahrte, wenn er sich näher mit ihnen beschäftigen wollte. Der Aktenschrank war abgeschlossen. Ich suchte im Schreibtisch nach dem Schlüssel und fand ihn sofort. Dann nahm ich mir die Krankenakten vor. Doch nirgends fand ich Material, das er vom Dachboden geholt haben konnte. Alle abgelegten Akten trugen aktuelle Daten.

Je aussichtsloser es schien, etwas zu finden, desto chaotischer wurde meine Suche. Ich ließ meine Wut an den Schubladen aus. Öffnete sie, wühlte darin herum, schloß sie, ohne die Dinge wieder an die richtige Stelle gelegt zu haben. Kurz, ich schuf ein Chaos im Büro meines Vaters, und dies tat ich nicht nur, um etwas zu finden, sondern weil es mir Freude machte. Es war die Lust an der Rache, die mich dazu trieb, Bücher herauszuziehen und an anderer Stelle wieder einzuordnen. Und am Ende brachte ich die Schachfiguren in ihre natürliche Ordnung, weiß zu weiß, schwarz zu schwarz. Es war an der Zeit, daß auch mein Vater eine andere Perspektive einnahm.

Das zu finden, wonach ich suchte, gelang mir jedoch nicht. Ich gab auf. Als ich an der Tür stand und einen letzten Blick auf die neue Ordnung warf, die ich geschaffen hatte, ging mir alles noch einmal durch den Kopf. Marie Zanardi war den letzten Tagen der Kaiserin Elisabeth gefolgt. Bad Nauheim war die letzte Station gewesen, bevor sie in die Schweiz fuhr. In die Schweiz wollten morgen auch Isabella und Vincent fahren. Ich wußte, daß meine Mutter einen Schlüssel zur Kanzlei hatte. Er war nicht schwer zu finden. Es war das erste Mal, daß ich die Arbeitsräume betrat. Im Flur roch es nach Isabellas süßlichem Parfüm. Ich ging durch die Räume und war erstaunt über die langweilige Sachlichkeit, die sie ausstrahlten. Alles war in dem vergilbten Farbton gestrichen, wie es Papier annimmt, wenn es jahrelang aufbewahrt wird. Vielleicht war Isabella doch nicht so extravagant, sondern viel berechenbarer, als ich gedacht hatte. Zumindest ließ darauf schließen, daß der braune Umschlag, nach dem ich suchte, ordentlich im Postausgang lag. Er war an das Schweizer Bundesarchiv in Bern gerichtet.

Ich machte das Licht aus und ging nach oben, setzte mich an den großen Tisch im Wintergarten und öffnete den Umschlag. Oben auf dem Stapel ein Brief meines Vaters, in dem er einen gewissen Herrn Meyer darüber informierte, daß er ihm anbei, wie telefonisch besprochen, das entsprechende Material zukommen ließ.

»Wie ich Ihnen bereits mitgeteilt habe, handelt es sich dabei um Originaldokumente, die Dr. Schott bei seiner Ausreise in den dreißiger Jahren meinem Großvater zur Aufbewahrung übergab. Seit dieser Zeit befinden sich die Unterlagen im Besitz meiner Familie. Wie Sie sehen werden, handelt es sich dabei um wertvolle Materialien zur Krankheitsgeschichte der Kaiserin Elisabeth. Meine Schwiegertochter Dr. Isabella Friedland hat die Echtheit der Dokumente prüfen lassen. Sie sind nicht zur Veröffentlichung bestimmt und werden persönlich von ihr vorbeigebracht.«

Ich legte das Schreiben zur Seite und begann das Material zu lesen, das aus drei Briefen und einem Krankenbericht bestand. Daß es sich dabei um brisante Dokumente handelte, war mir sofort klar, als ich den Absender las.

Wien, 20. 8. 98

Dr. Sigm. Freud *IX., Berggasse 19*
Dozent für Nervenkrankheiten
a. d. Universität

Sehr verehrter Dr. Schott!

Eben Ihr Schreiben erhalten! Erinnere mich an unsere Begegnung auf dem Kongreß. Die von Ihnen benannte hochgestellte Persönlichkeit hat mich in Wien aufgesucht, um eine Behandlung bei mir zu beginnen. Ich wollte es ablehnen, aber mit Rücksicht auf meine Lage hier in Wien, scheint es nicht möglich. Obwohl ich am Erfolg zweifle. Wie sie mir selbst sagte und wovon man in Wien seit Jahren spricht, hat sie mehrere Fälle von Geisteskrankheiten in ihrer Familie, unter anderem der eigene Sohn als Folge seiner Geschlechtskrankheit, Alkoholkonsum und dem Genuß von Morphium. Wie sie berichtete, tritt ihr Hauptsymptom – Schlaflosigkeit, Herzrasen, erbricht regelmäßig – verstärkt auf, seit sich hinter seinem Sarg die Tür zur Familiengruft schloß. Seither Angst in geschlossenen Räumen, einschließlich der Stadt Wien, weshalb sie seit Jahren nur noch auf Reisen ist. Worum ich sie beneide. Es ist ein Elend in Wien zu leben und eine Atmosphäre, die mich täglich hindert, das Schwere, das ich mir vorgenommen habe, zu Ende zu führen.

Sie scheut nach einigen Worten diese Cur, weil sie viele Hindernisse findet. »Mich kann ich schlecht machen«, sagt sie, »aber zu viele andere Personen muß ich schonen. Sie müssen mir gestatten, keine Namen zu nennen.«

Der Fall ist mir zuwider, weil ich ihn nicht ablehnen kann. Als ich ihr sagte, daß sie das Kranksein wünscht, geradezu ihr Leiden festhält als Schutzwehr gegen sich, sprich gegen die eigene Libido, brach sie in Lachen aus. Meine Theorie, sie vollziehe in ihrer Phantasie immer wieder das Schwangersein, hörte sie dagegen schweigend an, sagte nur: Für sie sei die Ge-

burt ein Unglück, da der Mensch doch nur im Leiden seine Bestimmung erfüllt.

Daraufhin erklärte ich ihr ruhig, ihr Erbrechen bewirke, daß sie abmagere, ihre Schönheit verliere. Es sei ihre Absicht, daß sie niemandem mehr gefalle. Sie schwieg darauf. Mir liegt nicht daran, mit der Sache zu tun zu haben, aber wenn es Ihnen am Herzen liegt, dann wirken Sie auf sie ein, daß sie das Reisen läßt und so schwer es fällt, nach Wien zurückkehrt, um die Konsultationen bei mir fortzusetzen.

herzlichste Grüße
Sigm. Freud

Bei dem zweiten Brief handelte es sich lediglich um ein Dankesschreiben Freuds an Schott für die Übersendung von Daten zur Krankengeschichte.

Der dritte Brief jedoch war noch interessanter.

Wien, 25. 8. 98

Dr. Sigm. Freud *IX., Berggasse 19*
Dozent für Nervenkrankheiten
a. d. Universität

Sehr verehrter Dr. Schott!

Heute suchte mich Dr. Kerzl auf und versuchte mich darüber auszufragen, wie ich den Zustand unserer gemeinsamen Patientin beurteilte. Ich schilderte ihm den Fall, wie ich ihn sah, und legte ihm dar, daß ich die Hysterie als Folge eines präsexuellen Sexualschrecks erkläre. Er verbot mir daraufhin, sie weiter zu behandeln. Überhaupt seien meine Methoden ein Skandal und dem Kaiser peinlich, daß in seinem Wien derartige Methoden und Theorien verbreitet würden. Ich solle mich nicht wundern, daß man mich mit der Ernennung zum Professor zum Kaiserjubiläum übergangen habe. Ich sagte daraufhin, ich sei Arzt, um zu behandeln, nicht um Professor zu werden, und wenn die Patientin mich besuchen wolle, würde ich sie empfangen, es sei jedoch keineswegs so, daß dieser Fall mein besonderes Interesse finde. Dafür sei der Fall zu harmlos, die Patientin zu eigensinnig und eine Behandlung könne sowieso nicht zum Erfolg führen, wenn die Patientin sich nie in Wien aufhalte.

Daraufhin er: »Sie werden von uns hören!«

Ich: »Vielen Dank im voraus!«

Schicke Ihnen wie gewünscht mit dieser Post die Studien über Hysterie, damit sie sich ein Bild machen können.

Herzlichste Grüße
Sigm. Freud.

Ich war völlig elektrisiert. Kaiserin Elisabeth war von Freud behandelt worden, und nirgends hatte man je etwas darüber gehört oder gelesen. Ich konnte mir vorstellen, was Feifalik gemeint hatte, als er sagte, es gäbe Material, womit man viel Geld verdienen könnte.

Ich ging ins Schlafzimmer. Sabrina war eingeschlafen. Ich machte den Fernseher aus, nahm ihr aus der einen Hand die Fernbedienung, aus der anderen das Handy und löschte das Licht. Ich fragte mich, was sie träumte. Sie schlief so konzentriert. Wie das, was an Worten über den Fernseher zu ihr in den Schlaf drang, wohl das Geschehen in ihrem Kopf beeinflußte und zu ihrem eigenen Film machte?

Ich war zu sehr mit den Briefen beschäftigt, um auf das Geräusch des Autos zu achten, das in unserer Straße hielt. Eine Minute später klingelte es an der Haustür. Ich nahm den Hörer der Sprechanlage ab und fragte, wer da sei. Ein Mann, dessen Stimme mir bekannt vorkam, sagte: »Sie waren neulich am Hotel. Wegen der Frau, die erschossen wurde. Bitte öffnen Sie. Ich habe etwas Wichtiges für Sie.«

Ich erinnerte mich wieder. Der Litauer im Schafwollpullover. Ich drückte auf den Türöffner, und gleich darauf hörte ich ihn die Treppe hochkommen. Um Sabrina nicht zu stören, schloß ich die Tür zum Schlafzimmer.

Diesmal trug er einen abgetragenen Anzug und darunter ein weißes Hemd. Als ich ihm die Hand zur Begrüßung reichte, schaute er mich nicht an, sondern ging statt dessen an mir vorbei.

Ich hatte ihn einfach in die Wohnung gelassen, einen Mann, den ich nicht kannte, der in demselben Hotel wohnte wie Marie Zanardi, der auf der Baustelle von Feifalik arbeitete. Der vermutlich die Männer, die sie erschossen hatten, kannte. Als ich zu dem Ergebnis kam, daß ich verrückt sein mußte, war er auch schon vorausgegangen und stand jetzt im Flur. Ich folgte ihm, die Frage, was er von mir wollte, auf den Lippen; aber ich stellte sie nicht. Er drehte sich um und griff nach demselben Arm, den Feifalik mir aus dem Gelenk gerissen hatte. Er schmerzte nur noch, wenn ich ihn zu heftig bewegte, wie jetzt, als ich versuchte mich loszumachen.

Er aber hielt ihn fest. Seine Hände waren groß genug, daß sie um mein Handgelenk paßten.

»Hören Sie auf, sich zu wehren, dann passiert Ihnen nichts. Ich will nur ein Geschäft. Klar? Ich muß nur einen Auftrag erfüllen.«

»Was für ein Auftrag?«

»Ich weiß nicht von wem, ich weiß nur was.«

»Sie müssen doch wissen, wer Sie geschickt hat!«

Er zog an meinem Arm, und ich schrie auf. Der Schmerz war so stark, daß ich automatisch auf ihn zuging.

»Sie sehen, wie empfindlich Sie sind. Wie schnell ich Ihnen weh tun kann. Aber das muß nicht sein. Sie geben mir, was ich will, und schon bin ich verschwunden.«

Die Lage seiner Stimme war so eintönig, als zitiere er immer dieselbe Note einer Tonleiter.

»Sie haben etwas, das ich holen soll.«

»Was?«

»Das weiß ich nicht. Auf dem Zettel stand nur, was ich machen soll, verstehen Sie? Die Uhrzeit, Ihr Name, Ihre Adresse. Man hat uns zusammen gesehen, und das ist meine Strafe dafür, daß ich geredet habe mit einer Journalistin.«

»Ich bin keine Journalistin.«

»Sie haben mir Fragen gestellt, und ich habe geantwortet. Ich habe keine Wahl, Sie haben keine Wahl. Geben Sie mir, was diese Leute wollen.«

»Welche Leute?«

»Verdammt! Diese Leute, die diese Frau haben erschießen lassen von meinen Kollegen.« Er schrie laut, und plötzlich hatte ich Angst, daß er Sabrina wecken könnte. Mein Blick ging automatisch zur Tür. Er folgte ihm.

»Sie sind nicht alleine?«

»Außer mir ist niemand hier.«

Er deutete auf das Wohnzimmer. Das Auto unten auf der Straße hatte das Licht nicht abgeschaltet. Es leuchtete direkt durch den Wintergarten in das Zimmer. Ein unnatürliches Licht, grell, es machte das Gesicht des Mannes verzerrt und gab das Weiß der frisch gestrichenen Wände zurück.

»Was sollen Sie holen?«

»Briefe«, antwortete er, »Sie haben alte Briefe. Die sind unterschrieben mit einem Namen, einem sehr bekannten Namen. Einem Namen, der viel wert ist.«

Ich konnte nicht anders. Mein Blick wanderte Richtung Wintergarten, wo die Briefe lagen. Auf dem leeren Tisch fielen sie sofort ins Auge. Nun wußte ich wieder, weshalb Chaos Vorteile hat. Man kann Geheimnisse besser bewahren.

Sein Blick folgte meinem. Er ging zum Tisch und nahm die Blätter in die Hand.

Weshalb gab ich ihm die Briefe nicht einfach? Was hatte ich

mit ihnen vor? Wollte ich sie jemandem zur Veröffentlichung geben? Was würde ich damit bezwecken? Die Wahrheit ans Licht zu bringen?

Wollte ich, daß über all diese Dinge geschrieben, daß Marie Zanardi vermarktet wurde?

Er packte die Briefe zusammen.

»Sehen Sie, kleines Fräulein, wie einfach es ist. Hier sind die Briefe, ich stecke sie ein, ich gehe, und wir beide sehen uns nie wieder.«

Er drehte sich Richtung Glasfenster und schaute auf die Straße. Er hob die Hand mit den Briefen hoch. Jetzt verstand ich. Dort unten in dem Auto wartete jemand auf ihn. Ich fragte mich, ob ich Kraft genug hätte, ihn durch die Glaswand zu stoßen. Ich überlegte, ob es etwas gab, eine Waffe. Ich schaute mich um und sah nur das kahle Wohnzimmer, den großen leeren Tisch, von dem er die Briefe genommen hatte.

Und einen Stuhl.

Und das Glas Wein, das neben ihm auf dem Tisch stand. Es war nur zwei Meter von mir entfernt. Ich ging einen Schritt nach vorne. Nur noch einen Meter. In diesem Moment drehte er sich um und sagte: »Gut, sehr gut.«

Seine Anspannung ließ nach. Er hatte, was er wollte.

»Wo ist das Telefon?« fragte er plötzlich.

Was sollte ich ihm sagen? Das Telefon lag neben dem Bett, in dem Sabrina schlief.

»Ich habe kein Telefon«, sagte ich, »Sie sehen ja, die Wohnung wurde renoviert.«

»Ich habe aber heute gesehen, wie Sie telefoniert haben. Sie haben hier gesessen«, er deutete auf den Stuhl. »Wo ist es?«

»Es funktioniert nicht. Der Akku ist leer. Ich kann es nicht finden. Sie wissen doch, wie das ist. Man sucht, man sucht und sucht und ...«

»Still!« er stieß mich zur Seite.

Ich nutzte die Gelegenheit, um näher an den Tisch zu kommen. Wenn ich jetzt die Hand ausstreckte, hätte ich das Glas in der Hand.

»Wir werden es finden!« Seine Stimme klang wieder so entschieden und klar wie am Anfang.

Er drehte sich Richtung Tür. Er war kein Profi in diesen Dingen, sonst wüßte er, daß man dem Opfer nie den Rücken zudrehen sollte, auch wenn man sich noch so sicher fühlt. Meine Fingerspitzen berührten das schwere Weinglas. Ein kleiner Schritt, und ich hatte es in der Hand. Ich fühlte den Stil, er war fest, ich konnte mir vorstellen, daß man damit jemanden unschädlich machen konnte. Ein Stoß gegen die Tischkante, und der Kelch brach ab. Übrig blieb die Spitze, so spitz, wie man es sich es nur wünschen konnte, hatte man die Absicht, jemanden zu treffen.

Er hatte das Geräusch gehört und sich umgedreht.

In diesem Moment klingelte das Telefon. Verdammt! Es würde Sabrina wecken. Es klingelte noch einmal. Ich hob den rechten Arm nach oben. Der Schmerz war so groß, daß mir schwarz vor den Augen wurde. Aber ich hoffte bei Gott, daß die Wucht, mit der ich die gläserne Waffe in seinen Rücken stoßen würde, größer war.

Er machte gerade den letzten Schritt Richtung Schlafzimmer, als Sabrina plötzlich in der Tür stand. In diesem Schlafanzug, der ihr viel zu groß war. Die schwarzen Locken hingen ihr wirr ins Gesicht, sie rieb sich die Augen, bemerkte den Mann und starrte ihn an.

Sie wirkte so hilflos, obwohl sie offenbar noch nicht begriffen hatte, was passierte. Er blieb stehen und rührte sich nicht. Der Anblick des Kindes brachte ihn aus der Fassung. Ich nutzte den Moment. Der Stiel des Weinglases traf ihn am Kragen der Anzugjacke vorbei zwischen Hemd und Hals genau zwischen den Schulterblättern. Ich zog ihn wieder heraus und holte zum nächsten Stoß aus, überlegte, welche Stelle an seinem Körper verletzlich war. Welche Knochen des Skeletts eine Lücke boten.

Er brüllte etwas in seiner Sprache, drehte sich um und stieß mir das Glas, das ich noch immer fest umklammert hielt, aus der Hand.

Das Klingeln des Telefons.

So hatte es angefangen, und so endete es.

Er riß die Tür auf und rannte die Treppe nach unten, den Umschlag in den Händen. Er hatte, was er wollte, und mir war es nicht so wichtig, als daß ich Sabrinas Leben riskiert hätte. Ich war nur glücklich, daß ihr nichts passiert war, und nahm sie in die Arme. Die Wohnungstür stand offen. Durch die Haustür kam kalte Luft die Treppe hoch. Das Auto fuhr mit quietschenden Reifen los. Im Wohnzimmer wurde es dunkel. Wir umarmten uns fest.

»Wahnsinn!« hörte ich Sabrina flüstern, »ich dachte immer, so etwas passiert nur im Film.«

Und als ich nicht antwortete, sagte sie: »Franka, das Telefon!«

Ich schüttelte den Kopf.

»Okay!« sagte sie völlig ungerührt und nahm das Gespräch entgegen.

Es war Fanny Semek, die mich sofort mit der Neuigkeit überfiel, daß Feifalik auf einer Baustelle in Prag erschossen worden war.

»Lassen Sie mich raten«, sagte ich, »drei Schüsse in Auge, Ohr und Mund? Wie bei den drei Affen, nichts sehen, nichts hören, nichts sagen.«

»Genau! Dieselben Waffen!«

»Nun müßten Sie genügend Material haben, um zu ermitteln.«

»Es ist wie beim letztenmal. Drei Leute von der Baustelle sind im Osten verschwunden.«

»Aber die Waffen nehmen sie doch offensichtlich nicht mit!«

»Wir haben keine Spur.«

»Und was ist mit dem Wagen, der Theresa überfahren hat?«

»Sie können mir glauben, wir arbeiten daran. – Was ich Ihnen noch mitteilen wollte. Marie Zanardi wurde gestern auf dem Zentralfriedhof beerdigt.«

Ich erzählte Fanny Semek nicht, daß das Ergebnis der DNA-Analyse negativ gewesen war. Marie Zanardi war nicht die Urenkelin der Kaiserin Elisabeth gewesen. Aber das wußten nur Henning und ich.

Als ich auflegte, war der Wagen unten vor dem Haus verschwunden. Und ich wollte ihn auch so schnell wie möglich vergessen.

Epilog

Am Pfingstsonntag landete Basia Michalik auf dem Krakauer Flughafen. Sie atmete tief durch, als sie die bekannte Luft einatmete, die angereichert war mit den Abgasen aus den Schornsteinen, in denen noch immer Kohle verbrannt wurde, aber tausendmal besser war als die Frankfurter Luft, auch wenn sie durch Katalysatoren gefiltert war. Basia Michalik hatte bei der Müllentsorgung gearbeitet. Niemand konnte ihr etwas über Umweltschutz erzählen.

Sie wußte, sobald sie durch die Paßkontrolle, den Zoll gegangen war, wäre sie wieder zu Hause, hätte sie vergessen, was sie in Frankfurt erlebt hatte. Wichtig war nur noch, daß sie endlich ihre Tochter Katarzyna in den Armen hielt und daß sie das Geld verdient hatte, um ihr ein leichteres Leben zu bieten. Daher war es besser, jetzt den Telefonanruf zu machen. Jetzt sofort. Noch bevor sie ihr Gepäck holte. Sonst würde sie es sich womöglich noch anders überlegen.

Sie ging zu einem der Telefone links von den Bändern, auf denen noch immer keine Koffer erschienen, und warf die Złotys, die sie seit ihrer Abreise als Talisman im Geldbeutel getragen hatte, in den Apparat. Dann zog sie die Visitenkarte hervor, die dieser Kommissar Fischer ihr gegeben hatte. Sie wählte die Nummer seines Handys. Er nahm das Gespräch sofort entgegen, als sei er rund um die Uhr im Einsatz, als sei er seine eigene Notrufzentrale.

Sie nannte nicht ihren Namen, sondern begann sofort: Der Vorarbeiter Pan Siegmann hatte, nachdem sie den Schädel auf ihrem Band gefunden hatte, nicht sofort die Polizei verständigt. Vielmehr habe er alle Frauen in die Kantine geschickt. Um Kaffee zu trinken, wie er sagte. Es seien mehr als zwei Stunden vergangen, bis er sie zurückgeholt habe. Dann erst sei auch die Polizei erschienen.

»Wer sind Sie?« fragte Kommissar Fischer, obwohl er es bereits wußte.

Basia Michalik zögerte kurz. Sie hatte schon genug gesagt. Wenn die deutsche Polizei so stark war, wie man sagte, hätten sie nun eine Spur, die sie verfolgen könnten. Aber Basia Michaliks Vertrauen in die Deutschen war in dem Jahr, das sie in Frankfurt gelebt und gearbeitet hatte, nicht mehr so stark wie am Anfang. Sie fügte hinzu: »Überprüfen Sie ein Grundstück in der Niddastraße. Dort wurde vor wenigen Wochen ein Haus abgerissen. Ein Bordell, verstehen Sie? Ich weiß, daß Siegmann dort Bauschutt und anderes hat abholen lassen. Er macht Geschäfte. Eigene Geschäfte.«

»Woher wissen Sie das? Und von woher rufen Sie an? Frau Michalik, wo sind Sie jetzt?«

Basia Michalik legte den Hörer zurück auf die Gabel und kehrte zu dem Band zurück, auf dem ihr Gepäck kreiste.

Als sie die Halle verließ, stand ihre Tochter ganz vorne an der Absperrung und rannte ihr entgegen. Sie erkannte sie nicht sofort, so sehr war sie gewachsen. Aber als sie den Flughafen verließen, hielten sie sich fest an den Händen. Basia Michalik interessierte sich nicht mehr für das, was in Frankfurt, was in der Welt vor sich ging, was die Zeitungen schrieben.

Es war ihre Mutter, die sich die Gazeta Krakowska kaufte.

Auf der Titelseite wurden neue brisante Dokumente angekündigt, die das Attentat auf die österreichische Kaiserin Elisabeth vor über hundert Jahren betrafen. Sie waren gleichzeitig über das Internet an alle deutschsprachigen Zeitungen und Fernsehsender geschickt worden. An demselben Tag, auf die Sekunde genau zur selben Uhrzeit. Die Wiener Stadtverwaltung und die österreichische Regierung dementierten, daß die Briefe von dem Attentäter Luigi Lucheni stammten. Sie bezweifelten, daß die angeblichen Originale echt seien, und die Absenderin der E-mails sei sowieso schon seit zwei Monaten tot.

Doch die Zeitung hatte sie abgedruckt und übersetzt. Luigi Lucheni teilte in zwei Briefen vom 22. März und 9. Juli 1910 dem Polizeipräsidenten von Genf und dem österreichischen Botschafter in Bern von Padowetz mit, daß er dem Genfer Untersuchungsrichter Charles Léchet bereits am 25. April 1899 gestanden habe, daß er kein Einzeltäter gewesen sei. Léchet sei wenige Monate danach verstorben. Er, Lucheni, fühle sich wohl im Gefängnis, solange er seine Bücher und Hefte habe. Doch nun habe man ihm seine Aufzeichnungen weggenommen, die er wiederhaben wolle. Sonst würde er die ganze Wahrheit sagen.

Basia Michaliks Mutter faltete die Zeitung sorgfältig zusammen und steckte sie in ihre Handtasche. Die Diskussion am Montag in der Jagiellonenbibliothek über diesen Artikel würde spannend werden.

Nachwort

Trotz der Bezüge zur Geschichte und der Einarbeitung von realen Texten und Personen der Vergangenheit ist *Die vierte Tochter* eine frei erfundene Geschichte.

Die in der Gegenwart vorkommenden Personen und Ereignisse, von denen erzählt wird, existieren nur in der Phantasie der Autorin. Die Verwendung von Namen, die Nachkommen historischer Persönlichkeiten repräsentieren, haben keinen Bezug zu tatsächlich lebenden Personen. Sie sind frei erfunden und folgen allenfalls der Idee, daß Geschichte nicht endet, sondern in die Gegenwart und die Zukunft führt.

Viele Menschen haben mir während der Arbeit an diesem Roman auf vielfältige Weise Unterstützung zukommen lassen. Dr. Susanne Hummel vom Institut für Anthropologie in Göttingen möchte ich danken für ihre sachkundige Beratung und ihr Engagement. Dr. Erika Hift hat mir viel Zeit in Wien geopfert und Sachertorte als Einstimmung spendiert. Dank auch dem Textwerk im Literaturhaus München für die jährliche Veranstaltung des Sommertreffens, bei dem die harte Kritik von Kolleginnen und Kollegen das Projekt in die richtige Bahn lenkte. Darüber hinaus hat mir das Fachwissen meines Mannes Harald Eckert in allen Naturwissenschaften geholfen, Fehler zu vermeiden, und sein Gefühl für Spannung hat zur Verbesserung des Plots beigetragen. Bis zum Ende habe ich seine Kritik gefürchtet.

Viele Freunde haben die Entstehung des Buches mit Interesse begleitet. Ich danke Sabine James für den Satz *Der Himmel war zerkratzt*, Regine Vatanasomboon für ihre positive Kritik, Carlo de Luxe für seine therapeutischen Fähigkeiten, Gisela Kuhn für ihre Geduld beim Zuhören, Anja Scherg für die Korrekturen. Die Familie Panzarella hat mich mit der Einladung nach Sizilien zu der Figur Theresa inspiriert. Dank auch allen Handyverkäufern, Taxifahrern, Vertretern für Autos, Juristen, Restaurantbesitzern, dem Archiv in Bad Nauheim und den Mitarbeitern der Fa. FES in Frankfurt, die meine Fragen beantwortet haben. Und zuletzt danke ich dem Piper Verlag und besonders Bettina Feldweg, die durch ihr Vertrauen und den strengen Termin am Ende dafür gesorgt hat, daß aus einer Idee ein Buch wurde.

Obwohl mir das Fachwissen vieler Experten zur Verfügung stand, die Entscheidung für die Details und ihre Schilderung unterliegt am Ende meiner Phantasie und meiner Verantwortung.

Krystyna Kuhn

SERIE PIPER

Krystyna Kuhn

Fische können schweigen

Roman. 282 Seiten. Serie Piper

Als die junge Illustratorin Berit bei einem Fischessen Ron kennenlernt, kann sie kaum glauben, daß er bei der Kripo arbeitet – dazu ist er einfach zu witzig, zu gutaussehend und zu sympathisch. Doch dann muß Ron einen kaltblütigen Mord aufklären, und ausgerechnet ihre Zeichenkunst hilft, den Toten zu identifizieren. Und plötzlich wird Berit gefährlich tief in die Machenschaften krimineller Wissenschaftler hineingezogen … Ein kurzweiliger und gekonnter Krimi mit subtiler Spannung und einer knisternden Liebesgeschichte.

»Mit flotter Feder serviert Krystyna Kuhn einen Krimi, der sich gewaschen hat. Die Zutaten machen Appetit auf mehr Lesestoff aus der Fischküche.«
Fit for Fun

05/1684/01/L

Susanne Mischke

Das dunkle Haus am Meer

Roman. 269 Seiten. Serie Piper

Aus Mangel an Beweisen wurde ihr Freund Paul im Mordfall an der jungen Frau freigesprochen. Helen vertraut ihm, und jetzt möchte sie in Saint-Muriel, in ihrem einsamen Haus an der wildromantischen bretonischen Küste, nur noch die Schrecken des letzten Jahres hinter sich lassen. Doch um das dunkle Haus am Meer ranken sich Gerüchte und uralte Geschichten, und auch Paul und Helen holt die Vergangenheit schneller ein, als ihnen lieb ist …
Susanne Mischkes neuer, schaurig schöner Kriminalroman.

»Eine faszinierende schlüssige Geschichte, kunstvoll erzählt. Nicht nur für Bretagnesüchtige.«
Buchkultur

05/1666/01/R

Gemma O'Connor

Zeit des Vergebens

Roman. Aus dem Englischen von Inge Leipold. 352 Seiten. Serie Piper

Aus dem hüfthohen Gras am Bach steigen Schmetterlinge auf, während die Luft erfüllt ist von dem unheilvollen Grollen in der Ferne. Es ist 1944, und von seinem sicheren Versteck aus muß ein Junge mit ansehen, wie seine Freundin von einem Soldaten erschossen wird. Jahrzehnte später, Oxford 1997: Die junge Polizistin Juliet Furbo wird Zeugin eines scheinbar harmlosen Unfalls. Doch während sie Hilfe holt, verschwindet der alte Mann, der eben noch auf der Straße gelegen hat, und von seinem Retter fehlt jede Spur. Niemand schenkt Juliets Geschichte auch nur den geringsten Glauben, und schon beginnt sie an sich selbst zu zweifeln – bis eine schicksalhafte Entdeckung sie auf die richtige Fährte bringt. Kühn und phantasiereich wirft Gemma O'Connor ein dichtes, psychologisches Netz aus und stellt einfühlsam die Frage nach Schuld und Vergebung, Moral und Rache.

05/1100/01/L

Elfie Donnelly

Kein einziges Wort

Roman. 187 Seiten. Serie Piper

Stella Norden, die attraktive Wiener Bestattungsunternehmerin aus der norddeutschen Provinz, widmet sich nach dem Unfalltod von Mann und Sohn ganz ihrem Beruf – und dem Tango. Diese Leidenschaft verbindet die scheue Schöne mit dem rundlichen Kommissar Strecker, zweimal in der Woche. Als der Tanz zum Tango mortale wird und aus der Gruppe die lebenslustige und immer flirtende Dorothea Griester tot aufgefunden wird, beginnt für Stella ein Wettlauf gegen die Zeit, denn nur sie glaubt, daß es kein Unfall war … Ein packender Krimi über die Frage: Beendet der Tod die Schuld?

05/1339/01/R

SERIE PIPER

Fran Dorf

Dämonenlied

Roman. Aus dem Amerikanischen von Marcel Bieger. 511 Seiten. Serie Piper

Dinah ist glücklich verheiratet und hat eine gutgehende psychologische Praxis. Doch dann wendet sich das Blatt: Ihr jüngster Sohn erkrankt schwer und fällt ins Koma. Auf der Intensivstation begegnet sie ausgerechnet ihrem zwielichtigen Exfreund Seth, der seit Jahren als tot gilt. Da sie zum Äußersten bereit ist, um das Leben ihres Kindes zu retten, läßt sie sich auf einen teuflischen Handel ein … Fran Dorfs Roman erzählt vom Schlimmsten, was einer Mutter passieren kann: vom qualvollen Leidensweg einer verzweifelten Frau, die für ihr Kind alles aufs Spiel setzt, ihre Ehe, ihren Beruf und ihre anderen beiden Kinder.

»Eine überwältigende Geschichte um Glaube, Schmerz und Schuld, Dämonen und Gott – und nicht zuletzt um Hoffnung.«
Susan Isaacs

05/1426/01/L

Andrea Isari

Römische Affären

Roman. 288 Seiten. Serie Piper

Am Tiberufer wird die Leiche des anscheinend unbescholtenen Bankinspektors Gianpiero Puccio gefunden. Vor seinem Tod hat er noch versucht, Kontakt mit der Polizei aufzunehmen. Warum mußte er sterben? Ein Fall für Leda Giallo, die liebenswerte und eigenwillige Kommissarin, die eine große Schwäche für kulinarische Genüsse hat und sich nicht um weibliche Gardemaße schert. Bei ihren Ermittlungen stößt sie in ein echtes Wespennest von kriminellen Machenschaften. Denn die Spuren laufen auf mehr als eine seltsame Verbindung zwischen der Banca di Credito und dem Vatikan zu … Ein atmosphärisch dichtes und spannendes Krimidebüt, das die Leser in die historischen Kulissen der Ewigen Stadt entführt.

05/1447/01/R